SCHUTZ FÜR MELODY

SEALs of Protection, Buch Neun

SUSAN STOKER

Titelbild entworfen von: Chris Mackey, AURA Design Group
eBook: ISBN: 978-1-64499-099-5
Taschenbuch: ISBN: 978-1-64499-098-8
Besuchen Sie Susan im Netz!
www.stokeraces.com
facebook.com/authorsusanstoker
twitter.com/Susan_Stoker
bookbub.com/authors/susan-stoker
instagram.com/authorsusanstoker
Email: Susan@StokerAces.com

EBENFALLS VON SUSAN STOKER

Die Rettung von Casey
Die Rettung von Wendy
Die Rettung von Sadie
Die Rettung von Mary (Demnächst erhältlich!)

Ace Security Reihe:

Anspruch auf Grace
Anspruch auf Alexis
Anspruch auf Bailey (Demnächst erhältlich!)

PROLOG

Sechs Monate zuvor

Tex: Hey, dich habe ich hier noch nie gesehen. Ich finde deinen Benutzernamen sehr interessant, daher dachte ich mir, ich schreibe dir einfach mal eine Nachricht

Tex: Ich schwöre, ich bin harmlos

CC_CopyCat: Hey Tex, ich bleibe gern unerkannt

Tex: Das kann ich dir nicht verübeln. Es ist immer besser, auf Nummer sicher zu gehen

Tex: Hast du Lust zu chatten?

CC_CopyCat: Worüber?

Tex: Egal was

CC_CopyCat: Das ist etwas unspezifisch

Tex: Na ja, wir könnten übers Wetter reden, aber das wäre etwas klischeehaft

CC_CopyCat: LOL

Tex: Ha, ich habe dich zum Lachen gebracht!

CC_CopyCat: Ja, das hast du. Danke!

3

Tex: Danke?

CC_CopyCat: Ja, danke!

Tex: Also ... wie ist das Wetter bei dir?

CC_CopyCat: Beschissen, und bei dir?

Tex: Sonnig und wunderbar

CC_CopyCat: So einer bist du also?

Tex: ??

CC_CopyCat: Einer von den Typen, die in allem etwas Gutes sehen

Tex: Eigentlich nicht, nicht einmal ansatzweise

Tex: Bist du noch da?

CC_CopyCat: Ich bin mir nicht sicher, ob das hier funktionieren wird

Tex: Wir haben uns gerade erst kennengelernt, ich kann dich doch nicht schon vergrault haben

CC_CopyCat: Ich bin nicht hier, um einen besten Freund zu finden. So jemanden habe ich schon

Tex: Warum BIST du dann hier?

CC_CopyCat: Nur zum Zeitvertreib

Tex: Warum willst du dir dann deine Zeit nicht mit mir vertreiben?

CC_CopyCat: Weil du wahrscheinlich entweder ein vierzehnjähriger Junge auf der Suche nach Cybersex bist oder ein fünfzig Jahre alter Pädophiler auf der Suche nach Teenagern, die sich in solchen Chats im Internet rumtreiben

Tex: Das gilt auch für dich. Vielleicht bist du aber auch eine Undercover-Polizistin, die Bösewichtern auflauert, die solche Chaträume nutzen, um Menschen in eine Falle zu locken, um sie zu entführen oder zu vergewaltigen

CC_CopyCat: BIST du so ein Bösewicht? Bist du überhaupt ein Mann?

Tex: Bist du eine Frau, CC?

CC_CopyCat: So oder so sollte ich auf diese Frage nicht antworten

Tex: Nichts für ungut, aber ich habe kein Interesse, mit einem Kerl zu chatten. Ich bin nicht auf der Suche nach einer Beziehung oder Sex. Ich habe genügend Freunde, mit denen ich reden kann

CC_CopyCat: Wonach suchst du dann?

Tex: Nur jemanden zum Chatten. Ich habe ein sehr stressiges Leben. Ich möchte einfach nur mit jemandem reden, der nichts von mir will. Jemand, der mit mir reden will, weil er mich interessant findet

CC_CopyCat: Du hast meine Frage nicht beantwortet. Bist du ein Bösewicht?

Tex: Ich bin ein fünfunddreißig Jahre alter pensionierter Soldat und lebe an der Ostküste. Ich kann gut mit Computern umgehen und verbringe die meiste Zeit davor. Ich sehe nicht gerade abstoßend aus, aber ich bin auch nicht der Typ, den Frauen gern ihrer Familie vorstellen würden. Ich schwöre es, CC, ich bin harmlos

CC_CopyCat: Das behaupten die meisten Serienmörder auch

Tex: LOL. Das stimmt, aber du kannst mir vertrauen

CC_CopyCat: Ja, das behaupten sie auch

CC_CopyCat: Bist du noch da?

Tex: Willst du jetzt weiter darauf rumreiten oder erzählst du mir etwas über dich?

CC_CopyCat: Entschuldige, ich habe nur Spaß gemacht. Ja, ich bin eine Frau

Tex: Danke! Und sonst?

CC_CopyCat: Keine Ahnung, das ist alles, was ich dir

anvertraue

Tex: Okay ... für den Moment. Erzählst du mir, was es mit deinem Benutzernamen auf sich hat?

CC_CopyCat: Ich muss jetzt Schluss machen

Tex: Okay, ich bin hier, wenn du noch mal mit mir chatten willst

CC_CopyCat: Woher wirst du wissen, wann ich wieder mit dir chatten will?

Tex: Gar nicht, aber ich habe dir ja gesagt, dass ich am Computer arbeite. Ich bin immer hier

CC_CopyCat: Okay, mal sehen

Tex: Es war nett, mit dir zu chatten, CC

CC_CopyCat: Wir haben uns nicht einmal über etwas Interessantes unterhalten

Tex: Ja, aber du hast keine Angst davor, mir zu sagen, was du wirklich denkst. Das gefällt mir

CC_CopyCat: Den meisten Männern gefällt das nicht

Tex: Ich bin nicht wie die meisten Männer

CC_CopyCat: Wie auch immer, ich melde mich jetzt ab

Tex: Tschüss, CC. Bis später

Tex lehnte sich in seinem Computerstuhl zurück und lächelte. Normalerweise schrieb er nicht einfach fremde Leute an, aber er besuchte diesen speziellen Chatraum schon eine Weile und hatte bemerkt, dass »*CC_CopyCat*« sich dort herumschlich. Er war das Risiko eingegangen, eine private Nachricht zu senden, in der Hoffnung, auf der anderen Seite eine Frau zu erreichen. Tex war ehrlich gewesen, als er ihr gesagt hatte, dass er kein Interesse an einer Online-Freundschaft mit einem Mann hatte.

Vielleicht war das sexistisch, aber Tex fühlte sich wohler dabei, mit einer Frau zu kommunizieren als mit einem Mann. Vielleicht lag es daran, dass er sonst die ganze Zeit unter Männern war. Es war einfach ... anders, mit einer Frau zu sprechen.

Seit er auf einer SEAL-Mission durch eine Explosion einen Teil seines Beines verloren hatte, zog Tex es vor, hinter dem Schutz des Computers oder eines Telefons mit anderen Menschen zu kommunizieren. Vor seiner Verletzung hatte er nie Probleme gehabt, die Aufmerksamkeit von Frauen auf sich zu ziehen. Er war jetzt Mitte dreißig und trainierte immer noch jeden Tag. Körperliche Fitness war so tief in ihm verankert, dass er das Training auch nach seiner Verletzung nicht aufgegeben hatte.

Tex wusste aus erster Hand, dass Frauen ihn oberflächlich immer noch attraktiv fanden und gern mit ihm ins Bett gegangen wären. Aber nachdem er einige Male seltsam angesehen worden war und die Versuche, mit einer Frau zu schlafen, wenig befriedigend gewesen waren, hatte er beschlossen, dass es für alle Beteiligten besser wäre, dieses Thema abzuhaken. Er kümmerte sich jetzt selbst um seine Bedürfnisse. Tex nahm an, dass seine Freunde dachten, er wäre immer noch sexuell aktiv, aber das unangenehme Gefühl, seine Verletzung erklären zu müssen, und der anschließende Mitleidsfick waren es nicht wert.

Er versuchte, sich nicht darum zu kümmern, was andere über sein Bein dachten, aber wenn er über seinen Computer mit Leuten schrieb, konnte er anonym bleiben. Das Gespräch mit CC war erfrischend gewesen. Es hatte Tex gefallen.

Er hatte die Frau am anderen Ende des Chats nicht angelogen. Sie faszinierte ihn. Die Unterhaltung war nicht sofort in Schmeicheleien ausgeartet, wie es bei manchen Frauen der Fall gewesen war, die Tex in der Vergangenheit angeschrieben hatte. Sie war vorsichtig, aber er konnte ihren unterschwelligen Humor spüren. Tex hoffte, dass er sie in dem Chatraum wieder treffen würde und sie ihre Unterhaltung fortsetzen könnten. Aber wenn nicht, dann würde es ihm auch keine schlaflosen Nächte bereiten. Es gab noch andere Frauen da draußen und in der Zwischenzeit wäre er damit beschäftigt, an dem Leben seiner Freunde teilzuhaben.

Vier Monate zuvor

CC_CopyCat: Hi Tex. Wie geht's?

Tex: Hi CC. Es tut mir leid, aber ich kann gerade nicht chatten

CC_CopyCat: Oh, tut mir leid

Tex: Es ist nicht deinetwegen. Ich würde lieber mit dir schreiben als mit irgendjemand anderem, aber die Frau meines Freundes steckt in Schwierigkeiten und ich muss ihr helfen

CC_CopyCat: Das ist scheiße.

Tex: Ja, ihr Mann ist außer Landes und kann nicht zu ihr, also versuche ich, ihn nach Hause zu holen und sie in Sicherheit zu bringen

CC_CopyCat: Okay, kümmere dich um deine Freunde. Wenn du später reden willst, werde ich hier sein
Tex: Danke CC. Das ist nett von dir. Bis später

Tex hasste es, CC abwimmeln zu müssen. Während der letzten zwei Monate hatten sie ziemlich regelmäßig miteinander gechattet und Tex hatte es wirklich genossen, aber jetzt zählte Fiona auf ihn. Offensichtlich hatte sie nach einem Vorfall im Einkaufszentrum einen Nervenzusammenbruch erlitten. Er musste sie alle vier Stunden anrufen. Es war herzzerreißend zu hören, wie sie versuchte herauszufinden, was los war, und dann zu entscheiden, was real war und was nur in ihrem Kopf zu existieren schien. Sie hatte furchtbare Angst. Tex wandte sich wieder seinem Computer zu und versuchte verzweifelt, Cookie zurück nach Hause zu seiner Frau zu holen.

Nachdem die Situation mit Fiona endlich überstanden war, versuchte Tex am nächsten Tag, wieder Kontakt mit CC aufzunehmen.

Tex: Bist du da?
Tex: Scheinbar nicht. Falls du zurückkommst, ich bin hier

Tex fuhr sich mit der Hand übers Gesicht. Jesus, Fiona hatte ihm fast das Herz zerrissen. Er hatte sie noch nie getroffen. Bisher hatte er nur Caroline, Wolfs Frau, persönlich kennengelernt, aber Fiona war genauso hart und gleichzeitig verletzlich wie Caroline. Sie hatte alles getan, was er von ihr verlangt hatte, und jedes Mal mit Tex gesprochen, wenn er angerufen hatte. Er hatte keine Ahnung, was er getan hätte, wäre Fiona nicht ans Telefon gegangen. Sie hielt sich in Kalifornien auf und er in Virginia.

Tex wusste, dass seine Freunde viel Vertrauen in seine Fähigkeiten hatten, aber wenn etwas wirklich schiefgelaufen wäre, hätte er nicht viel ausrichten können. Tex fluchte erneut auf sein Bein. Es verging kein Tag, an dem er sich nicht wünschte, während der Mission, die ihm sein Bein gekostet hatte, etwas anders gemacht zu haben. Es verging kein Tag, an dem er sich nicht wünschte, wieder ein ganzer Mann zu sein, so wie früher.

Er war gut am Computer, aber er wünschte sich von ganzem Herzen, er könnte mit seinen Freunden an vorderster Front kämpfen, Leben retten und seinem Land dienen. Tex sah auf das kleine Fenster, das jetzt in der Ecke seines Computerbildschirms aufblinkte. CC.

CC_CopyCat: Hi Tex, ich bin hier. Bist du da?

Tex: Hallo CC, ja, ich bin da

CC_CopyCat: Alles in Ordnung mit deiner Freundin?

Tex: Ja

CC_CopyCat: Ich weiß, wir kennen uns noch nicht so lange, aber in letzter Zeit scheinst du nicht mehr du selbst zu sein

Tex: CC, du hast ja keine Ahnung

CC_CopyCat: Willst du darüber reden?

Tex: Bist du sicher, dass du das willst? Wir können das hier auch locker, leicht und oberflächlich halten. Ab und zu sagen wir Hallo und machen ansonsten mit unserem Leben weiter wie bisher. Wenn ich ehrlich bin, hatte ich allerdings ein paar echt anstrengende Tage und könnte etwas mehr gut gebrauchen. Aber wenn wir das hier vertiefen, kann ich nicht mehr zu locker und leicht zurück. Du hast die Wahl.

CC_CopyCat: Es tut mir leid, dass du einen schlechten Tag hattest, und ich würde gern mit dir darüber reden. Aber ich kann es nicht erwidern, selbst wenn ich wollte, ich kann es nicht.

Tex: Ist okay. Wir bleiben bei locker und leicht

CC_CopyCat: NEIN! Verdammt, Tex. Du musst darüber reden. Du kannst das nicht alles in dich hineinfressen. Ich meinte es nicht so, dass du mir nicht von dir erzählen sollst

Tex: Ich brauche keine Therapeutin. Was ich brauche, ist eine Freundin. Ich verstehe, dass du vorsichtig bist, und das ist klug von dir. Das verstehe ich wirklich, aber CC, wir chatten jetzt schon seit zwei Monaten miteinander und ich will, dass es realer wird. Wir werden uns niemals persönlich treffen, daher fühle ich mich sicher, dir von mir zu erzählen. Du kannst meine Geheimnisse niemandem verraten, weil du nicht weißt, wer ich bin. Und aus demselben Grund sind deine Geheimnisse bei mir sicher. Bitte erzähl mit etwas, irgendetwas Persönliches über dich.

Tex lehnte sich zurück und hielt den Atem an. Er wusste nicht genau, was er an CC so interessant fand, aber er wollte *wirklich* mit ihr reden. Er hatte es während der letzten Wochen ehrlich genossen, mit ihr zu chatten. Sie hatten über ihre Lieblingsspeisen gesprochen (sie mochte mexikanisch und er italienisch), ihre Lieblingsfarben (ihre war Rosa, seine Blau) und viele, viele andere oberflächliche Themen. Sie hatte ihn sogar nach seiner Lieblings-Disneyfigur gefragt. Er hatte die Frage für seltsam gehalten, sie aber trotzdem beantwortet.

Doch Tex war jetzt an einem Punkt angelangt, an dem er ihre Beziehung vertiefen wollte. Er wusste nicht wirklich warum, aber er wollte sie besser kennenlernen. Er mochte sie. Sie war lustig und interessant, und obwohl sie nicht wirklich über persönliche Dinge gesprochen hatten, war er der festen Überzeugung, dass sie eine Frau war, die er gern besser kennenlernen wollte. Nur über Oberflächlichkeiten zu chatten stellte ihn nicht mehr zufrieden.

Tex wartete noch einen Moment. Als CC nicht antwortete, beugte er sich vor und tippte eine kurze Nachricht ein, bereit, sich abzumelden und ein anderes Mal wieder mit ihr zu sprechen.

Tex: Okay, ich muss dann mal Schluss machen

CC_CopyCat: Ich heiße Mel. Kurz für Melody

Tex: Danke, Mel. Du kannst dir nicht vorstellen, wie sehr ich das gerade gebraucht habe. Danke

CC_CopyCat: Jetzt erzähl mir von deinem beschissenen Tag

Tex: Vor einer Weile wurde die Freundin von meinem Kumpel von mexikanischen Menschenhändlern entführt. Sie wurde gerettet und es ging ihr soweit gut. Aber kürzlich hatte sie einen Flashback und ist weggelaufen.

CC_CopyCat: Jesus, Tex. Aber jetzt ist sie wieder in Ordnung?

Tex: Ja, Mel, sie ist wieder in Ordnung. Aber drei Tage lang war ich das Einzige, was sie hatte. Ich habe sie alle vier Stunden angerufen, um mich zu vergewissern, dass sie in dem Hotel bleibt, in das sie geflohen war. Ich habe mit ihr geredet und ihr zugehört. Sie konnte nicht mehr zwischen Realität und der Panik in ihrem Kopf unterscheiden.

CC_CopyCat: Ich bin stolz auf dich, Tex

Tex: Das solltest du nicht. Ich habe in meinem Leben einige schreckliche Dinge getan

CC_CopyCat: Haben wir das nicht alle? Wirklich, du musst von deinem hohen Ross runterkommen, Tex. Du bist nicht der einzige Mensch, der sich wünscht, Dinge anders gemacht zu haben. Du bist nicht der Einzige mit einer verkorksten Vergangenheit, Kindheit oder Ehe. Du musst nach vorn schauen und aus deinen Fehlern lernen. Für mich hört es sich so an, als könnten deine Freunde sich glücklich schätzen, dich auf ihrer Seite zu haben.

CC_CopyCat: Tex? Scheiße. Ist das zu echt? Nicht locker und leicht genug?

Tex: NEIN. Nicht zu echt. Ich überlege nur.

CC_CopyCat: Okay. Sag Bescheid, wenn du fertig bist

Tex: Klugscheißerin. Du hast recht. Allerdings denke ich, dass die Dinge, die ich getan habe, schlimmer sind als der gewöhnliche Mist.

CC_CopyCat: Na und? Hast du vor, mit diesen schrecklichen Dingen weiterzumachen? Für mich klang es so, als hättest du vor, es zu ändern, sodass du jetzt Gutes tust. Ich bin mir sicher, deine Freunde würden mir da zustimmen

Tex: Vielleicht

CC_CopyCat: Nicht vielleicht

Tex: Okay, du hast gewonnen

CC_CopyCat: Natürlich habe ich das

Tex: Mel?

CC_CopyCat: Ja?

Tex: Ich bin froh, dass du dich nicht für locker und leicht entschieden hast

CC_CopyCat: Ich auch

Zwei Monate zuvor

Tex: Du hast mir neulich erzählt, dass du ständig Angst hast. Das gefällt mir nicht.

CC_CopyCat: Mir auch nicht

Tex: Wovor hast du Angst?

CC_CopyCat: Dass Leute mich beobachten, erschossen oder entführt zu werden, allein zu sein, krank zu werden. Such dir etwas aus, Tex. Ich habe vor allem Angst.

Tex: Hast du Depressionen, Mel?

CC_CopyCat: Nein, warum?

Tex: Die meisten Leute, die solche Ängste haben, haben eine mentale Störung

CC_CopyCat: Willst du mir sagen, dass ich verrückt bin?

Tex: Nein, natürlich nicht. Aber ich würde gern wissen, wenn etwas wirklich nicht mit dir stimmt.

CC_CopyCat: Ich bin weder verrückt noch depressiv

Tex: Was dann?

CC_CopyCat: Egal

Tex: Nein, nicht egal. REDE mit mir. Warum hast du Angst vor all diesen Dingen?

CC_CopyCat: Es ist einfach so

Tex: Verarsch mich nicht

CC_CopyCat: Hast du jemals das Gefühl gehabt, beobachtet zu werden?

Tex: Nein

CC_CopyCat: Nun, ich schon. Und es macht mir Angst. Und wenn ich darüber nachdenke, kommen mir andere Gedanken. Es ist wie ein nicht enden wollender Kreislauf

Tex: Gehe niemals denselben Weg, wenn du deine täglichen Dinge erledigst. Behalte immer deinen Schlüssel in der Hand. Gehe mit erhobenem Kopf und schaue den Leuten in die Augen. Wenn du in einen Fahrstuhl steigst, drehe niemandem den Rücken zu und steig niemals in einen Fahrstuhl, wenn du allein mit einem Mann wärst. Erzähle anderen, wann du wieder zu Hause sein willst.

CC_CopyCat: Du kennst dich aber gut damit aus

Tex: Mel, ich habe dir doch erzählt, dass ich ein Navy SEAL war. Wir verbringen sehr viel Zeit damit, uns mit solchen Dingen auseinanderzusetzen. Wenn jemand dich angreift, versuche, die Augen, den Hals oder seine Eier zu attackieren. Steig niemals in ein Auto zu jemandem, der dich entführen will. An einem öffentlichen Ort bist du sicherer.

CC_CopyCat: Tex, ich habe es verstanden. Ich bilde es mir wahrscheinlich sowieso nur ein

Tex: Ich wette, dass du das nicht tust. Jedes Mal wenn ich in eine Situation geraten bin, in der ich ein komisches Gefühl hatte, hat es sich bestätigt, dass ich recht hatte.

CC_CopyCat: Okay, ich werde vorsichtig sein

Tex: Wenn du mich brauchst, schreib mir. Ich bin hier

CC_CopyCat: Aber wir kennen uns nicht wirklich

Tex: Egal. Stimme einfach zu

CC_CopyCat: Du bist furchtbar herrisch

Tex: Stimme zu!

CC_CopyCat: Okay

Tex: Gut

Einen Monat zuvor

CC_CopyCat: Erzähl mir von deinen Freunden. Du redest andauernd von ihnen und offensichtlich haben sie großartige Freundinnen und Ehefrauen.

Tex: Ja, sie sind alle großartig. Wie du weißt, war ich ein SEAL. Während meiner Zeit bei der Navy habe ich mit einigen von ihnen zusammengearbeitet. Aber als ich in den Ruhestand versetzt wurde, haben sie meine Computerfähigkeiten gebraucht. In den meisten Fällen kann ich ihnen schneller besorgen, was sie brauchen, als würden sie den Dienstweg einhalten. Und bei den Problemen, die ihre Frauen hatten, bin ich dankbar, dass ich das kann.

CC_CopyCat: Wie hießen sie noch mal?

Tex: Wolf, Abe, Cookie, Mozart, Benny und Dude

CC_CopyCat: Ich kann mir vorstellen, dass hinter diesen Namen ein paar gute Geschichten stecken

Tex: Natürlich

CC_CopyCat: Auf wen kannst du dich verlassen?

Tex: Wie meinst du das?

CC_CopyCat: Wenn du jemanden oder etwas brauchst, an wen wendest du dich?

CC_CopyCat: Tex? Scheiße, tut mir leid. Habe ich eine Grenze überschritten?

Tex: Nein

CC_CopyCat: Vergiss, dass ich gefragt habe. Es tut mir leid

Tex: So seltsam das jetzt vielleicht klingen mag ... an dich.

CC_CopyCat: Was?

Tex: Ich verlasse mich auf dich, Mel. Wenn ich einen beschissenen Tag hatte, logge ich mich hier ein und rede mit dir. Du urteilst nicht über mich, du fragst mich nicht aus, du redest einfach mit mir.

CC_CopyCat: Ich werde nicht immer für dich da sein können, Tex. Du musst mehr rausgehen und jemanden in deiner Nähe finden, mit dem du reden kannst.

Tex: Andere Leute »sehen« mich nicht so wie du, Mel

CC_CopyCat: Vielleicht gibst du ihnen keine Chance

Tex: Nein, ich lebe in einer Militärstadt. Die meisten Leute erkennen schon an meinem Hinken, dass ich kein ganzer Mann mehr bin. Sie bemitleiden mich, und ich kann es nicht ausstehen, bemitleidet zu werden. Ich war ein verdammter SEAL. Und wenn ich eine kurze Hose trage? Frag lieber erst gar nicht.

CC_CopyCat: Kein ganzer Mann? Tex! Nach den letzten Monaten, in denen wir gechattet haben, kann ich dir versichern, dass du der männlichste Kerl bist, den ich jemals kennengelernt habe. Du bist herrisch und sagst mir ständig, was ich tun soll, aber gleichzeitig bist du einfühlsam und sorgst dich um deine Freunde und würdest für sie alles stehen und liegen lassen, selbst wenn sie dich nicht darum bitten. Glaub mir, wenn ich dir sage, dass diese Leute, die nur deine Oberfläche sehen, nicht einmal einen Bruchteil von dem

Menschen kennen, der du bist. Scheiß auf sie. Sieh dich selbst so, wie ich dich sehe.

Tex: Verdammt, Mel

CC_CopyCat: Nein, ich bin noch nicht fertig

CC_CopyCat: Ich glaube, deine Freunde nutzen dich aus. Sie rufen dich nur, wenn sie deine Hilfe brauchen. Du hast mir nichts davon erzählt, dass sie dich besuchen, um sich persönlich bei dir zu bedanken.

Tex: Mel, hör zu

CC_CopyCat: Nein

CC_CopyCat: Du hörst zu

CC_CopyCat: Tex, wenn ich deine Freundin wäre, würde ich dich nie ausnutzen. Niemals.

Tex: Du bist meine Freundin

CC_CopyCat: Verdammt richtig

Tex: Danke, dass du mich so aufmunterst

CC_CopyCat: Gern geschehen

Tex: Was ist mit dir?

CC_CopyCat: Was soll mit mir sein?

Tex: Wie sieht es mit deinen Freunden aus?

CC_CopyCat: Ich habe Freunde

Tex: Wen? Du hast noch nie über sie geredet.

CC_CopyCat: Amy. Amy ist meine Freundin

Tex: Nur Amy?

CC_CopyCat: Ja, ich vertraue ihr mit meinem Leben. Aber ich vermisse sie. Seit ich weg bin, habe ich nicht mehr so oft mit ihr reden können

Tex: Warum nicht?

CC_CopyCat: Es ist kompliziert

Tex: Ich habe Zeit

CC_CopyCat: Amy lebt noch in meiner Heimatstadt. Sie

ist verheiratet, hat zwei Kinder und arbeitet für ein Unternehmen im Auftrag der Regierung. Sie erzählt mir immer, dass ihre Firma Dinge herstellt, die Menschen umbringen. Aber ihr Job ist es, sich um die Finanzierung zu kümmern. Ich habe keine Ahnung, was das bedeutet, aber wir lachen trotzdem darüber.

Tex: Sie scheint Sinn für Humor zu haben

CC_CopyCat: Allerdings. Manchmal unterhalten wir uns nur mit Hashtags

Tex: #sowiedas?

CC_CopyCat: #jagenau

Tex: Also, warum redet ihr nicht mehr so häufig miteinander?

CC_CopyCat: Nun, sie ist weit weg und hat ihr eigenes Leben. Ich bin nicht da. Es ist einfach kompliziert.

Tex: Ich will dich nicht drängen, aber das klingt wie eine Ausrede

Tex: Ich weiß, dass du mir nicht die ganze Geschichte erzählst, und das gefällt mir nicht. Aber wie gesagt, ich will dich nicht drängen. Aber ich werde dir meine Handynummer geben. Du musst sie nicht benutzen, doch ich möchte, dass du sie hast, falls du jemals mit mir reden möchtest. Ich denke, dass wir uns mittlerweile so gut kennen, dass wir unsere Freundschaft auf die nächste Ebene bringen können. Ich würde sehr gern deine Stimme hören. Ich habe auch das Gefühl, dein Freund zu sein. Also, was hast du heute noch vor?

CC_CopyCat: Na ja, wie du weißt, kann ich von überall arbeiten, also werde ich heute noch zwei Aufträge erledigen und mich danach ausruhen. Und du?

Tex: Ich werde mich bei meinen Freunden erkundigen, ob

alles in Ordnung ist, und dann habe ich vor, heute etwas Verrücktes zu tun.

CC_CopyCat: Und was ist das?

Tex: Es ist ein neuer Thriller erschienen, den ich lesen will

CC_CopyCat: LOL. Was für ein verrückter Tag

Tex: Du kennst mich ja

CC_CopyCat: Im Ernst, Tex, du musst mehr rausgehen und dich mit Leuten treffen

Tex: Wer im Glashaus sitzt, sollte nicht mit Steinen schmeißen

CC_CopyCat: Ja, aber du bist nicht ich. Ich habe noch kein Foto von dir gesehen, aber ich bin mir sicher, dass du schön bist. Wahrscheinlich bist du groß und gut gebaut. Deine Haare sind vielleicht etwas zu lang und jedes Mal, wenn du an einer Frau vorbeigehst, dreht sie sich nach dir um.

Tex: Männer sind nicht schön

CC_CopyCat: Natürlich sind sie das

Tex: Nun, ich bin es nicht. Ich glaube nicht, dass meine Haare zu lang sind, und Frauen drehen sich nur nach mir um, um mich wegen meiner Verletzung zu bemitleiden

CC_CopyCat: Du irrst dich. Ich bin mir zu hundert Prozent sicher, dass du im Unrecht bist. Wenn du das nächste Mal rausgehst, sieh dich um. Sieh dich WIRKLICH um. Ich wette, du wirst überrascht sein.

CC_CopyCat: Hey, ich hasse es, das sagen zu müssen, aber ich muss Schluss machen. Ich habe in zwanzig Minuten einen Termin und muss mich noch vorbereiten.

Tex: Okay, Melody. Ich habe es wie immer genossen, mit dir zu chatten

CC_CopyCat: Ja, ich auch. Du hast keine Ahnung, wie sehr. Was ich gesagt habe, habe ich ernst gemeint, Tex. Du musst mehr rausgehen. Finde die Frau, die für dich bestimmt ist. Du hast es genauso verdient wie deine Freunde, und ich glaube, sie sehen das auch so.

Tex: Ich werde es versuchen. Reden wir später?

CC_CopyCat: Ja

Tex: Okay, bis dann. Hab einen schönen Tag

CC_CopyCat: Du auch. Bis dann

KAPITEL EINS

Tex ging in seiner Wohnung auf und ab. Er machte sich Sorgen, weil er Melody nicht erreichen konnte. Es war nicht ungewöhnlich, dass sie ein paar Tage nicht miteinander chatteten, aber es war bereits eine Woche vergangen, seit er das letzte Mal von ihr gehört hatte. Seit er sie vor all diesen Monaten zum ersten Mal angeschrieben hatte, hatten sie nie so lange nicht miteinander kommuniziert. Tex sah auf den Bildschirm seines Computers. Die Worte schienen ihn zu verspotten.

Tex: Mel? Bist du da? Ich habe schon eine Weile nichts mehr von dir gehört

Tex: Ich mache mir Sorgen um dich. Bitte rede mit mir. Ich vermisse deinen Sarkasmus

Tex: Wenn du mir nicht antwortest, muss ich mich vergewissern, ob es dir gut geht. Ich weiß, dass du nie telefonieren oder Fotos austauschen wolltest, aber ich muss wissen, dass es

dir gut geht. Ich habe dir bereits meine Handynummer gege-
ben, bitte ruf mich an oder schreib eine SMS.

Tex hatte keine Ahnung, wann Melody so wichtig für ihn
geworden war. Er war viele Nächte lange wach geblieben
und hatte mit ihr gechattet. Sie war lustig und sarkastisch
und erreichte ihn auf eine Weise, wie es seine Navy
SEAL-Freunde niemals getan hätten. Tex hatte Mel
erzählt, wie unsicher er nach seiner Operation in Bezug
auf Frauen war und dass er seine Prothese vor
niemandem außer seinem Arzt abnahm.

Tex wusste, dass es an der Anonymität des Internets
lag, dass er sich sicher genug fühlte, sich Melody gegenüber zu öffnen. Es war anders, als von Angesicht zu
Angesicht zu reden oder zu telefonieren. Er schrieb, was
er fühlte, anstatt darüber zu sprechen. Selbst den Thera-
peuten bei der Navy hatte er sich nicht auf diese Weise
anvertraut.

Aber bei Melody konnte er es und hatte es getan. Sie
wusste alles über ihn. Und jetzt, nachdem er sieben lange
Tage nicht mehr mit ihr gesprochen hatte, wurde Tex
klar, wie wenig er eigentlich über sie wusste. Er hatte es
während der letzten Wochen verdrängt und nicht wirklich viel darüber nachgedacht. Er wusste, dass Mel jedes
Mal in die Defensive ging, wenn er versuchte, sie dazu zu
bringen, über sich zu sprechen, also hatte er nachgege-
ben. Tex hatte sie nicht verschrecken wollen. Er redete zu
gern mit ihr.

Aber jetzt machte er sich Vorwürfe. Er wusste fast
nichts über sie und war besorgt.

Tex sah wieder auf seinen Computerbildschirm. Er klickte auf ein paar Links und starrte dann auf das Chatfenster, in dem er gerade die Nachricht an Mel eingetippt hatte.

Benutzer unbekannt

Abrupt ließ Tex sich auf seinen Stuhl fallen und klickte verzweifelt umher. Er fluchte und verwendete einige erfinderischere Schimpfwörter, die er während seiner Armeezeit gelernt hatte. Melody hatte ihr Benutzerkonto gelöscht. Sie hatte sich nicht nur abgemeldet, sie hatte die einzige Verbindung getrennt, über die er sie hatte erreichen können.

Irgendetwas stimmte da nicht. Obwohl Tex nicht viel über ihr Leben wusste, war er sich sicher, dass sie nicht einfach aufstehen und verschwinden würde, ohne ihm ein Wort zu sagen ... es sei denn, es stimmte wirklich etwas nicht.

Tex versuchte, sich an jede Kleinigkeit zu erinnern, die sie ihm gegenüber während der letzten Monate anvertraut hatte. Er öffnete ein neues Dokument und begann zu tippen.

Rosa

Mexikanisches Essen

Disney?

Freundin Amy – arbeitet für Unternehmer – Regierung?

Arbeitet von zu Hause – Aufträge beginnen zu bestimmter Zeit

Zeitunterschied? Aufträge beginnen zweiundzwanzig Uhr meiner Zeit

CC_CopyCat – muss etwas zu bedeuten haben, aber was?
Fühlt sich beobachtet? Hat Angst

Tex lehnte sich zurück und starrte auf die Liste, die er angefertigt hatte. Es waren nicht viele Informationen. Verdammt, das war scheiße. Aber es gefiel ihm nicht, was sich daraus zusammenreimen ließ. Seine Mel war auf der Flucht. Er hatte keine Ahnung, vor was oder wem, aber plötzlich war es ihm so klar, als hätte sie ihm die Worte vom anderen Ende der Welt zugeflüstert und jetzt waren sie endlich in seinen Ohren angekommen.

Mel war vorsichtig gewesen und hatte ihm nichts über sich erzählt. Sie hatte keinen Kontakt mehr mit ihrer besten Freundin, obwohl sie sich offensichtlich danach sehnte. Sie hatte Angst und fühlte sich beobachtet. Was auch immer sie tat, um Geld zu verdienen, konnte sie unterwegs tun. Es war keine traditionelle Arbeit.

Melody hatte seine Telefonnummer, aber Tex glaubte nicht, dass sie ihn anrufen würde. Sie war zu besorgt darüber, Menschen auszunutzen, und hatte zu viel Angst vor irgendetwas. Und wenn sie ihn bis jetzt nicht angerufen hatte und auch nicht ihre Freundin Amy, dann würde sie dieses Muster jetzt nicht durchbrechen, davon war Tex überzeugt. Wahrscheinlich hatte Mel den Kontakt zu ihrer Freundin abgebrochen, weil sie befürchtete, dass ihr Schicksal sich auch auf Amy auswirken könnte.

Tex krempelte die Ärmel hoch. Verdammt, er hatte sich in seinem ganzen Leben noch nie so gefühlt. Er hatte den Eindruck, dass ihm ein Stück seines Lebens verloren ginge, wenn er Melody nicht ausfindig machen könnte. Während der letzten sechs Monate hatte er Gefühle für sie entwickelt und sie bedeutete ihm etwas. Tex wusste nicht, wie genau es dazu gekommen war, aber so war es. Er hatte keine Ahnung, wie sie aussah, aber es war ihm auch egal. Sie könnte zweihundert Kilo wiegen oder sechzig Jahre alt sein, sie war seine Freundin, und Tex musste sie finden und ihr helfen.

Es war, als hätte sein ganzes Leben zu diesem einen Moment geführt. Er hatte die Frauen seiner Freunde gefunden und gerettet, also würde er auch Melody finden. Zum ersten Mal in seinem Leben würde Tex sich auf sich selbst konzentrieren. Er dachte nicht an seine Freunde, er dachte nicht an sein Bein oder den ständigen Schmerz, den er fühlte. Er musste Melody finden und ihr helfen.

Tex fuhr sich mit der Hand übers Gesicht. Wie spät war es? Welcher *Tag* war heute? Er hatte keine Ahnung, aber er hatte *endlich* Melodys Freundin Amy aufgespürt. Er war sich noch nicht sicher, aber es war einen Versuch wert. Er hatte Vertragsunternehmen im ganzen Land aufgespürt und versucht, die Liste auf Basis dessen, was Melody ihm über Amy erzählt hatte, einzugrenzen. Tex war nicht überrascht, wie viele Amys im Auftrag der Regierung arbeiteten. Er hatte bereits ungefähr zweihundert von ihnen angerufen. Einige Leute würden ihn für verrückt erklären, nach einer Nadel im

Heuhaufen zu suchen, aber er hatte ein gutes Gefühl bei *dieser* Amy.

Tex nahm den Hörer ab und wählte die Nummer von Amy Smith. Es war schon fast lächerlich, dass sie auch noch den Nachnamen »Smith« hatte. Das hatte die Suche noch viel schwieriger gemacht.

»Hallo?«

»Ist da Amy Smith, die für Key Contracting arbeitet?«

»Wer zur Hölle ist da?«

»Ich bin ein Freund von Melody und ... Hallo?« Tex sah auf das Telefon in seiner Hand hinunter, als die Verbindung plötzlich unterbrochen wurde. Er musste zugeben, dass die Frau am anderen Ende ihn beeindruckt hatte, und sein Bauchgefühl sagte ihm, dass es sich bei ihr um Melodys Freundin handelte. Die anderen Amys, die er angerufen hatte, hatten höflich mit ihm gesprochen und gesagt, dass sie niemanden mit dem Namen Melody kannten. Aber diese Amy hatte schon bei der Erwähnung von Mels Namen aufgelegt.

Wenn Melody so sehr in Schwierigkeiten steckte, wie Tex annahm, dann hatte ihre Freundin richtig reagiert. Das bedeutete aber nicht, dass er nicht verärgert war. Er wählte sofort noch einmal die Nummer, war aber nicht überrascht, dass Amy nicht abnahm. Er hinterließ eine kurze Nachricht auf dem Anrufbeantworter.

»Mein Name ist Tex. Ich bin ein Navy SEAL im Ruhestand. Während der letzten sechs Monate war ich online mit Mel in Kontakt und sie hat mir von Ihnen erzählt. Ich habe die Befürchtung, dass sie in Schwierigkeiten steckt. Ich habe seit zehn Tagen nichts mehr von ihr gehört und mache mir Sorgen. Bitte rufen Sie mich zurück. Hashtag Ihre Freundin braucht Hilfe.«

Tex hatte keine Ahnung, ob er Amy mit dem überzeugen konnte, was er gesagt hatte, aber er hoffte, dass sie ihre Meinung über ihn änderte, wenn sie hörte, dass er ein SEAL war. Wenn es nicht klappen sollte, wäre das vielleicht sein letzter Hashtag-Kommentar gewesen.

Sechs Minuten später klingelte sein Telefon. Er hatte die Zeit gestoppt. Tex nahm den Hörer ab. Er hatte die Nummer erkannt.

»Was zur Hölle ist los?« Amy verschwendete keine Zeit mit Förmlichkeiten.

»Wie gesagt, ich bin jetzt schon eine Weile online mit Mel in Kontakt. Sie hat mir nie etwas über ihr persönliches Leben erzählt, aber ich mache mir Sorgen um sie. Normalerweise schreiben wir mindestens ein Mal pro Woche miteinander, aber jetzt habe ich schon seit anderthalb Wochen nichts mehr von ihr gehört.«

»Nichts für ungut, aber ich kenne Sie nicht. Woher weiß ich, dass Sie nicht derjenige sind, der sie verfolgt?«

»Sie wird also verfolgt?«

»Scheiße.«

Tex hörte die Empörung in Amys Stimme. Sie hatte nicht vorgehabt, ihm etwas zu verraten. »Hören Sie ...« Tex hielt inne und überlegte, was er sagen könnte, um Melodys Freundin zu beruhigen. »Ich weiß, dass sie Angst hat. Sie hat es mir gegenüber zugegeben. Mel hat mir von Ihnen erzählt, als ich sie nach ihren Freunden gefragt habe. Sie hat gesagt, sie würde Sie vermissen. Amy, ich brauche Ihre Hilfe. Sie müssen mir alles erzählen, was Sie wissen, und mir verraten, wo Melody sich aufhalten könnte. Offensichtlich steckt sie in Schwierigkeiten und braucht Hilfe. Und ich kann ihr helfen.«

»Geben Sie mir Ihren Namen, damit ich Sie überprüfen kann. Wenn ich glaube, dass Sie es ernst meinen, rufe ich Sie zurück.«

Tex zögerte nicht. »John Keegan. Ich bin vor ein paar Jahren aus medizinischen Gründen aus der Navy ausgeschieden. Benötigen Sie eine Referenz?«

»Nein. Wenn Sie die Wahrheit gesagt haben, werde ich Sie finden. Ich habe meine eigenen Kontakte.«

Tex legte den Hörer auf. Amy hatte bereits aufgelegt, ohne sich zu verabschieden. Es war ihm egal. Alles, was zählte, war Melody. Jetzt, da er die richtige Amy gefunden hatte, wandte Tex sich wieder seinem Computer zu. Er konnte jetzt weiter Informationen sammeln, nachdem er wusste, woher Melody kam.

Dreißig Minuten später klingelte erneut sein Telefon. Ungeduldig nahm er den Anruf an in der Annahme, dass es Amy wäre. Offensichtlich hatte sie tatsächlich einige gute Kontakte, wenn sie ihn so schnell überprüft hatte.

Amy machte sich nicht die Mühe, Hallo zu sagen. »Meine Freundin Melody war der netteste Mensch, den Sie jemals kennenlernen könnten. Sie hat immer kostenlos auf meine Kinder aufgepasst und mich sogar darum gebeten, Zeit mit ihnen verbringen zu dürfen. Sie war ihr Babysitter und meine Kinder haben sie geliebt. Sie hat immer hart gearbeitet und war gut in dem, was sie getan hat. Sie hat niemals schlecht über andere geredet und war viel netter zu anderen Leuten, als sie es hätte sein sollen.«

»Warum reden Sie von ihr in der Vergangenheit?« Es

hätte Tex vielleicht nicht so falsch vorkommen sollen, dass Amy über Melody sprach, als wäre sie nicht mehr am Leben, aber das tat es.

Amy senkte zum ersten Mal die Stimme. »Ich habe gar nicht bemerkt, dass ich das tue.«

»Wie lange ist sie schon weg?« Tex versuchte, etwas einfühlsamer zu sein. Offensichtlich hatte Amy auch Kummer.

»Seit ungefähr sieben Monaten oder so.«

»Haben Sie viel mit ihr gesprochen, seit sie weg ist?«

»Nicht wirklich, und das ist scheiße. Ich vermisse sie. Meine Kinder vermissen sie. Ihre Eltern vermissen sie. Verdammt, sogar ihr Hund vermisst sie.«

»Ihr Hund?« Tex erinnerte sich nicht daran, dass Melody ihm gegenüber jemals erwähnt hatte, einen Hund zu besitzen.

»Ja, eines Tages hat sich mich gefragt, ob ich auf ihren Hund aufpassen könnte, weil sie ein paar Besorgungen in Pittsburgh erledigen müsste. Also habe ich Baby an diesem Tag zu mir genommen und Melody ist nicht zurückgekommen.«

»Ihr Hund heißt Baby?« Tex konnte hören, wie emotional Amy wurde, und wollte, dass sie sich für einen Moment auf etwas anderes konzentrierte, bevor sie ihm weiter von Melody erzählte.

»Ja. Baby ist ein dreißig Kilo schwerer Coonhound. Melody liebt ihn. Jedes Mal wenn ich mit ihr gesprochen habe, seit sie weg ist, was leider nicht sehr oft war, hat sie nach ihrem Hund gefragt. Baby vermisst sie auch. Es ist unheimlich. Jede Nacht liegt sie im Flur auf dem Boden und starrt die Tür an. Sie weiß, was los ist. Selbst nach all diesen Monaten weiß Baby, dass ihr Frauchen verschwunden ist, und wartet darauf, dass Melody durch die Tür zurückkommt.«

»Was ist passiert? Warum ist Melody abgehauen? Was hat sie Ihnen gesagt?« Tex wusste, dass er schroff klang, aber er konnte nicht anders. Er brauchte alle Informationen, die er von Amy bekommen konnte, um Melody zu finden. Bei dem Gedanken daran, wie sehr Mels Hund sie vermisste, zog sich ihm der Magen zusammen und es bedrückte ihn fast mehr als die Tatsache, dass Amy ihre Freundin vermisste.

»Ich kenne nicht alle Details, weil Melody mir nichts erzählt, aber soweit ich es beurteilen kann, musste sie schon eine ganze Weile seltsame Briefe erhalten haben. Nicht unbedingt Drohbriefe, aber auch nicht gerade freundliche Nachrichten. Dann musste sich etwas verändert haben. Die Briefe wurden gemeiner. Melody hat mir nicht erzählt, was genau drinstand, aber ich glaube, es waren Drohungen gegen ihre Eltern und sogar ihren Hund. Sie hat mir einmal gesagt, dass sie niemals verschwunden wäre, wenn es nur um sie ginge. Und das glaube ich ihr von ganzem Herzen.«

»Denn wenn es nur um sie ginge, würde es sie nicht interessieren, aber sobald einer ihrer Lieben in Gefahr geraten könnte, ändert sich alles.« Obwohl Tex Melody noch nicht sehr lange kannte, wusste er, dass sie so war. Bei der Art und Weise, wie sie ihn unterstützt hatte und für ihn da gewesen war, obwohl sie ihn nicht einmal wirklich kannte, wusste Tex, wie sehr der Gedanke sie verschrecken musste, dass jemand ihretwegen in Gefahr geraten könnte.

»Ja.« Amys Stimme war leise. »Sie kennen sie also doch ganz gut.«

»Ja, ich kenne sie.«

»Ich mache mir Sorgen, Tex. Ich habe seit ungefähr drei Monaten nicht mehr mit ihr gesprochen, und als ich das letzte Mal mit ihr telefoniert habe, klang sie nicht gut.«

»Inwiefern?«

»Normalerweise versucht sie, glücklich und fröhlich zu klingen, wenn sie mit mir spricht, aber beim letzten Mal hat sie nicht einmal mehr versucht, ihre Sorgen zu verbergen. Sie hatte Angst und war deprimiert. Sie hat mir immer wieder gesagt, wie sehr sie mich und die Kinder liebt und dass ich Baby Extrastreicheleinheiten von ihr geben soll.« Amy holte tief Luft. »Als wir uns verabschiedet haben, war es anders als sonst.«

»Es klang endgültig.«

»Ja, genau. Ich habe versucht, sie noch länger am Telefon zu halten, aber sie hat gesagt, sie müsse Schluss machen, und hat aufgelegt.«

»Ich werde sie finden, Amy.«

»Sie wird Angst haben. Jemand ist hinter ihr her. Wenn es stimmt, dass sie nicht weiß, wie Sie aussehen, wird sie weglaufen.«

»Sie wird nicht weglaufen, wenn sie mich sieht.«

»Sie scheinen sehr überzeugt von sich zu sein.«

»Das bin ich.« Tex ging nicht näher darauf ein.

»Bitte bringen Sie Mel nach Hause.«

»Das werde ich. Dürfte ich Sie um einen Gefallen bitten?« Tex wusste, dass seine Bitte höchst ungewöhnlich war und es wahrscheinlich einiges an Mühe kosten würde, um Amy zu überzeugen, aber nach ihrer Unterhaltung wusste er, dass es der richtige nächste Schritt sein würde.

Nachdem Amy unter einigen Bedingungen zugestimmt hatte, legte Tex auf. Sie hatte ihm einige hilfreiche Informationen gegeben, einschließlich Melodys Nachnamen, Grace. Tex wusste, dass es nur eine Frage der Zeit wäre, bis er sie fand. Dann würde er dafür sorgen, dass sie in Sicherheit war und wieder nach Hause zurückkehren könnte.

KAPITEL ZWEI

Tex lächelte den Coonhound an, der sich neben ihm in seinem Wagen befand. Baby saß auf dem Beifahrersitz, fast wie ein Mensch, und schnupperte mit ihrer Nase nach der Brise, die durch das offene Fenster hereinkam. Tex war kein Hundeexperte, aber aus irgendeinem Grund hatte er das Gefühl gehabt, Baby abholen und sie auf seine Suche nach Melody mitnehmen zu müssen.

Er hatte einen Draht zu Melody und mit ihrem geliebten Hund an seiner Seite fühlte Tex sich ihr näher. Außerdem war Baby das Süßeste, was er jemals gesehen hatte. Sie würde ihm auf seiner Fahrt keine Schwierigkeiten bereiten. Ihre Beine schienen für ihren Körper zu lang zu sein und sie hatte riesige Pfoten. Ihr Körper war schlank, wobei der größte Teil ihres Bauches weiß und der größte Teil ihres Rückens und Kopfes braun waren. Babys Ohren hingen nach unten. Nicht ganz so lang wie bei einem Basset- oder Bluthund, aber sie sah dadurch immer traurig aus. Ihre Augen hatten Tex aber schließlich überzeugt, sie mitzunehmen. Sie hatten einen einzigartigen Braunton. Wenn Tex es beschreiben müsste, würde er sagen, dass sie bernsteinfarben waren. Jedes Mal wenn sie ihn ansah, war es, als würde sie alle seine Ängste und Unsicherheiten irgendwie verschwinden lassen.

Zum Glück war Baby sofort zutraulich zu ihm gewesen. Sie war auf ihn zugegangen, als würde sie ihn schon ihr ganzes Leben lang kennen, und hatte sich direkt auf seinen Fuß gesetzt. Tex hatte ihr die Ohren gekrault und Baby hatte ihn mit dem vertrauensvollsten Blick angeschaut, den Tex jemals gesehen hatte. Es war, als hätte der Hund gewusst, dass Tex gekommen war, um ihn zu Melody zu bringen.

Amy hatte seinem Plan, Melodys Hund mitzunehmen, zwar am Telefon zugestimmt, aber es hatte noch einmal einiges an Überzeugungsarbeit gekostet, als er bei ihr zu Hause angekommen war. Tex hatte Amy mitgeteilt, dass er nach Bethel Park, Pennsylvania kommen würde, um Baby abzuholen. Nach seiner Ankunft hatte Tex zwei sehr unangenehme Stunden mit Amy und ihrer Familie verbringen müssen, die ihm eine Million Fragen gestellt und Tausende von Anweisungen gegeben hatten, was Baby mochte und wie er sich um sie zu kümmern hatte.

Nachdem alles erledigt war, hatte Amy Tex umarmt und ihm ins Ohr geflüstert: »Ich erlaube dir nur, Baby mitzunehmen, weil ich darauf vertraue, dass du Melody findest. Bitte bring meine Freundin nach Hause, Tex.«

Hier waren sie nun. Tex hatte zwei Laptops und eine große Reisetasche gepackt, bevor er in Richtung Norden nach Pennsylvania aufgebrochen war. Jetzt war er um eine große Tüte Premium-Hundefutter, eine Auswahl an Hundespielzeug, Snacks und einen Hund reicher.

Nun war Tex in Richtung Kalifornien unterwegs. Es war eine lange Fahrt quer durchs ganze Land, aber er war an wenig Schlaf gewöhnt. Er hatte nicht vor, viele Zwischenstopps einzulegen, und rechnete damit, in etwa drei Tagen in Kalifornien anzukommen. Er durfte keine Zeit verlieren. Jeder Tag, der ohne ein Zeichen von Melody verging, war ein weiterer Tag, an dem sie in Schwierigkeiten geraten könnte. Der Zwischenstopp in Pennsylvania hatte Tex einen Tag gekostet, aber er hatte Baby nicht zurücklassen wollen.

Sein sechster Sinn hatte ihn förmlich angeschrien, den Hund mitzunehmen, und er ignorierte seine Gefühle niemals. Sein Bauchgefühl hatte ihm und seinem SEAL-Team mehr als ein Mal das Leben gerettet. Tex hatte keine Ahnung, warum es wichtig war, er wusste nur, dass Melody ihren Hund liebte.

Sein Plan war es, die Schnellstraße 70 bis nach St. Louis zu nehmen, dann die Schnellstraße 40 bis nach Barstow in Kalifornien und schließlich über die Schnellstraße 15 nach Süden in Richtung Los Angeles zu fahren.

Nach seinem Abstecher nach Pennsylvania war sich Tex sicher, auf der richtigen Fährte zu sein, um herauszufinden, wo Melody sich versteckt hatte. Aus den Informationen, die er durch seine Gespräche mit Melody selbst und durch den Besuch bei Amy gelernt hatte, schloss er, dass sie sich an der Westküste aufhalten musste.

Bevor er nach Pennsylvania zu Amy gefahren war,

hatte er online recherchiert und herausgefunden, wo Mel sich während der letzten Monate aufgehalten hatte, nachdem sie von zu Hause verschwunden war. Zuerst war sie Richtung Süden und dann Richtung Westen nach Kalifornien unterwegs gewesen. Er hatte die Grenzen der Legalität weit überschreiten müssen, um das in Erfahrung zu bringen, aber Tex bekam immer, was er wollte, und war geübt darin, seine Spuren zu verwischen.

Los Angeles war eine große Stadt und es war unwahrscheinlich, dass Tex sie dort schnell finden würde. Er hatte beschlossen, in der Gegend um Anaheim mit der Suche zu beginnen. Es war seltsam gewesen, dass Melody ihn aus heiterem Himmel nach seiner Lieblings-Disneyfigur gefragt hatte. Tex hatte schließlich von Amy wissen wollen, ob Melody ein Disney-Fan wäre, aber sie hatte es verneint. Also hatte Tex geschlussfolgert, dass Melody ihm diese Frage gestellt hatte, weil es etwas mit dem zu tun hatte, was sie täglich vor Augen hatte.

Amy hatte Tex außerdem erzählt, dass Melody Untertitel für Nachrichtensendungen erstellte. Das machte Sinn. Sie konnte von überall aus arbeiten, solange sie eine Internetverbindung hatte. Es gab nicht sehr viele Unternehmen, die auf dieses Gebiet spezialisiert waren, also würde er sie auf diese Weise weiterverfolgen können. Obwohl es schwieriger sein würde, weil Melody wahrscheinlich öffentliches WLAN verwendete. Trotzdem würde Tex ihren Aufenthaltsort weiter eingrenzen können, wenn er die Verbindung zurückverfolgte.

Tex war froh, dass ihn seine Reise nach Los Angeles führte, weil er somit die Gelegenheit bekam, sich mit seinen Freunden und ihren Frauen zu treffen. Nach allem, was sie gemeinsam durchgemacht hatten, konnte er es kaum erwarten, sie persönlich zu treffen. Er wollte sich beeilen und Melody finden, wusste aber auch, dass er mindestens über Nacht eine Pause einlegen musste, um sein Bein auszuruhen. Tex hatte sich vorgenommen, nach Riverton zu fahren und Wolf und den Rest des Teams zu besuchen, bevor er sich wieder auf den Weg nach L.A. machen würde, um Melody zu finden.

Am vergangenen Abend hatte er Wolf angerufen und ihm gesagt, er wäre auf dem Weg in Richtung Westküste. Bei der Erinnerung an Carolines Freudenschrei, als Wolf diese Information an sie weitergab, musste Tex lächeln.

Tex erinnerte sich an den Tag, an dem Melody ihm geschrieben hatte, seine Freunde würden ihn ausnutzen. Er wusste, dass das nicht der Fall war, aber es fühlte sich auch gut an, dass Melody sich um ihn sorgte. Wolf hatte ihm erzählt, dass sie alle vorhatten, ihn in ein paar Monaten in Virginia zu besuchen. Als Tex gefragt hatte, wer »alle« wären, war er überrascht zu hören, dass er tatsächlich alle meinte: Wolf, Caroline, Abe, Alabama, Cookie, Fiona, Mozart, Summer, Dude, Cheyenne, Benny und Jessyka. Sie wollten sich alle eine Woche freinehmen, um nach Virginia zu fliegen und ihn zu sehen. Tex hatte es fast nicht glauben können. Es war lächerlich, dass sie alle nach Virginia reisen wollten, wo es doch viel einfacher wäre, wenn er nach Kalifornien kam, um sie zu besuchen.

Wolf hatte nur gelacht und gesagt: »Versuch mal, das unseren Frauen zu erklären.«

Tex mochte die Frauen seiner Freunde. Sie waren

verdammt hart im Nehmen, aber was noch wichtiger war, sie machten seine Freunde glücklich. Tex war stolz darauf, daran beteiligt gewesen zu sein, sie zu retten und zu beschützen. Und er würde es so lange tun, wie sie es zuließen. Er wusste, dass er am Telefon ein bisschen hart gewesen war, wenn er mit den Frauen seiner Freunde gesprochen hatte. Er war sich nicht sicher, was ihn erwarten würde, wenn er sie persönlich traf. Ein Teil von ihm war immer noch ein SEAL und er wusste, wie man jemanden mit bloßen Händen töten konnte, aber der Verlust seines Beines hatte ihn grundlegend verändert. Am Telefon oder hinter seinem Computer konnte er immer noch der harte Mann sein, der er früher gewesen war, aber immer, wenn er persönlichen Kontakt mit anderen Menschen hatte, fragte er sich, ob sie ihn für schwach hielten. Und diese Unsicherheit hatte Einfluss auf seine Psyche.

Trotz der Vorfreude, seine Freunde wiederzusehen, hatte er gemischte Gefühle in Bezug auf seinen Ausflug an die Westküste. Ohne Zweifel würde er viel Spaß mit seinen Freunden haben, aber sein Hauptziel war es, Melody zu finden und herauszubekommen, was mit ihr los war.

Baby bellte auf dem Sitz neben Tex.

»Musst du dir die Beine vertreten, Baby?«

Baby sah ihn nur mit gesenktem Kopf an.

»Also gut, lass mich eine geeignete Stelle zum Anhalten finden. Ich könnte auch eine Pause gebrauchen.«

Tex hielt an der nächsten Raststätte an und befestigte die Leine an Babys Halsband. Auf keinen Fall wollte er riskieren, Melodys Hund zu verlieren. Tex wusste, dass Jagdhunde dazu neigten, ihrer Nase zu folgen, anstatt auf Kommandos zu hören. Sie waren irgendwo mitten in Indiana, umgeben von Bäumen, und Tex wollte nicht, dass Baby vielleicht die Witterung eines Kaninchens aufnahm und davonlief.

Baby sprang aus Tex' Wagen und trottete ihm glücklich hinterher, als sie über die Wiese gingen. Baby erledigte ihr Geschäft und machte keine Anstalten, als Tex sie zurück zu seinem Wagen führte. Sie sprang in die Fahrerkabine, als hätte sie das schon viele Male getan. Tex nahm ihr die Leine ab und ließ sie mit leicht geöffneten Fenstern zurück, damit er hineingehen konnte.

Als er fünf Minuten später wiederkam, saß Baby auf dem Beifahrersitz und schaute ihn an, als würde sie auf ihn warten.

»Bereit, Melody zu finden?« Es kam Tex albern vor, mit einem Hund zu sprechen, aber Baby bellte einmal kurz und legte ihre Pfote auf seinen Arm, als könnte sie ihn verstehen. Tex kraulte sie hinter den Ohren und startete den Wagen. Sie hatten noch einen langen Weg vor sich.

Tex bog in Wolfs Einfahrt ein und stellte den Motor ab. Er war müde. Sein Bein tat weh. Es tat eigentlich immer weh, aber drei Tage hintereinander im Auto zu sitzen hatte es nicht besser gemacht. So sehr es ihn auch gequält hatte, Tex war nicht sofort nach Los Angeles gefahren, sondern zunächst nach San Diego, um seine

Freunde und ihre Frauen zu sehen. Es war kein großer Umweg und obgleich Tex unbedingt Wolf und die anderen besuchen wollte, war es eine schwierige Entscheidung gewesen, die Suche nach Melody für einen Tag aufzuschieben, obwohl es von Anfang an sein Plan gewesen war.

Tex fuhr mit seiner Hand über Babys Kopf, der auf seinem Oberschenkel lag. Er hatte noch niemals einen Hund gehabt, aber während der letzten drei Tage hatte er sich förmlich in Baby verliebt. Sie war eine wirklich liebenswerte Hündin. Sanft, nicht fordernd und für einen Jaghund überraschend ruhig.

»Wir sind da, Baby. Bist du bereit, meine Freunde kennenzulernen?« Er hatte es sich zur Gewohnheit gemacht, Baby alles zu erzählen, was sie taten. Tex öffnete seine Tür und Baby war sofort bereit. Sie setzte sich auf den Fahrersitz, damit Tex die Leine an ihrem Halsband befestigen konnte, und sprang dann fröhlich aus dem Wagen.

Tex humpelte zur Haustür und bemerkte plötzlich, dass er die Nacht wahrscheinlich besser in einem Hotel verbringen sollte, anstatt seine Freunde zu dieser späten Stunde zu belästigen, aber jetzt war es zu spät. Die Tür wurde aufgerissen und Caroline lief auf ihn zu.

Tex blieb stehen und machte sich bereit, die Frau aufzufangen, die sich auf ihn stürzten wollte, aber Caroline kam nicht dazu. Baby stellte sich vor ihn und knurrte. Ein leises, bedrohliches Geräusch, das Tex bisher kein einziges Mal von dem Hund gehört hatte. Caroline blieb abrupt stehen und Tex sah verwirrt nach unten. Baby hatte während der letzten drei Tage keine einzige Spur von Aggression gegenüber anderen gezeigt. Sie hatte Tausende Kilometer neben ihm gesessen und während der ganzen Reise weder geknurrt noch gebellt. Sie hatten unzählige Fremde auf ihrem Weg getroffen und Baby hatte sich nie dafür interessiert. Sie waren sogar in einer Raststätte mit gemein aussehenden Motorradfahrern gewesen und Baby hatte sie keines Blickes gewürdigt. Aber jetzt schien sie offensichtlich beunruhigt zu sein.

»Heiliger Strohsack!«, sagte Caroline atemlos, bevor Wolf kam, seinen Arm um Carolines Hüfte legte und sie hinter sich schob, weg von dem knurrenden Hund.

»Baby, nein!«, befahl Tex schroff.

Die Hündin zog sich nicht vollständig zurück, setzte sich aber auf Tex' Füße. Er konnte sehen, dass sie nach wie vor angespannt war. Jeder Muskel in ihrem Körper war angespannt und bereit zum Angriff, um ihn zu beschützen.

»Netter Hund, den du da hast, Tex«, sagte Wolf sarkastisch.

»Tut mir leid. Sie war die ganze Fahrt über in Ordnung.«

»Ich bin auf dich zugelaufen, Tex. Sie will dich beschützen. Du hast sie gut erzogen«, sagte Caroline humorvoll.

»Sie ist gar nicht mein Hund und ich habe sie nicht erzogen. Ich habe sie erst vor drei Tagen aufgenommen.« Tex verstand nicht, warum Baby sich so verhielt, aber auf gewisse Weise fühlte er sich geschmeichelt. Anscheinend hatte Baby ihn als ihr neues Herrchen angenommen. Ihre Loyalität ihm gegenüber fühlte sich gut an.

»Nun, es sieht so aus, als hätte die Zeit, die du mit ihr unterwegs warst, eure Beziehung gefestigt. Es scheint, als würde sie dich jetzt für sich beanspruchen, und ich muss Ice zustimmen, sie beschützt dich«, bemerkte Wolf trocken.

Tex beugte sich nach vorne, weil er wusste, dass er mit seinem Bein nicht wieder aufstehen könnte, wenn er sich hinhockte. Mit der einen Hand hielt er Baby am Halsband fest und mit der anderen hob er ihren Kopf nach oben, damit sie ihn ansah. »Es ist okay, Baby. Das sind meine Freunde. Sie werden auch Melodys Freunde sein, wenn wir sie erst gefunden haben. Du darfst sie nicht beißen. Verdammt, du solltest sie wahrscheinlich auch nicht anknurren.«

Tex strich der Hündin mit seiner Hand über den Kopf, als er sie losließ. Baby leckte ein Mal über seine Hand und fing wieder an, mit dem Schwanz zu wedeln.

»Glaubst du, ich kann dich jetzt umarmen, oder wird sie mir die Halsschlagader durchbeißen?«, scherzte Caroline.

»Komm her, Frau«, sagte Tex als Antwort, streckte die Hand aus und zog Caroline zu sich.

Als Baby weder knurrte noch anderweitig aggressiv wurde, entspannte Caroline sich in seinen Armen.

»Es ist so verdammt schön, dich zu sehen, Ice. Es ist viel zu lange her. Passt du auch auf, dass Wolf nicht aus der Reihe tanzt?«

»Verdammt, Tex, du weißt, dass das unmöglich ist«, scherzte Caroline erneut. »Komm schon, lass uns reingehen, damit du dich etwas ausruhen kannst. Du bist sicher müde und brauchst ein paar Stunden Schlaf. Wir haben das Gästezimmer im Keller für dich vorbereitet.«

Tex zog sich zurück und lächelte Caroline an. Sie kümmerte sich immer um andere. Er schnippte mit den Fingern nach Baby, als er losging. Er hatte zwar die Leine in der Hand, aber er versuchte, ihr beizubringen, auf seine nonverbalen Kommandos zu hören. Bisher hatte Baby auch verdammt gut mitgearbeitet. Der Hund war schlau, sehr schlau.

Während sie ins Haus gingen, legte Wolf Tex eine Hand auf die Schulter. »Schön, dich zu sehen, Mann. War die Fahrt okay?«

»Ja, lang, aber in Ordnung.«

Die beiden Männer sahen sich an und Wolf erkannte, dass Tex ihm das Zeichen für »später« gab. Tex wollte Caroline nicht damit beunruhigen, wie er sich in Bezug auf Melody fühlte. Tex hatte Wolf ein wenig darüber erzählt, warum er nach Kalifornien gekommen war, aber noch nicht die ganze Geschichte.

Als sie das kleine Haus betraten, trottete Baby neben Tex her, als hätten sie sich schon ihr ganzes Leben lang gekannt. Sobald die Haustür hinter ihnen geschlossen war, nahm er die Leine ab. Baby blieb weiterhin in seiner Nähe. Sie lief nicht im Haus herum und schien auch nicht besonders neugierig zu sein, wo sie sich befanden. Sie hatte nur Augen für Tex.

Nachdem sie etwa dreißig Minuten am Küchentisch gesessen und sich über Allgemeines unterhalten hatten, verabschiedete Caroline sich, um ins Bett zu gehen. Sie gab Tex einen Kuss auf die Stirn und fuhr ihrem Mann liebevoll mit der Hand über den Kopf, bevor sie aus dem Zimmer ging. Baby hob den Kopf und sah Caroline hinterher, bewegte sich aber nicht von ihrem Platz neben Tex' Füßen.

Die Männer sahen zu, wie Caroline den Raum verließ, und warteten noch ein paar Minuten. Schließlich fing Wolf zu reden an. »Jetzt raus mit der Sprache. Was ist los? Ich kenne dich. Du fährst nicht aus einer Laune heraus quer durchs ganze Land. Was bedeutet dir diese Frau?«

»Wolf, ich habe sie noch nie getroffen, aber sie steckt in Schwierigkeiten.«

»Versteh mich nicht falsch, ich hasse es auch, wenn Frauen in Schwierigkeiten sind, aber es hört sich so an, als hättest du eine tiefere Beziehung zu dieser Frau, die du nicht einmal kennst. Das ist seltsam.«

»Ich habe gesagt, dass ich sie noch nie getroffen habe«, wiederholte Tex, »nicht, dass ich sie nicht kenne. Ich habe mit ihr während der letzten sechs Monate gechattet. Sie steckt in Schwierigkeiten und ich muss ihr helfen.«

»Okay, sag mir, was das Team tun kann.«

Tex lächelte. Er vermisste es, Teil eines Teams zu sein. Er erinnerte sich noch an die bedingungslose Loyalität und daran, dass es niemals infrage gestellt wurde, wenn jemand das Gefühl hatte, dass etwas nicht stimmte.

»Ganz ehrlich? Ich weiß es nicht. Ich bin bis jetzt nur einer Ahnung gefolgt. Ich weiß nicht einmal, ob Melody überhaupt in Anaheim ist.«

»Du weißt, dass es nur ein Katzensprung dorthin ist, wenn du uns brauchst. Ich werde den Kommandanten darüber informieren, dass wir möglicherweise ein paar Tage Auszeit benötigen, wenn du uns brauchst.«

»Danke, Wolf, ich weiß das zu schätzen.«

»Apropos Kommandant, er war nicht gerade begeistert, dass du Julie Lytle auf ihn gehetzt hast.«

Tex grinste. »Hey, ich hatte nur gehört, dass sie mit Cookie reden wollte. Ich dachte, es wäre für beide gut, über das zu sprechen, was in Mexiko passiert ist.«

»Weißt du, dass der Kommandant jetzt mit ihr zusammen ist?«, fragte Wolf.

Tex hob nur eine Augenbraue.

»Natürlich weißt du das. Jesus, Tex. Ich sollte mich eigentlich nicht mehr wundern, wen du alles kennst und wie unheimlich es ist, dass du weißt, was andere brauchen, bevor sie es selbst wissen, aber ich bin jedes Mal wieder überrascht.«

»Ganz im Ernst, ich wusste nicht, dass sie zusammenkommen würden, aber wenn jemand etwas Glück in seinem Leben gebraucht hat, dann war es Julie. Und wenn Hurt glücklich ist, dann umso besser. Und ich beabsichtige nicht zu zögern, den Kommandanten um Unterstützung zu bitten, sollte Melody sie brauchen.«

»Natürlich. Ich bin mir sicher, dass er keine Sekunde zögern wird, alles zu tun, um dir zu helfen. Du weißt, dass jeder im Team dir etwas schuldet.« Wolf wusste, dass Tex nicht gern darüber redete, also wechselte er das Thema. »Nimmst du die Hündin mit? Du kannst sie auch hierlassen, wenn du willst.«

»Danke, aber ich werde sie mitnehmen.«

Baby sah zu ihnen auf, als wüsste sie, dass die

Männer über sie sprachen. Tex legte seine Hand auf Babys Kopf.

»Okay, dann ruh dich jetzt aus und schlaf ein bisschen. Ich muss dich noch warnen, Caroline hat für morgen den gesamten Clan zum Frühstück eingeladen. Ich weiß, dass du so früh wie möglich aufbrechen willst, aber es wäre schön, wenn du noch ein bisschen bleiben könntest. Sie wollen dich alle endlich persönlich kennenlernen.«

Tex seufzte gespielt. Die Wahrheit war, dass er sich auch darauf freute, die anderen Frauen zu treffen. »Ich denke, ein paar Stunden kann ich entbehren.«

Wolf lachte, als er aufstand. »Wir sehen uns dann morgen früh. Ich glaube, Ice hat genügend Vorräte ins Gästezimmer gebracht, sodass du dort monatelang überleben könntest, aber wenn du irgendetwas brauchst, kannst du jederzeit hochkommen und dich selbst bedienen. Ich hole deine Tasche von draußen.«

»Danke.« Tex wusste die Hilfe zu schätzen, denn sein Bein tat weh und er musste sich für eine Weile ausruhen. »Da muss auch noch eine Tüte Hundefutter sein. Baby wird es morgen früh brauchen.«

Wolf hob zur Bestätigung die Hand, als er durch die Tür ging.

»Musst du noch mal raus, Baby?«, fragte Tex den Hund zu seinen Füßen. Als Baby sich nicht bewegte, sondern sich seufzend hinlegte, interpretierte Tex das als ein Nein auf seine Frage. »Dann lass uns schlafen gehen. Morgen früh wird es hier verrückt zugehen. Diese Frauen sind alle verrückt.« Seine Wortwahl war höhnisch, aber sein Tonfall war liebevoll.

Unter Schmerzen erhob Tex sich vom Stuhl und ging zur Kellertür. Als er die Treppe hinunterging, wich Baby ihm nicht von der Seite. Tex stolperte ein Mal, aber Baby drückte ihr ganzes Gewicht gegen sein gutes Bein und er fand sein Gleichgewicht wieder. »Danke dir, braves Mädchen.«

Nachdem Wolf die Tasche hinuntergebracht hatte und Tex im Bad gewesen war, nahm er seine Prothese ab und massierte seinen Stumpf mit einer Lotion. Aufgrund der langen Fahrt tat es mehr weh als sonst.

Baby sprang neben ihm aufs Bett und drehte sich ein paarmal im Kreis, bevor sie ihr »Nest« für vollständig erklärte. Sie seufzte ein Mal und legte den Kopf auf Tex' Bein. Er beugte sich vor und tätschelte ihr den Kopf. »Braves Mädchen.«

Entgegen jeder Hoffnung beugte Tex sich hinüber und nahm seinen Laptop vom Nachttisch, auf dem er ihn abgestellt hatte, bevor er seine Prothese abgenommen hatte. Er klappte ihn auf, schaltete ihn ein und wartete darauf, dass die Verbindung zu Wolfs WLAN hergestellt wurde.

Tex loggte sich in den Chatraum ein, den er und Melody benutzt hatten, und wartete in der Hoffnung, dass sie sich noch einmal angemeldet hatte. Er schaute jeden Abend nach, nur für den Fall. Ein paar Minuten später seufzte er enttäuscht. Sie hatte sich nicht angemeldet ... zumindest nicht unter demselben Benutzernamen, den sie in der Vergangenheit verwendet hatte. Sollte sie einen anderen Namen benutzen, kannte Tex diesen nicht, aber es hatte ihm auch niemand eine private Nachricht gesendet. Er schaltete den Laptop wieder aus und stellte ihn zurück auf den Nachttisch. Er lehnte sich zurück aufs Bett und starrte an die Decke.

Er hatte keine Ahnung, wo Melody war oder was sie durchmachte, aber er hoffte, dass sie in Sicherheit war. Sie musste in Sicherheit bleiben, bis Tex sie fand. Er hatte keinen Zweifel daran, dass er sie finden würde. Er musste sie finden. Es gab keine Alternative.

KAPITEL DREI

Tex lächelte, als er von Wolfs Haus wegfuhr. Die letzten drei Stunden waren verrückt gewesen, aber er hätte es für nichts in der Welt verpassen wollen. Er hatte Melody und den Grund, warum er nach Kalifornien gekommen war, nicht vergessen, aber endlich die anderen Frauen zu treffen war besser gewesen als erwartet.

Sobald er die Küche betreten hatte, war er von Frauen umgeben gewesen, die um ihn herumtobten. Fiona hatte ihn zuerst gepackt und einfach nur geschluchzt. Tex hatte das Gefühl, zu ihr die tiefste Verbindung zu haben. Drei Tage lang hatte er alle vier Stunden mit ihr telefoniert, während Cookie und das Team ihr Bestes gegeben hatten, um von einer Mission nach Hause zurückzukehren. Obwohl Fiona zu dem Zeitpunkt halluziniert hatte, erinnerte sie sich an jedes Wort, das sie gewechselt hatten.

Sie flüsterte ihm ins Ohr, als Tex sie festhielt. »Danke, dass du dich um mich gekümmert hast, als Hunter nicht hier war.«

Tex hatte sie fest gedrückt und zurück geflüstert: »Wann immer du mich brauchst, werde ich für dich da sein.«

Der Reihe nach umarmten ihn auch die anderen Frauen. Tex hatte bei jeder von ihnen geholfen, sie aus schrecklichen Situationen zu befreien und zu ihren Männern zurückzubringen. Bevor Jessyka ihn wieder losgelassen hatte, hatte sie ihm sogar zugeflüstert: »Danke, dass du die Männer davon überzeugt hast, ebenfalls diese Ortungsgeräte zu brauchen.«

Nachdem Jess' Ex Benny entführt und sie in eine Falle gelockt hatte, hatte sie mit den SEALs geschimpft, dass sie sich nicht ausreichend geschützt hatten, und sie hatte recht gehabt. Sie war damals nur in die Fänge ihres Ex-Freundes geraten, weil sie Benny beschützen wollte. Die SEALs hatten Tex zwar damit beauftragt, Ortungsgeräte für ihre Frauen zu besorgen, aber um sich selbst hatten sie sich keine Gedanken gemacht.

Die Männer schüttelten nur den Kopf über die emotionale Reaktion ihrer Frauen auf Tex. Während des Frühstücks hatten sie viel gelacht und sich an die guten Zeiten in ihrem Leben erinnert. Baby hatte viel zu viel Speck- und Wurststücke bekommen, war Tex aber nie länger als einen Moment von der Seite gewichen.

Schließlich war es für Tex Zeit gewesen abzureisen. So sehr er sich auch noch etwas länger in dem Glück baden wollte, das aus jeder Pore der Körper seiner Freunde zu sickern schien, konnte er Melody nicht aus dem Kopf bekommen. Sie war da draußen ... irgendwo. Sie hatte niemanden. Keine Freunde, die für sie da waren. Keine Militärfreunde, die ihr helfen könnten. Sie hatte Angst, das hatte sie selbst gesagt. Und Tex hasste den Gedanken daran.

So gern er auch mit Caroline und den anderen Frauen zusammen war, er musste aufbrechen. Baby war sofort aufgestanden und zur Tür getänzelt. Es sah so aus, als wäre sie genauso bereit zu gehen wie er.

Jetzt lief Tex' Verstand auf Hochtouren. Er hatte eigentlich keinen Plan, außer nach Anaheim zu fahren und zu sehen, was er herausfinden konnte. Er würde die Hotels überprüfen, ob Melody irgendwo eingecheckt hatte. Das würde natürlich voraussetzen, dass sie ihren richtigen Namen, Melody Grace, verwendet hatte, wobei das unwahrscheinlich war. Amy hatte ihm ein Foto von ihr gegeben, das er Hotelangestellten zeigen könnte, aber das war vermutlich genauso aussichtslos angesichts der schieren Menge an Touristen, denen sie jeden Tag begegneten. Tex würde sich wahrscheinlich weiterhin auf seine Computerkenntnisse verlassen müssen, um ihren Standort einzugrenzen. Er würde sich schon besser fühlen, wenn er wenigstens wüsste, dass er in derselben Stadt war wie sie.

Nach ein paar Stunden Fahrt durch die Stadt bog Tex zu einem Hotel ein, das nicht weit von dem großen Vergnügungspark entfernt war. Überall, wo er hinschaute, wurde er daran erinnert, wo er sich befand. Überall gab es Disney-Figuren. Es bestätigte ihn in seiner Überzeugung, dass Melody ihn nach seiner Lieblingsfigur gefragt hatte, weil es für sie ein allgegenwärtiges Thema war.

Tex mietete ein Zimmer im Erdgeschoss, damit Baby leichter Auslauf bekommen konnte. Er brachte seine

Tasche sowie Babys Futter und Spielzeug in das Zimmer. Er machte sich nicht die Mühe, das Hundebett zu holen, weil er wusste, dass Baby es sich einfach auf der Matratze neben ihm gemütlich machen würde. Tex stellte eine Schüssel mit Wasser auf den Boden und lächelte, als Baby zu trinken anfing.

Er setzte sich an den Tisch am Fenster und öffnete seinen Laptop. Tex würde damit beginnen, die Untertitelfirmen zu recherchieren, und sehen, was er herausfinden konnte.

Nach dreißig Minuten Recherche lehnte er sich auf dem Stuhl zurück. Er war nahe dran. Sehr nahe. Er konnte es in seinen Knochen spüren. Es war leicht gewesen, die Firma zu finden, für die Melody arbeitete. Erst heute hatte Melody die Untertitel für eine Abschlussfeier in Indiana erstellt. Anscheinend stellte derjenige, der den Auftrag gab, den Kontakt über Skype her. Melody verfolgte das Ereignis, in diesem Fall eine Abschlussfeier, dann live über Skype und transkribierte alles, was gesagt wurde. Die Teilnehmer der Abschlussfeier, die den Dienst in Anspruch nehmen wollten, benutzten eine App auf ihrem Handy und konnten in Echtzeit verfolgen, was sie tippte, während sie im Publikum saßen.

Es war wirklich beeindruckend und etwas, worüber Tex noch nie nachgedacht hatte. Kein Wunder, dass Mel so schnell tippen konnte. Er hatte sich immer gewundert, aber nie daran gedacht, sie zu fragen.

Da Melody an diesem Tag online gewesen war, um die Abschlussfeier in Indiana zu transkribieren, konnte Tex das WLAN-Signal auf einen Teil von Anaheim eingrenzen. Er bekam Gänsehaut. Er war so nahe dran.

Gedankenabwesend rieb er sich den linken Oberschenkel und versuchte, den Phantomschmerz zu vertreiben. Bei diesen guten Neuigkeiten schien es ein
geeigneter Zeitpunkt zu sein, eine Tasse Kaffee zu trinken. Wenn Melody sich heute sicher genug gefühlt hatte,
das Internet zu benutzen, würde sie es hoffentlich bald
wieder tun.

Melody saß mit dem Rücken gegen die Wand gelehnt auf
dem Bett in ihrem Hotelzimmer. Sie hatte die Beine ange-
winkelt und ihr Kopf ruhte auf ihren Knien, während sie
ihr Telefon in der Hand hielt. Es war Zeit weiterzuziehen,
aber sie war jetzt schon so lange in Kalifornien, dass sie
eigentlich nicht abreisen wollte. Wenn Melody ehrlich zu
sich war, wollte sie nur noch nach Hause.

Aber wer auch immer sie verfolgte, hatte sie wieder
gefunden und war noch unerbittlicher als zuvor. Melody
dachte, sie wäre schlau gewesen, indem sie jede Woche
das Hotelzimmer wechselte und einen anderen Hotspot
für ihre Internetverbindung benutzte, aber ihr Verfolger
war anscheinend schlauer, als sie geahnt hatte. Melody
hatte keine Ahnung, wie er es anstellte, sie immer wieder
zu finden, aber sie hatte es satt. Sie vermisste Amy. Sie
vermisste Baby. Sie vermisste ihre Eltern. Sie vermisste
Pennsylvania.

Melody starrte auf den Brief, der mitten im Zimmer
auf dem Boden lag, wo sie ihn nach dem Lesen fallen
gelassen hatte. Die Mitarbeiterin an der Rezeption hatte
ihn ihr gegeben, als sie heute zurückgekehrt war, und

Melody wusste, dass sie wahrscheinlich nicht mögen würde, was darin stand. Nachdem sie ihr Hotelzimmer betreten hatte, hatte Melody widerwillig den Brief geöffnet. Die Worte würde sie nie mehr vergessen.

Egal wo du auch hingehst, ich werde dich finden. Du und ich, wir sind gleich. Warum kannst du das nicht einsehen?

Melody hatte keine Ahnung, was das bedeuten sollte. Die Nachricht war genauso gruselig wie die anderen zuvor. Es war kein Poststempel auf dem Umschlag. Wer auch immer der Absender war, musste ins Hotel gekommen sein und den Brief abgegeben haben. Das bedeutete, dass er hier war. Das bedeutete, dass Melody von hier verschwinden musste. Sofort.

Sie legte den Kopf wieder auf ihre Knie. Sie wusste nicht mehr, was sie noch tun sollte. Sie hatte nur noch eine Idee, aber dazu hatte ihr bisher der Mut gefehlt. Sie ballte die Faust um das Telefon in ihrer Hand. Sie hatte ein paar Prepaid-Telefone gekauft, mit denen sie ihre Familie und Amy anrufen konnte. Sie hatte oft genug im Fernsehen gesehen, dass sie sich schlecht zurückverfolgen ließen. Aber offensichtlich war das jetzt auch egal, denn er hatte sie trotzdem gefunden.

Melody schaute noch einmal auf, hielt das Telefon hoch und starrte es an. Sie hatte die Telefonnummer bereits im Kopf, die Tex ihr gegeben hatte. Sie hatte nie die Absicht gehabt, ihn wirklich anzurufen, aber sie hatte sie trotzdem auswendig gelernt.

Es war so verlockend. Melody dachte an ihre Gespräche zurück. Tex war ein guter Kerl. *Guter Kerl* schien aus jeder Pore seines Körpers zu strömen. Er war ein echter Held und Melody brauchte jetzt einen Helden, aber sie wollte ihn nicht mit hineinziehen. Das würde aber passieren. Sie würde ihn mit ihren Problemen belasten und er würde versuchen wollen, es in Ordnung zu bringen, aber Melody hatte keine Ahnung, wie er das anstellen könnte.

Sie war müde und verängstigt. Mit Amys Unterstützung und Dank ihrer Arbeit hatte sie genügend Geld, um weiterzuziehen, aber sie wusste nicht mehr wohin. In ein anderes Hotel in einer anderen Stadt, wo sich das gleiche Spiel wiederholen würde? Sie war so weit weg von Pennsylvania, wie sie nur sein konnte, aber irgendwie hatte ihr Verfolger trotzdem herausgefunden, wo sie war.

Geistesabwesend öffnete Melody die SMS-App auf dem Telefon und tippte langsam, Ziffer für Ziffer, die Nummer ein, die sie auswendig gelernt hatte. Dann schrieb sie, ohne weiter darüber nachzudenken, was ihr als Erstes in den Sinn kam.

Melody legte das Telefon, ohne die SMS abzuschicken, auf den Boden und senkte den Kopf wieder auf ihre Knie. Ihr braun gefärbtes Haar hing ihr über die Beine. Sie haderte mit sich. *Was kann es schaden, wenn ich ihm eine SMS schicke? Es ist ja nicht so, dass Tex wüsste, wo ich bin. Ich vermisse ihn. Ich vermisse es, mit ihm zu reden. Dank ihm habe ich während der letzten Monate nicht den Verstand verloren. Bei ihm habe ich mich normal gefühlt.*

Aber was ist, wenn er sauer ist, weil ich mein Benutzerkonto in dem Chatraum gelöscht habe? Was ist, wenn er nicht

antwortet? Was ist, wenn er es tut? Ich brauche nur jeman-
den, mit dem ich mich ein bisschen verbunden fühle, damit
ich mich nicht so allein fühle. Er ist ein SEAL. Er kann mir
helfen.

Ohne weiter darüber nachzudenken, nahm Melody das Telefon in die Hand und drückte auf Senden. Die drei Wörter auf dem kleinen Bildschirm schienen sie förmlich zu blenden, fassten ihre Gefühle aber im Grunde sehr gut zusammen. Würde Tex antworten? Würde es ihn interessieren? Melody legte den Kopf zurück auf ihre Knie und schloss die Augen. Sie hatte Angst zu hoffen, Angst, sich zu bewegen, Angst zu bleiben, wo sie war.

Tex saß an einem Tisch in dem kleinen Café gegenüber der Buchhandlung und wartete. Baby lag zu seinen Füßen und hatte den Blick auf den Laden auf der anderen Straßenseite gerichtet. Es war, als wüsste sie irgendwie, dass Melody in der Nähe war.

Tex war nervös. Er war sonst nie nervös. Er war für seine Gelassenheit bekannt. Derjenige, der bei einer Mission nie ins Schwitzen geriet. Aber in diesem Moment war Tex nicht gelassen. Er wusste, dass ihm die Zeit davonlief. Erst hatte Melody ihr Benutzerkonto gelöscht, dann die Funkstille, danach arbeitete sie an sehr vielen Jobs in sehr kurzer Zeit. Sie war kurz davor, wieder davonzulaufen, und er musste sie finden, bevor es zu spät war. Er hoffte, dass sie heute einen weiteren Auftrag bearbeiten würde. Sie hatte sehr gute Arbeit geleistet, ihren genauen Aufenthaltsort zu verbergen, aber Tex wusste, dass er sie finden konnte, genau wie ihr Stalker.

Der Gedanke daran, dass jemand einen Menschen terrorisierte, der so nett war wie Melody, traf Tex wie ein Messerstich. Es gab nicht viele wirklich »nette« Leute auf dieser Welt, aber nach allem, was er über Melody wusste, gehörte sie dazu. Ihrer Familie und ihren Freunden war keine einzige negative Sache über sie eingefallen. Verdammt, sogar ihr Hund sehnte sich nach ihr. Es machte ihn wirklich wütend, dass jemand es wagte, einen so netten Menschen wie Melody zu schikanieren.

Wenn er ehrlich mit sich selbst war, beunruhigte es ihn etwas, wie sehr er sich um diese Frau sorgte. Eine Frau, die er eigentlich noch nie getroffen hatte. Es war sogar ein bisschen verrückt. Melody hatte ihm erzählt, sie wäre siebenundzwanzig, und eigentlich war das etwas zu jung für ihn. Er war fünfunddreißig, fühlte sich sogar noch älter, aber es war ja nicht so, als wollte er tatsächlich etwas mit ihr anfangen ... oder doch?

Tex beugte sich vor, zog seine Brieftasche heraus und nahm das Bild heraus, das Amy ihm gegeben hatte. Es war ein Foto von Amy und Melody. Sie hielten sich in den Armen und lächelten in die Kamera. Beide Frauen trugen eine kurze Hose und ein T-Shirt. Amy hatte ihm erzählt, dass es kurz vor Melodys Verschwinden bei einem Grillabend in ihrem Haus aufgenommen worden war.

Tex strich mit den Fingern über Melodys Gesicht. Er hatte nicht wirklich viel darüber nachgedacht, wie Mel aussehen würde. Er mochte sie wegen ihres Sarkasmus und ihres Sinns für Humor. Tex redete gern mit ihr und es war ihm egal, wie sie aussah, er würde es immer genießen, mit ihr zu reden. Aber wie sich herausstellte, war Melody wirklich süß. Sie hatte blondes, lockiges, schulterlanges Haar. Sie war weder klein noch groß. Tex glaubte nicht, dass sie jemals so schlank sein würde wie ein Model. Melody besaß, was Tex als üppige weibliche Rundungen bezeichnen würde. Er schüttelte den Kopf und steckte das Bild zur sicheren Aufbewahrung wieder in seine Brieftasche.

Er war nervös und etwas verwirrt. Keine Frau hatte jemals solche Gefühle in ihm ausgelöst wie Melody. Sie beruhigte und unterstützte ihn und hatte keine Angst davor, ihn auf seine Fehler hinzuweisen. Tex hatte sich ihr gegenüber mehr geöffnet als jeder anderen Frau zuvor. Sie kannte ihn, und das war verdammt beängstigend. Sie wusste, wie er wirklich darüber empfand, sein Bein verloren zu haben, eine Prothese zu tragen, kein SEAL mehr zu sein. Sie wusste über seine Freunde Bescheid, sie wusste alles. Zum Teil war Tex auch verletzt, dass Melody ihn einfach so abgekanzelt hatte. Sie hatten einander so viel mitgeteilt und die Tatsache, dass sie ihn so einfach aus ihrem Leben auslöschen konnte, war ein tiefer Schlag gewesen.

Baby hob den Kopf, als Tex' Telefon vibrierte und eine neue SMS angezeigt wurde. Der Hund sah ihn mit gespitzten Ohren an. Tex beugte sich vor und streichelte Baby mit seiner Hand über den Kopf. »Es ist wahrscheinlich Caroline oder eine der anderen Frauen, die sich erkundigen wollen, ob ich gut angekommen bin«, beruhigte er den Hund.

. . .

Ich habe Angst

Das war alles, was in der SMS stand. Nur diese drei Wörter. Tex kannte die Nummer nicht, wusste aber sofort, wer der Absender war. Er richtete sich auf dem Stuhl auf und tippte eilig eine Antwort ein. Sein Herz schlug plötzlich so schnell, als wäre er gerade einen Marathon gelaufen.

Ich weiß, dass du Angst hast, Mel. Wo bist du?

Mit angehaltenem Atem wartete Tex auf ihre Antwort. Er hoffte, sie würde ihm zurückschreiben. Er wusste nicht, in welchem Zustand Melody sich befand, aber wenn sie ihm nach zwei Wochen Funkstille schrieb, dass sie Angst hatte, konnte das nichts Gutes bedeuten. Sie war offensichtlich sehr nervös und Tex wusste, dass sie jeden Moment die Nerven verlieren könnte.

Nirgends
  Hör auf mit dem Mist und sag mir, wo du bist

Tex wusste, dass er zu ihr musste. Sie war depressiv und hatte Angst, das war keine gute Kombination.

. . .

Kalifornien

WO genau?

Anaheim

Weiter

Was spielt das für eine Rolle?

Es spielt eine Rolle für mich. Welches Hotel? Welche Zimmernummer?

Was willst du tun? Kommst du dann her und holst mich? Hotel? Zimmer?

Holiday Inn Express. 305

Bleib, wo du bist. Rühre dich nicht vom Fleck. Öffne niemandem die Tür. Es wird alles gut!

Tex wartete nicht auf ihre Antwort. Er sprang vom Stuhl auf und griff nach Babys Leine. »Bereit, dein Frauchen zu sehen, mein Mädchen?« Baby jaulte zur Antwort, als wüsste sie genau, was los war und wohin sie gingen.

Tex dankte Gott, dass Melody ihn angeschrieben hatte. Er ging zum Parkhaus, in dem er seinen Wagen geparkt hatte. Endlich würde er sein Mädchen holen. Sie war jetzt nicht mehr allein.

KAPITEL VIER

Melody legte das Telefon zur Seite und den Kopf wieder auf ihre Knie. Sie schloss die Augen. *Bleib, wo du bist.* Das würde sie schaffen. Das würde sie mit Leichtigkeit schaffen. Sie hatte keine Kraft mehr, irgendwohin zu gehen. Sie war fertig. Sie hatte keine Ahnung, was Tex vorhatte, aber sie fühlte sich besser, jetzt, wo noch jemand anderes als ihr Stalker wusste, wo sie war.

Sie dachte an eines ihrer Online-Gespräche zurück, das sie vor nicht allzu langer Zeit mit Tex geführt hatte. Sie hatte endlich den Mut gefasst, ihn zu fragen, ob er Fotos mit ihr austauschen wollte. Sie würde niemals vergessen, was er erwidert hatte. *Ich brauche kein Bild, um zu wissen, dass du wunderschön bist.*

Melody hatte laut gelacht und ihn dann gefragt, ob er der Ansicht war, dass sie dreihundert Kilo wöge und grottenhässlich wäre. Daraufhin hatte er ihr versichert, dass ihre Freundschaft und ihre bedingungslose Unterstützung ihm alles bedeuteten und dass er wusste, dass sie eine schöne Seele hatte. Nach diesen Worten hatte sie tagelang ein Lächeln im Gesicht gehabt.

Aber jetzt wünschte Melody sich, dass sie wüsste, wie Tex aussah. Sie hatte ihn einmal gefragt, doch er hatte nur geantwortet, dass er ein »abgewrackter pensionierter Navy-Typ war, dem ein halbes Bein fehlte«. Melody war es egal, ob er vernarbt, klein, kahlköpfig oder fett war, weil er jeden Tag zu viele Donuts aß. Er war in dieser verrückten neuen Welt, in der sie jetzt lebte, ihre Lebensader gewesen. Melody wusste, er war davon überzeugt, dass der Verlust seines Beines andere Leute abschreckte, wenn sie ihm näher kamen, aber in ihren Augen machte es ihn zu dem, was er war. Er unterstützte sie und war einfühlsam und fürsorglich. Diese Charaktereigenschaften wogen in Melodys Augen mehr als Äußerlichkeiten.

Aber sie konnte sich Tex in ihrem Kopf nur als großen, dunkelhaarigen und gut aussehenden Mann vorstellen. Er müsste größer sein als sie, was nicht schwer war, da sie nur einen Meter siebzig groß war. Er würde auf jeden Fall groß genug sein, damit sie sich in seinen Armen sicher und geborgen fühlen konnte. Sie hatte sich so lange nicht mehr sicher gefühlt, dass das allein den Himmel auf Erden für sie bedeuten würde. Er würde muskulös und stark sein, mit prallen Oberarmen, aber nicht zu groß. Sein Haar würde kurz sein, aber etwas zu lang fürs Militär, und seine Schultern wären breit genug, um ... mit einem Ruck unterbrach Melody ihre Gedanken.

Was auch immer. Das war sowieso alles Quatsch. Es

war ihr egal, wenn er nicht wie ein Mann vom Titelbild eines Liebesromans aussah. Sie brauchte nur *ihn*. Seine Worte und seine Willensstärke. Melody war schon lange auf sich allein gestellt und leistete auch verdammt gute Arbeit, aber es wäre schön, etwas Hilfe zu haben.

Melody erinnerte sich daran, wie Tex ihr erzählt hatte, dass seine SEAL-Freunde in Kalifornien lebten. Vielleicht würde er sie um Hilfe bitten. Daran dachte er mit Sicherheit. Sie nahm an, Tex würde ihr eine SMS schicken, sobald er einen Plan hatte. Er hatte sie gebeten, niemandem die Tür zu öffnen. Melody stieß ein bitteres kleines Lachen aus. Das musste Tex ihr nicht zweimal sagen. Sie würde niemandem die Tür öffnen. Sie fühlte sich keineswegs sicher, während sie zusammengekauert auf dem Boden saß, aber es war besser, als rauszugehen oder jemandem die Tür zu öffnen, der vielleicht ihr Stalker war und sie verletzen wollte. Dessen war sie sich sicher.

Melody schloss die Augen und konzentrierte sich aufs Atmen, nichts anderes, nur ein- und ausatmen. Für einen Moment könnte sie vergessen ... dass jemand sie tot sehen wollte ... dass sie allein auf der Welt war.

Tex ignorierte die bösen Blicke des Angestellten an der Rezeption, als er so schnell wie möglich durch die Eingangshalle zum Aufzug ging. Er bevorzugte normalerweise die Treppe, aber sein Bein tat immer noch weh und er wollte es nicht weiter überanstrengen, als er es bereits getan hatte. Tex wusste, dass er sich ausruhen sollte, aber bis Melody in Sicherheit war, hatte er keine Zeit dafür.

Baby an seiner Seite gab keinen Ton von sich. Tex konnte erkennen, dass sie ebenfalls angespannt war, aber sie machte keine Geräusche. Gott sei Dank waren Tiere im Hotel erlaubt, auch wenn der Angestellte offensichtlich kein Tierfreund war. Der Aufzug öffnete sich im dritten Stock. Tex stieg aus und folgte der Beschilderung den Flur hinunter in Richtung Zimmer 305.

Vor der Tür blieb er stehen und schickte Melody eine kurze SMS.

Es wird gleich jemand an deiner Tür klopfen. Es ist alles in Ordnung. Schau zuerst durch den Spion.

Tex holte tief Luft und griff nach Baby. Mit einer Hand klopfte er an die Tür und mit der anderen hielt er den Hund hoch, sodass der Kopf auf Höhe des Türspions war. Er hätte ihr auch einfach eine SMS schreiben können, dass er vor der Tür stand und sie ihn hineinlassen sollte, war sich aber nicht sicher, ob sie ihm glauben würde. Tex glaubte, es wäre der beste Weg, Melody ihren geliebten Hund zu zeigen, um sie dazu zu bringen, ihm zu vertrauen und die Tür zu öffnen. Natürlich könnte das auch ein Trick ihres Stalkers sein, aber Tex hoffte, dass Mel so überrascht und froh sein würde, ihren Hund zu sehen, dass sie die Tür öffnen würde. Sobald er drinnen wäre, würde er sie darauf hinweisen, dass das sehr leichtsinnig war.

Er wartete und hielt den Atem an. Plötzlich wurde die Tür geöffnet.

Die Frau, die jetzt vor Tex stand, raubte ihm den

Atem. Sie wirkte müde und gestresst, aber abgesehen von der veränderten Haarfarbe sah sie genauso aus wie auf dem Foto, das Amy ihm gegeben hatte. Tex hatte einige Zeit damit verbracht, Melody auf dem Foto zu bewundern, aber er hätte nie erwartet, wie süß sie tatsächlich war.

Melody war für eine Frau durchschnittlich groß. Sie ging ihm etwa bis zum Kinn. Sie hatte langes braunes Haar, das im Moment so aussah, als könnte es eine Haarwäsche vertragen. Sie trug eine alte Jeans, die wahrscheinlich schon vor ein paar Jahren hätte ersetzt werden sollen, aber sie sah sehr bequem aus. Dazu trug sie ein einfaches T-Shirt, das gleichzeitig nichts und doch alles zeigte. Sie war kurvig. Tex kannte sich nicht mit Größen aus, aber er wusste, was ihm gefiel, und was er sah, gefiel ihm definitiv. Er hatte ihre Kurven auf dem Bild mit Amy nicht wirklich erkennen können, aber es gefiel ihm wirklich sehr.

Melody sah gestresst, aber gesund aus. Seit er in Kalifornien war, hatte er viel zu viele Frauen gesehen, die offensichtlich dachten, dass gut auszusehen bedeutete, verhungern zu müssen. Verdammt, auf seinen Missionen hatte er unzählige Frauen gesehen, die untergewichtig waren und dafür getötet hätten, genug zu essen zu bekommen, um solche Kurven zu haben wie Melody.

Ihre Brüste drückten gegen den Stoff ihres Hemdes und unter ihrer Taille wölbten sich ihre üppigen Hüften heraus. Tex wollte sie am liebsten sofort festhalten und an sich drücken. Er hätte noch länger so dagestanden und sie bewundert, aber Baby machte Anstalten, aus seinem Griff zu entkommen, und er wollte sie nicht fallen lassen.

Tex stellte Baby auf dem Boden ab und der Hund sprang sofort auf Melody zu. Wenn Tex noch Zweifel daran gehabt hätte, dass es sich bei der Frau tatsächlich um Melody handelte, dann hatte der Hund diese gerade restlos beseitigt.

In Anbetracht der Gefahr, die Tex förmlich in der Luft zu spüren glaubte, schob er den Hund zusammen mit Melody sanft in ihr Zimmer zurück. Er beobachtete für einen Moment, wie Hund und Frauchen nach so langer Trennung ihre Wiedervereinigung zelebrierten. Schließlich saß Melody mit dem dreißig Kilogramm schweren Coonhound auf dem Schoß auf dem Boden und weinte, während Baby die Tränen ableckte, die über ihr Gesicht liefen.

»Baby! Oh mein Gott, Baby. Ich kann nicht glauben, dass du hier bist! Ich habe dich so vermisst.«

Melodys Worte waren so ehrlich und herzzerreißend, wie Tex es noch nie erlebt hatte. Geduldig wartend lehnte er sich gegen die Tür, bis Melody ihn bemerkte. Es war das erste Mal, dass ein Hund ihm die Schau stahl, aber er genoss jede Sekunde dieses Spektakels.

Melody umarmte ihren Hund und vergrub ihr Gesicht an seinem Hals. Sie hatte befürchtet, Baby niemals wiederzusehen. Ihren Hund zurückzulassen war das Schwierigste daran gewesen, Pennsylvania zu verlassen. Melody hatte Baby damals in einer Online-Anzeige des örtlichen Tierheims gesehen. Der Hund war abgemagert und voller Wunden, Flöhe und Zecken gewesen.

Babys traurige Augen hatten Melody vom ersten Moment an in den Bann gezogen.

Melody hatte alles stehen und liegen lassen und war noch am selben Nachmittag ins Tierheim gefahren. Die Angestellten hatten ihr erzählt, dass der Hund wahrscheinlich missbraucht worden war und eine Todesangst vor Menschen hatte. Er sollte am nächsten Tag eingeschläfert werden, aber die Mitarbeiter hatten noch ein letztes Mal versuchen wollen, einen Interessenten zu finden. Melody war zu den Hundezwingern gegangen und hatte fast geweint, als sie Baby zum ersten Mal gesehen hatte. Sie hatte sich an die Wand ihres Geheges gekauert und unkontrolliert gezittert. Melody hatte zu ihr in den Zwinger gehen dürfen. Dreißig Minuten lang hatte Melody geduldig auf dem Boden gesessen und mit dem Hund gesprochen. Die ganze Zeit über hatte sie irgendwelchen Unsinn gemurmelt.

Aber schließlich war Baby auf Melodys Schoß geklettert. Sie wog zu diesem Zeitpunkt kaum fünfzehn Kilogramm. Sie hatte gezittert und Melody hatte sie gestreichelt und ihr gut zugeredet. Noch am selben Abend hatte Melody sie mit nach Hause genommen, und nach und nach hatte Baby ihre Scheu abgelegt. Melody wusste, dass sie niemals ein sehr geselliger Hund sein würde, aber sie liebten sich bedingungslos.

Der Stalker hatte gedroht, Baby zu töten, weshalb Melody sie in Pennsylvania zurückgelassen hatte. In der Nachricht hatte gestanden: *Ich hasse Tiere. Ich werde deinem Hund den Kopf abschneiden und ihn an einem Spieß in deinem Garten aufstellen, wenn du ihn nicht loswirst.*

Melody hatte es geglaubt. Als sie am nächsten

Morgen aufgewacht war, hatte sie auf ihrer Veranda ein kopfloses Eichhörnchen vorgefunden, das an einem Spieß in einem ihrer Blumentöpfe steckte. Es war eine Warnung gewesen, die Melody sich zu Herzen genommen hatte. Binnen einer Woche hatte sie Pennsylvania verlassen, nachdem sie ihren geliebten Hund bei ihrer besten Freundin abgesetzt hatte.

Unter Tränen sah Melody zu dem Mann auf, der in ihrem Hotelzimmer stand. Während ihrer Wiedervereinigung mit Baby hatte er kein Wort gesagt. Für einen Augenblick hatte sie Angst. Ja, er hatte ihr Baby gebracht, aber er könnte auch der Stalker sein. Natürlich kam ihr dieser Gedanke jetzt etwas zu spät. Vielleicht hatte er den Hund nur benutzt, um Zugang zu ihrem Zimmer zu bekommen. Sie war eine Idiotin. Gerade als Melody in Panik geraten wollte, fing der Mann an, sich zu bewegen.

Er beugte sich vor und zog das linke Hosenbein seiner Jeans nach oben, gerade hoch genug, sodass Melody das glänzende Metall seiner Beinprothese sehen konnte.

»Tex«, hauchte Melody und konnte nicht glauben, dass er hier war. *Hier.* Tex war hier. Unbeholfen stand sie auf und wusste nicht, was sie sagen sollte.

»Komm her, Mel.«

Melody seufzte erleichtert. Sie machte einen Schritt auf Tex zu und plötzlich war sie in seinen Armen. Sie schlang die Arme um den Mann, der nicht unbedingt ein Fremder war, aber auch nicht wirklich jemand, den sie kannte, und weinte.

Sie weinte vor Erleichterung, dass sie nicht mehr allein war. Sie weinte, weil er Baby zu ihr gebracht hatte.

Sie weinte, weil sie so lange Angst gehabt hatte. Melody hatte nicht bemerkt, wie Tex sie rückwärts geschoben hatte, aber irgendwie saß sie plötzlich auf seinem Schoß, während er sich auf den Sessel in der Ecke des Zimmers setzte.

»Schhhh, Mel. Es ist in Ordnung. Ich bin da. Du bist jetzt in Sicherheit.«

Melody wollte nicht darüber nachdenken, wie merkwürdig sich das alles eigentlich anfühlen sollte, aber aus irgendeinem Grund nicht tat. Sie wollte auch an nichts anderes denken. Sie vergrub einfach ihren Kopf an Tex' Brust und hielt ihn noch fester.

Tex verstärkte seinen Griff um die Frau auf seinem Schoß. Seine Gedanken schwankten wild zwischen Erregung, Sympathie und Freude hin und her, dass er endlich bei der Frau war, die er während der letzten Monate kennengelernt hatte. Es wäre eine Lüge, würde er behaupten, im Verlauf des letzten halben Jahres nicht darüber nachgedacht zu haben, wie es sich anfühlen würde, sie in seinen Armen zu halten. Aber die Realität war noch viel besser.

Tex wartete darauf, dass Melody ihre Fassung zurückgewann. So sehr er auch darauf brannte, dass sie ihm alles erzählte, und so gern er auch mit ihr schimpfen wollte, dass sie sich nicht schon früher mit ihm in Verbindung gesetzt hatte, er musste geduldig sein. Er würde abwarten, bis sie bereit dazu war.

Melody holte tief Luft. Sie musste sich zusammenreißen. Sie hob den Kopf und sah sich nach Baby um. Der Hund saß direkt zu Tex' Füßen und sah die beiden an. Als Baby bemerkte, dass Melody sie ansah, beugte sie sich vor und legte ihren Kopf auf die Armlehne des Sessels, während sie rhythmisch mit dem Schwanz wedelte. Melody streckte ihre Hand aus und streichelte den Hund. »Gott, ich habe dich so sehr vermisst, Baby.«

Baby wimmerte und leckte über Melodys Hand.

»Das reicht, Mädchen. Leg dich hin. Ich muss mit deinem Frauchen reden«, sagte Tex mit liebevoller, aber zugleich strenger Stimme.

Melody sah erstaunt, wie ihr Hund das tat, was Tex gesagt hatte.

»Wie hast du sie dazu gebracht zu gehorchen? Ich habe es nie geschafft, sie zu erziehen. Sie ist verdammt hartnäckig.«

»Mel, sieh mich an.«

Tex' Stimme war tief und leise, und Melody bekam Gänsehaut auf den Armen. Er war ... mehr als sie erwartet hatte. Sie hatte sich immer eingeredet, dass es ihr egal wäre, sollte er nicht gut aussehen. Aber, großer Gott, ihn in Fleisch und Blut zu sehen war überwältigend. Er sah nicht einfach nur gut aus ... er sah einfach umwerfend aus. Melody konnte kein Gramm Fett an seinem Körper spüren. Tex' Oberschenkel unter ihrem Hintern waren steinhart. Seine Brust, an der sie die letzten zehn Minuten gelegen hatte, war ebenfalls muskulös und Melody würde jeden Cent, den sie besaß, darauf wetten, dass er einen Waschbrettbauch unter seinem Hemd hatte, der sich sehen lassen konnte. Er hatte kurzes, dunkles Haar, aber es waren seine Augen, die sie wirklich beeindruckten. Sie waren dunkelbraun und er sah sie an, als wäre sie für ihn das Wichtigste auf der Welt. Tex rührte sich nicht. Er bewegte sich nicht vom Fleck. Melody wusste, dass er sie ansah und darauf wartete, dass sie seinen Blick erwiderte.

Sie hob den Kopf. Ja, dieser durchdringende Blick war auf sie gerichtet.

»Ich heiße John Keegan, aber alle nennen mich Tex. Ich bin fünfunddreißig Jahre alt. Ich war ein Navy SEAL und bin aus gesundheitlichen Gründen aus der Navy ausgeschieden, nachdem ich auf einer Mission verwundet wurde und die Hälfte meines Beines amputiert werden musste. Ich habe jetzt eine Prothese. Der Stumpf ist nicht schön. Ich hatte noch nie ein Haustier. Ich habe es auch nie wirklich in Betracht gezogen, aber nachdem ich die letzten vier Tage mit Baby verbracht habe, gefällt es mir. Ich war außer mir vor Sorge um dich, Mel. Ich habe Amy und ihre Familie besucht und bin danach drei Tage lang quer durchs Land gefahren, um dich zu finden. Ich schwöre dir, auch wenn ich kein ganzer Mann mehr bin, ich bin dein Freund. Ich bin hier, um dir zu helfen. Wir werden herausfinden, was hier los ist, damit du wieder in dein Leben zurückkehren kannst und nicht mehr davonlaufen oder Angst haben musst.«

Melody wusste, dass ihre Unterlippe zitterte. Sie versuchte, ihre Tränen zurückzuhalten. Sie hatte während der letzten Tage schon viel zu viel geweint.

Sie folgte seinem Beispiel und sagte mit gesenkter Stimme: »Ich heiße Melody Grace. Ich bin siebenundzwanzig. Ich esse zu viel Mist und muss zu viele Kilos verlieren, um sie zählen zu können. Mein Job ist es, live Untertitel für Fernsehübertragungen zu erstellen, und ich bin verdammt gut darin. Ich kann einhundert Wörter pro Minute mit einer Fehlerrate von nur drei Prozent transkribieren. Wenn ich mich allein fühle, surfe ich im Internet und chatte mit Leuten. Vor ein paar Monaten habe ich jemanden kennengelernt, den ich wirklich mag.« Melody sah nach unten und fühlte, wie Tex seine Hand unter ihr Kinn legte und ihr den Kopf nach oben neigte.

»Weiter, Mel«, flüsterte Tex.

»Ich habe einen Hund, einen störrischen Hund, den ich von ganzem Herzen liebe. Und ich habe Angst. Ich könnte wirklich etwas Hilfe gebrauchen.«

Tex beugte sich vor und Melodys Herzschlag beschleunigte sich. Er küsste sie auf die Stirn und führte seine andere Hand von ihrem Rücken zu ihrer Wange. Er nahm ihr Gesicht zwischen beide Hände und schaute ihr in die Augen.

»Du bist nicht mehr allein, Mel. Vor all den Monaten hast du deine Hand nach mir ausgestreckt, und ich werde nicht zulassen, dass du jetzt einen Rückzieher machst. Wir werden herausfinden, was hier vor sich geht, und dich und Baby in Sicherheit bringen. Aber schließ mich nicht noch einmal so aus. Bitte! Du hast keine Ahnung, was du mir damit angetan hast, als du dein Benutzerkonto gelöscht hast.«

»Das werde ich nicht«, erwiderte sie mit kaum hörbarem Ton, aber Tex hörte sie trotzdem.

»Wie lange hast du schon nicht mehr geschlafen?«

»Ich weiß es nicht. Welcher Tag ist heute?«

Tex fluchte. »In Ordnung. Darum werden wir uns gleich kümmern. Was ist heute passiert?«

»Was meinst du?«

»Was ist heute passiert, das dich dazu gebracht hat,

dein Schweigen zu brechen und mir eine SMS zu schicken? Ich weiß, dass etwas vorgefallen sein muss, denn du hast mich nicht ein einziges Mal kontaktiert ... bis jetzt. Was ist passiert?«

Melody zitterte. Gott, Tex war wirklich schlau. Sie deutete auf den Brief, der in der Mitte des Zimmers auf dem Boden lag. »Er hat mich gefunden und persönlich diese Nachricht für mich abgegeben.«

»Persönlich abgegeben?«

»Ja, es war keine Briefmarke auf dem Umschlag. Der Angestellte an der Rezeption hat ihn mir gegeben.«

Tex' Gedanken legten sofort einen Gang zu. Wenn der Stalker wusste, wo sie war, mussten sie so schnell wie möglich verschwinden. Ohne sich anzuspannen, legte er seine Hand in ihren Nacken und streichelte sie mit seinem Daumen. Er wollte sie nicht erschrecken, aber er glaubte, dass Melody klug genug war zu wissen, dass sie nicht in Sicherheit war und von dort verschwinden musste. Zur Hölle, sie hatte sich mit ihm in Verbindung gesetzt, sie wusste definitiv, dass sie nicht sicher war.

»Mel, du weißt, ich bin hier, um dir zu helfen, richtig?« Tex wartete, bis sie nickte, und fuhr fort: »Du hast verdammt gute Arbeit geleistet, deinem Verfolger immer einen Schritt voraus zu sein.« Bei ihrem ungläubigen Blick fuhr Tex fort: »Wirklich! Du hast alles richtig gemacht. Ich habe mehr Ressourcen zur Verfügung als ein Durchschnittsmensch. Nur deshalb konnte ich dich so schnell finden. Aber es ist offensichtlich, dass die Person, die hinter dir her ist, nicht aufhören wird. Du musst mir erlauben, dir zu helfen und einige Entscheidungen für dich zu treffen. Ich kann nur einen Plan machen, wenn ich mir sicher sein kann, dass du mir nicht bei jeder meiner Entscheidungen widersprechen wirst.«

Melody sah den Mann vor sich an. Könnte sie ihm die Kontrolle überlassen? Sie war nicht die Art von Frau, die andere Menschen Entscheidungen für sie treffen ließ. Sie wollte keine Almosen. Zur Hölle, sie hatte nicht einmal ein Studiendarlehen aufnehmen wollen, als sie aufs College ging, und hatte es nach ihrem Abschluss zurückgezahlt, sobald sie konnte. Könnte sie diesen Mann, einem nahezu Fremden, die Kontrolle überlassen?

»Ich ...« Sie machte eine Pause und versuchte es erneut. »Ich möchte mir von dir helfen lassen. Ich bin es leid, wegzulaufen und mich zu verstecken. Aber ich bin nicht sehr gut darin, mir von anderen helfen zu lassen.«

»Ich weiß, Mel. Glaub mir, ich weiß das. Darum habe ich gefragt. Aber ich bitte dich, mir zu vertrauen. Lass mich herausfinden, wer dahintersteckt. Lass mich dir helfen, wieder in dein Leben zurückzukehren.«

Wie könnte sie es ablehnen, wenn Tex es so ausdrückte? Melody nickte wortlos.

»Ich danke dir. Ich schwöre dir, du wirst es nicht bereuen. Jetzt müssen wir deine Sachen packen und von hier verschwinden. Wir werden nach Riverton fahren und ein paar Tage bei Wolf verbringen. Dann fahren wir zurück nach Pennsylvania.«

»Nein!«

Tex hob nur eine Augenbraue.

»Aber ... zurück nach Pennsylvania? Da hat doch alles angefangen. Meine Freunde ... meine Familie ...«

»Ich weiß, Mel, aber das muss ein Ende haben, und

dazu müssen wir an einem Ort sein, wo es enden kann. Wenn dein Stalker von dort kommt, ist es dort einfacher, ihn ausfindig zu machen und es ein für alle Mal zu beenden.«

Melody nickte. »Das macht Sinn, aber ...«

»Ich werde an deiner Seite sein, Mel. Ich werde nirgendwo hingehen.«

»Aber ...«

»Kein Aber.«

»Würdest du mich bitte ausreden lassen?«, stöhnte Melody verärgert, lächelte Tex dabei aber an, um ihn wissen zu lassen, dass sie nicht wirklich sauer war.

»Es tut mir leid. Ich habe die Tendenz, zu schnell die Zügel in die Hand zu nehmen. Sag mir, wenn ich das zu oft mache.«

»Das werde ich. Ich wollte sagen, dass du dein eigenes Leben führen musst. Du kannst nicht einfach nach Pennsylvania kommen und deine ganze Zeit dort verbringen. Was ist, wenn nichts passiert? Was ist, wenn er wartet, bis du wieder weg bist?«

»Bist du jetzt fertig?«, fragte Tex ernst. »Lass jetzt lieber alles raus, bevor ich antworte.«

»Du nervst. Wieso ist mir das nicht schon früher aufgefallen, während wir all die Monate gechattet haben?«

Diesmal lächelte Tex Melody an und verstärkte für einen Moment den Griff in ihrem Nacken, bevor er langsam weiter mit seinem Daumen über ihre empfindliche Haut strich. »Weil ich charmant und charismatisch bin?«

Melody schüttelte nur den Kopf. Sie liebte das Gefühl

seiner Hand in ihrem Nacken und ignorierte, wie sich ihre Brustwarzen bei der sinnlichen Berührung seines Daumens auf ihrer Haut aufrichteten. Sie riss sich wieder zusammen und ließ alle Bedenken heraus, wie er es verlangt hatte.

»Was ist, wenn er Baby oder Amy oder jemand anderen verletzt, der mir wichtig ist? Was ist, wenn du es leid bist, dort zu sein, und ich anfange, dir auf die Nerven zu gehen? Was ist, wenn *du* verletzt wirst? Was ist, wenn es nie endet? Ich glaube nicht, dass ich für den Rest meines Lebens so weiterleben kann.«

Tex wartete noch einen Moment, nachdem Melody ausgesprochen hatte, um sicherzugehen, dass sie wirklich fertig war. Ihre Worte taten ihm im Herzen weh. Er hatte sich bisher nicht wirklich damit beschäftigt, welche Auswirkungen Stalking auf Menschen haben kann, aber jetzt, wo er Mel so ängstlich und verletzlich sah, fing er an, es zu verstehen.

»Mel, ich bin im Ruhestand. Das heißt, ich werde jeden Monat dafür bezahlt, nichts zu tun. Ich habe die Mittel und die Zeit, mit dir nach Pennsylvania zu kommen und dort zu bleiben, solange wie es eben dauert. Aber es wird nicht ewig dauern. Wir müssen nur wieder dorthin zurück, wo es angefangen hat, um es dort zu beenden. Wer auch immer dahintersteckt, wird es nicht mögen, wenn du nach Hause zurückkommst. Er wird es nicht mögen, dass du zusammen mit *mir* nach Hause zurückkommst. Deine Freunde werden in Sicherheit sein, weil du ihnen alles erzählen wirst. Sie werden wachsam sein. Ich habe Verbindungen. Wir werden für jeden Personenschutz arrangieren, wenn du willst. Wir werden Baby nicht aus den Augen lassen.«

»Aber was genau hast du vor?«

Tex seufzte. Er mochte nicht, was er ihr gleich sagen musste. »Wir müssen ihm eine Falle stellen, Mel. Wir können einen Feind nicht bekämpfen, solange er unsichtbar ist. Er muss einen Fehler machen.«

»Du willst mich als Köder benutzen.« Melody sah, wie Tex das Gesicht verzog.

»Wollen? Verdammt, nein! Ich will, dass du in Sicherheit bist. Ich will, dass du leben kannst, wo du willst, ohne dir Sorgen machen zu müssen, dass irgendein Arschloch dich, deinen Hund oder deine Freunde bedroht. Ich will dich so weit wie möglich von demjenigen fernhalten, der das tut. Wenn ich könnte, würde ich dich wegschließen, damit er dich niemals finden kann. Aber das hat offensichtlich bisher nicht funktioniert und ich würde es ehrlich gesagt vorziehen, mit dir in meinem Arm die Straße entlangspazieren zu können, ohne mir Sorgen machen zu müssen, dass jemand einen von uns erschießt. Aber um an diesen Punkt zu gelangen, müssen wir leider noch einmal dorthin zurückkehren, wo alles begonnen hat. Ich brauche mehr Informationen, um herauszufinden, wer dahintersteckt. Allein der Gedanke daran, dich in Gefahr zu bringen, macht mich wütend. Ich garantiere dir, dass ich jede Sekunde hassen werde, aber ich habe das Gefühl, dass es der einzige Weg ist, um es zu beenden.« Tex hielt einen Moment inne und sah Mel dabei direkt in die Augen.

Melody war beeindruckt von Tex. Es war offensichtlich, dass er sie nur ungern in Gefahr bringen wollte, aber er sprach offen mit ihr über seine Pläne.

Schließlich fuhr er fort: »Ja, verdammt noch mal, ich hasse es. Aber Mel, ich verspreche dir, ich werde für dich da sein. Er wird dich nicht verletzen und es wird ein Ende haben. Du wirst nicht den Rest deines Lebens in Angst verbringen müssen. Ich werde alles in meiner Macht Stehende tun, um dich zu beschützen, das schwöre ich bei Gott.«

»In Ordnung.«

»In Ordnung?«

»Ja, in Ordnung. Ich weiß, dass ich nicht weiter davonlaufen kann. Ich hasse es. Ich habe bereits darüber nachgedacht, nach Hause zurückzukehren, bevor ich dich kontaktiert habe. Ich hasse es, von meiner Familie und von Amy getrennt zu sein. Ich hasse es, Angst haben zu müssen. Ich würde mich diesem Arschloch lieber von Angesicht zu Angesicht stellen, als weiter diese Nachrichten von ihm zu bekommen, die mich zu Tode ängstigen.«

Tex konnte sich nicht länger zurückhalten. Er beugte sich zu ihr vor und zog ihren Kopf mit seiner Hand in ihrem Nacken heran, sodass seine Stirn ihre berührte. »Du bist ein wirklich harter Knochen, Melody Grace.« Dann küsste Tex sie. Es war ein leichter, kurzer Kuss. Leichter und kürzer, als er es eigentlich wollte, aber er wollte Mel nicht noch mehr verwirren, als sie es wahrscheinlich schon war. Wahrscheinlich würde sie ihm dankbar für seine Hilfe sein, aber das wollte Tex nicht. Er wollte mehr.

Tex zog sich ein Stück zurück und versuchte zu ignorieren, wie gut sie sich auf seinem Schoß anfühlte. Er legte seine Hände auf ihre Hüften. »Okay, lass uns loslegen. Ich nehme den Brief und du packst deine Sachen. Dann fahren wir in mein Hotel und holen Babys und meine Sachen. Danach machen wir uns auf den Weg zu Wolfs Haus und planen unsere nächsten Schritte.«

Melody stand langsam auf und Tex hielt sie noch einen Moment fest. Erst als er seine Hände von ihren Hüften nahm, bemerkte sie, wie sehr sie das Gefühl genossen hatte. Sie konnte seine Berührung bis ins Knochenmark spüren. Es war so lange her, dass sie berührt worden war, und Tex' Hände fühlten sich einfach richtig an. Melody riss sich zusammen und nahm ihre Taschen, die sie bereits gepackt hatte, um sich auf die Flucht aus Kalifornien vorzubereiten.

Sie sah, wie Tex den Brief mit einem Papierhandtuch vom Boden aufhob. Melody wusste, dass er versuchte, Fingerabdrücke zu sichern, die vielleicht wie durch ein Wunder noch auf dem Papier sein könnten. Er biss die Zähne zusammen, als er die Worte auf dem Blatt Papier las, sagte aber nichts.

Melody sah zu Baby hinüber. Sie saß ruhig an der Tür und ließ den Blick zwischen Melody und Tex hin und her wandern. Melody wusste, dass sie wahrscheinlich beleidigt oder enttäuscht sein sollte, dass ihr Hund Tex genauso ansah wie sie, aber aus irgendeinem Grund machte es ihr nichts aus. Tex hatte Baby zu ihr gebracht. Er war durchs ganze Land gefahren, um sie zu finden. Er würde ihr helfen herauszufinden, wer zum Teufel sie so sehr hasste, dass er sie und die Menschen, die sie liebte, bedrohte.

Melody konnte es kaum erwarten, dieses Hotelzimmer und Anaheim zu verlassen. So sehr sie Angst davor hatte, nach Hause zurückzukehren, so sehr freute sie sich auch darauf. Es war Zeit, in ihr Leben zurückzukehren, in ihr richtiges Leben.

KAPITEL FÜNF

Tex sah zu Melody hinüber. Sie saß auf dem Beifahrersitz in seinem Wagen. Baby lag zwischen ihnen und ihr Kopf ruhte auf Mels Schoß. Ihren Kopf hatte Mel gegen die Kopfstütze gelehnt und mit ihren Fingern fuhr sie träge über Babys Kopf. Der Hund hatte die Augen geschlossen und ab und zu konnte Tex ein leises Schnarchen hören.

Er hatte nicht gelogen, als er Melody erzählt hatte, dass er in seinem Leben nie viel Kontakt mit Hunden gehabt hatte, aber Baby war großartig. Sie war sensibel, pflegeleicht und überraschend beschützerisch. Das gefiel ihm.

Mit leiser Stimme sagte er zu Melody: »Ich muss dir von meinen Freunden erzählen, bevor wir dort ankommen. Es ist wahrscheinlich, dass sie sehr überschwänglich reagieren.«

Ohne die Augen zu öffnen, antwortete Mel: »Sehr überschwänglich? Was soll das bedeuten?«

»Das soll bedeuten, dass die Frauen sich gestern schon sehr darüber gefreut haben, mich zu sehen, aber sie werden außer sich sein, wenn sie mich mit *dir* zusammen sehen. Sie glauben, dass ich ein Einsiedler bin, und sehen mich wahrscheinlich als Quasimodo. Sie werden mit Sicherheit ein wenig Druck auf uns ausüben und davon ausgehen, dass wir zusammen schlafen. Caroline wird uns wahrscheinlich beide für die Nacht in ihrem Gästezimmer im Keller einquartieren.«

»Wow. Äh. Okay.«

»Und die Männer wissen über dich Bescheid. Also, sie wissen so viel, wie ich gestern wusste. Sie werden besorgt um dich sein und wahrscheinlich übertrieben dominant und beschützerisch reagieren. Aber ich werde für dich da sein. Halt dich einfach an mich und vertraue darauf, dass ich nur *dein* Bestes will, egal was *sie* vorhaben.«

Tex schaute hinüber zu Mel und bemerkte, dass sie ihren Kopf gedreht hatte und ihn ansah. Er konnte nicht deuten, was sie dachte, aber er fuhr fort: »Sie sind alle sehr physisch veranlagt, Mel. Die Männer werden dich berühren, nicht auf sexuelle Art, aber sie werden dich anfassen. Am Rücken, am Kopf, am Nacken. Die Frauen werden dich umarmen. Sehr viel umarmen. Sie werden wahrscheinlich auch ein bisschen zu neugierig sein, wenn man bedenkt, dass sie dich gerade erst kennengelernt haben. Aber so sind sie nun mal. Wenn dir das zu viel ist, sag es mir jetzt und ich werde dafür sorgen, dass sie sich zurückhalten. Wenn es dir zu viel wird, lass es mich wissen und ich werde ihnen noch einmal sagen, dass sie dich in Ruhe lassen sollen. Sie sind einfach sehr gefühlsduselig und können nicht anders.«

»Erzähl mir mehr über sie. Wie haben sie sich

kennengelernt? Wie sind sie? Wie hast du ihnen geholfen?«

»Ihre Geschichten sind nicht sehr schön, Mel.«

»Aber schlussendlich sie sind zusammengekommen, oder?«

»Ja, sie sind zusammen.«

»Dann müssen es schöne Geschichten sein.«

Tex nahm seine Hand vom Lenkrad und legte sie auf Mels Gesicht. Er fuhr mit dem Finger einmal über ihre Wange und wandte die Aufmerksamkeit dann wieder der Straße zu.

»Wolf hat Caroline während einer Flugzeugentführung kennengelernt. Danach wurde sie von denselben Verbrechern noch einmal entführt, während er auf einer Mission war. Ich habe Wolf geholfen herauszufinden, wohin sie verschleppt worden war. Die Geschichte von Abe und Alabama ist nicht ganz so dramatisch. Im Wesentlichen hat sie ihm bei einem Hausbrand das Leben gerettet und danach sind sie zusammengekommen, bis Abe etwas sehr Dummes getan hat und Alabama davongelaufen ist. Ich habe versucht, sie wiederzufinden, aber es ist viel einfacher, sich zu verstecken, wenn man keine Elektronik verwendet. Dann ist da noch Fiona.«

Tex' Stimme brach. Fionas Geschichte war für ihn die persönlichste. Er spürte, wie Baby sich zu ihm umdrehte und ihm einmal übers Gesicht leckte. Tex lachte und schob Babys Kopf sanft weg. »Iihh, Mädchen ...«

Melody lachte, beugte sich vor und zog Baby auf ihren Schoß.

»Ich habe dir online schon ein wenig über sie erzählt.

Das Team war in Mexiko, um die Tochter eines Senators zu retten. Unerwarteterweise haben die Jungs dort auch Fiona vorgefunden. Nach ihrer Rettung hat sie sich langsam wieder erholt, aber als die Männer auf einer Mission waren, bekam sie einen Flashback und ist weggelaufen. Ich habe sie nur wiedergefunden, weil sie Cookies Kreditkarte benutzt hatte. Dann habe ich jeden Tag alle vier Stunden mit ihr telefoniert, bis Cookie von der Mission zurück war und sie zurück nach Hause holen konnte.«

Tex verstummte und diesmal war es Mel, die ihre Hand auf seinen Oberschenkel legte, um ihm etwas Trost zu spenden. Sie sagte aber nichts.

»Dann waren Mozart und Summer an der Reihe. Mozart hat sie am Big Bear Lake getroffen. Sie hat in dem Motel gearbeitet, in dem er abgestiegen war. Der Mistkerl, den Mozart dorthin verfolgt hatte, hat sie entführt und gefoltert und hatte die Absicht, sie zu töten. Zum Glück konnte ich das Handy der anderen jungen Frau orten, die er ebenfalls entführt hatte. Das Team ist gerade noch rechtzeitig gekommen, um beide Frauen zu retten. Ich habe gehört, dass die andere Frau, die mit Summer entführt worden war, das Geschehene nicht gut verkraftet hat und nach Texas umgezogen ist. Sie heißt Elizabeth. Ich habe schon lange vor, ein paar Nachforschungen anzustellen und herauszufinden, wie es ihr geht.

Wie auch immer, Dude und Cheyenne verbindet eine ähnliche Geschichte. Dude ist ein Sprengstoffexperte. Er hat Cheyenne getroffen, als er zu einer Bombenentschärfung in ein Lebensmittelgeschäft gerufen wurde. Die

Geiselnehmer hatten ihr die Bombe um den Körper geklebt. Natürlich hat er die Bombe entschärft, aber dann haben Angehörige der Geiselnehmer Cheyenne entführt und versucht, sie und ein ganzes Wohnhaus voller Menschen in die Luft zu sprengen.«

Tex holte tief Luft. Er wollte schnell zum Ende kommen. »Schließlich sind da noch Benny und Jessyka. Sie wurde von ihrem Ex-Freund geschlagen und die Männer haben ihm eine Lektion erteilt. Zur Rache hat er Benny entführt und Jessyka in eine Falle gelockt. Doch obwohl sie hinkt, hat sie es geschafft, Benny das Leben zu retten. Es wäre so gut wie unmöglich gewesen, Benny zu finden, wenn Jess mich nicht direkt zu ihm geführt hätte.«

»Sie hat dich zu ihm geführt?«

Tex seufzte. Er wusste, dass sie früher oder später auf dieses Thema kommen würden. »Das, was ich dir jetzt erzähle, wird für dich verrückt klingen, besonders in Anbetracht dessen, was du gerade durchmachst, aber bitte hör mir zu, okay?«

»Ooo-kay.«

Tex konnte die Beklommenheit in ihrer Stimme hören, aber er fuhr fort. Irgendwann würde es sowieso herauskommen, also könnte er es ihr genauso gut gleich erzählen.

»Meine Freunde haben mich gebeten, ihre Frauen zu überwachen. Ich habe GPS-Geräte besorgt und sie den Männern geschickt, die sie in den Ohrringen, Uhren, Schuhen und Kleidern ihrer Frauen versteckt haben. Ich mache ihnen keinen Vorwurf. Jede dieser Frauen wurde ihnen mindestens ein Mal auf die ein oder andere Weise genommen. Keiner von uns wollte riskieren, dass so etwas noch einmal passiert.«

Für eine Weile herrschte Stille in der Fahrerkabine des Wagens. Tex ließ Mel Zeit, über das nachzudenken, was er gesagt hatte.

Schließlich entgegnete sie: »Es ist nicht dasselbe.«

»Was?«

»Es ist nicht dasselbe. Deine Freunde tun es aus Liebe. Es ist nicht dasselbe.«

Tex seufzte erleichtert. Er war nicht davon ausgegangen, dass Melody ausflippen würde, aber er war sich nicht hundertprozentig sicher gewesen. »Du hast recht, Mel. Es ist nicht dasselbe. Ich bin der Einzige, der die GPS-Signale überwachen kann. Selbst die Männer haben nicht die Mittel dazu. Sie vertrauen mir, dass ich verantwortungsvoll mit den Daten umgehe. Bisher kam es nur ein Mal bei Jessyka zum Einsatz. Sie hat sich nur von ihrem Ex-Freund entführen lassen, weil sie wusste, dass ich Bennys Standort nicht ausfindig machen konnte, aber ihren. Sie hat darauf vertraut, dass ich merken würde, dass etwas nicht stimmt.«

»Kann ich auch so ein GPS-Gerät haben?«

»Was?« Tex konnte nicht glauben, was er gerade gehört hatte.

Etwas zögernd und mit leiserer Stimme als zuvor fragte Melody erneut: »Kannst du mir auch so ein GPS-Gerät besorgen? Ich weiß nicht, was dieser Kerl vorhat. Was ist, wenn er mich entführt? Du kannst mich finden, wenn ich eines dieser GPS-Dinger habe, richtig? Kommst du dann und rettest mich?«

Tex konnte es kaum aushalten. Das Zittern in ihrer

Stimme, ihre Unsicherheit, ihre Verletzlichkeit. Er fuhr an den Straßenrand und hielt den Wagen an. Tex drehte sich auf dem Sitz herum und streckte seine Hand nach Melody aus. Er legte sie auf ihr Gesicht und schaute ihr fest in die Augen.

»Ich würde dir gern sagen, dass das niemals passieren wird, Mel. Aber leider weiß ich besser als jeder andere, dass es passieren könnte. Ich werde alles dafür tun, dich zu beschützen, aber manchmal reicht das nicht aus. Also ja, wenn du einverstanden bist, gebe ich dir so ein GPS-Gerät. Sollte dein Stalker dich entführen, werde ich dich auf diese Weise finden können. Was auch immer passiert, gib nicht auf. Wenn er dich finden und entführen sollte, provoziere dieses Arschloch nicht. Gib ihm keinen Grund, dich zu verletzen oder zu töten. Egal was passiert, wir werden es schaffen. Denk immer daran, dass ich dich finden und retten werde. Das verspreche ich, Mel. Ich werde dich finden, du musst mir nur die Zeit dazu geben, in Ordnung?«

Melody nickte. Sie wusste, dass es schwach von ihr war, darum zu bitten, überwacht zu werden, aber im Moment war sie schwach. Allein bei seinen Worten fühlte sie sich bereits besser. Sie fühlte sich sicherer, wenn jemand anderes außer ihr Stalker jederzeit wusste, wo sie war. Jemand, dem sie vertraute. Und sie vertraute Tex. Sie hatte ihn während der letzten sechs Monate kennengelernt, als sie online miteinander gechattet hatten. Zur Hölle, sie kannte ihn fast besser als einige der Leute, mit denen sie aufgewachsen und zur Schule gegangen war. Sie kannte ihn und vor allem vertraute sie ihm.

»Danke, dass du ehrlich zu mir bist. Ich weiß, dass er mich finden wird. Es ist nur eine Frage der Zeit, bis er mich einholt. Vielen Dank, dass du nicht so tust, als würde das niemals passieren können. Ich schwöre, dass ich nicht aufgeben werde. Wenn er mich bekommt, werde ich warten, bis du zu mir kommst.«

Tex ging nicht weiter auf ihre pessimistische Haltung ein. Er wusste, es gab die Möglichkeit, dass sie von ihrem Stalker entführt werden könnte. Stattdessen entgegnete er: »Gern geschehen. Bist du okay? Wollen wir eine Pause einlegen? Hast du Hunger?«

Melody schüttelte den Kopf. »Mir geht es gut. Obwohl sie mich vermutlich furchtbar einschüchtern werden, freue ich mich darauf, deine Freunde kennenzulernen.«

»Lass dich nicht einschüchtern, Mel. Sie sind genau wie du. Die Frauen sind stark und umwerfend und lassen sich von ihren Männern keinen Mist erzählen. Und meine Freunde werden dich nur ein Mal ansehen müssen, bevor sie wissen, dass du beschützt werden musst.«

»Ich bin nicht stark, Tex.«

»Natürlich bist du das.«

»Ich denke, ich sollte froh sein, dass du mich so siehst.«

»Du wirst dich selbst auch bald so sehen, versprochen.«

»In Ordnung.«

»In Ordnung.« Tex zog Melody näher an sich heran, ignorierte das missbilligende Grunzen aus Babys Richtung, die zwischen ihnen zusammengedrückt wurde, und küsste sie auf die Wange. Er zog sich zurück und nickte Mel zu. »Starke und umwerfende Mel.«

Tex setzte den Wagen wieder in Fahrt und lenkte ihn zurück auf die Straße.

»Atme.«

Melody versuchte es, aber sie war sehr aufgeregt, Tex' Freunde zu treffen. Die Frauen schienen alle großartig zu sein und allein bei dem Gedanken an die Männer flippte sie fast aus. Sie war nicht wirklich bereit dafür, aber sie wusste, dass diese Leute für Tex wie seine Familie waren, also wollte sie einen guten Eindruck hinterlassen.

»Mir geht es gut.«

»Sie werden dich lieben.«

Melody konnte nur nicken, als Tex aus dem Wagen stieg und zu ihr herumkam. Er half ihr auszusteigen und Baby sprang hinterher. Melody hielt die Leine fest, als Tex nach ihrer Hand griff. Sie ergriff die Chance und hielt sich an ihm fest.

Gemeinsam gingen sie zum Haus, als sich schon die Tür öffnete. Ein großer Mann stand vor ihnen und Melody konnte viele Stimmen im Hintergrund hören. Er trat einen Schritt vor und lehnte die Tür hinter sich an.

»Tex, Melody, ich bin froh, dass ihr es so schnell zurückgeschafft habt.«

»Wolf.« Tex nickte ihm zu. »Sind alle da drin?«

»Wir sind vollständig.«

Tex lächelte. Natürlich waren sie alle hier. »Ist es okay, wenn wir heute Nacht hierbleiben?«

»Zur Hölle, Tex, als würde Caroline euch irgendwo

anders unterkommen lassen als bei uns.« Wolf wandte sich an Melody und streckte ihr die Hand entgegen. »Hallo Melody, ich bin Wolf. Schön, dich kennenzulernen. Ich bin froh, dass Tex dich gefunden hat, aber ich habe keine Sekunde daran gezweifelt, dass er es tun würde. Er ist der Beste. Ich möchte, dass du weißt, du kannst so lange hierbleiben, wie du willst.«

Melody schüttelte Wolf die Hand. »Danke, aber ich werde dorthin gehen, wo Tex hingeht.«

Wolf nickte, als hätte er diese Antwort erwartet. »Ich werde das jetzt schnell sagen, denn wie ich meine Frau kenne, wird sie gleich zu uns stoßen. Du stehst jetzt unter meinem Schutz, Melody. Unter dem Schutz meines gesamten Teams. Was auch immer du brauchst, du wirst es bekommen. Tex ist ein guter Mann, er wird dich beschützen, aber wenn du uns brauchst oder wenn Tex uns braucht, werden wir da sein, verstanden?«

Melody konnte nur nicken. Sie brachte kein Wort über die Lippen. Gestern war sie noch allein gewesen und heute hatte sie ein ganzes SEAL-Team als Unterstützung. Es war schwer, das zu begreifen.

An ihrer Seite knurrte Baby leise. Melody wurde klar, dass Wolf immer noch ihre Hand festhielt. Sie ließ ihn schnell los und Baby trat einen Schritt vor sie und drückte Wolf zurück.

»Netter Wachhund, den du da hast.«

»Sie ist kein Wachhund.«

»Vielleicht nicht für jemand anderen, aber das Gleiche hat sie getan, als Tex das letzte Mal hier war und Ice sich auf ihn gestürzt hat, um ihn zu umarmen.«

Melody wandte sich an Tex. »Wirklich?«

»Ja, wirklich.«

Melody hockte sich zu Baby hinunter und flüsterte: »Braves Mädchen.«

Die Männer lachten nur.

»Komm schon, Mel, lass uns das hinter uns bringen.«

Wolf lachte über die gespielte Resignation in Tex' Stimme.

Tex reichte Mel eine Hand und half ihr auf. Er legte seinen Arm um ihre Taille und sie folgten Wolf ins Haus.

Melody konnte sehen, dass Tex müde war, weil er mehr humpelte als vorhin. Sie erinnerte sich, dass er ihr in einem ihrer Online-Gespräche erzählt hatte, dass er stärker hinkte, wenn er sich etwas verausgabt hatte.

Bevor sie etwas sagen konnte, betraten sie das Wohnzimmer voller Menschen.

»Tex ist da!«, rief eine der Frauen und stand schnell auf, und alle im Raum folgten ihrem Beispiel.

»Ruhig, Baby«, hörte Melody Tex neben sich sagen. Sie schaute nach unten und sah, dass Tex ihren Hund straff am Halsband halten musste.

»Du musst Melody sein«, sagte eine andere Frau etwas ruhiger. »Ich bin Summer. Ich bin mir sicher, Tex hat dir bereits von uns allen erzählt, aber anstatt ihre richtigen Namen zu verwenden, hat er wahrscheinlich nur ihre Spitznamen benutzt.« Sie verdrehte die Augen und Melody musste grinsen.

»Okay, also Wolf hast du bereits an der Tür getroffen.« Dann zeigte sie der Reihe nach auf die anderen Männer im Raum und stellte sie vor: »Das sind Abe, Mozart, Dude, Benny und Cookie.«

»Wow, Summer, ich bin beeindruckt, dass du unsere Spitznamen kennst«, scherzte Cookie.

»Halt die Klappe, Hunter. Natürlich kenne ich eure Spitznamen. Es ist ja nicht so, als hättet ihr aufgehört, sie zu benutzen.«

Melody beobachtete amüsiert das Schauspiel. Sie wusste, dass sie diese Leute wahrscheinlich mögen würde, wenn sie mehr Zeit mit der Gruppe verbringen würde. Sie erinnerten sie an Amy und sie. Ein bisschen albern, sehr sarkastisch und lustig bis zum Umfallen.

»Hi«, sagte Melody schüchtern.

»Komm her, setz dich zu uns. Wir können es kaum erwarten, dich besser kennenzulernen.«

Melody sah von Summer zu Tex hinüber. Bevor sie etwas sagen konnte, beugte Tex sich zu ihr vor, um ihr etwas ins Ohr zu flüstern. »Es ist okay, Mel. Ich bin mit den Männern nebenan, wenn du mich brauchst.«

Melody nickte. »In Ordnung.«

Bevor sie sich versah, saß sie inmitten der sechs Frauen, Baby zu ihren Füßen, und lachte über die Geschichten, die sie über ihre Männer zu erzählen hatten. Aus den Geschichten, die sie zum Besten gaben, konnte Melody eindeutig ihre Liebe füreinander erkennen. Diese Frauen verehrten ihre Männer, und das beruhte hundertprozentig auf Gegenseitigkeit.

»Also Melody, erzähl uns von Tex.« Es war Fiona, die fragte.

»Was ist mit ihm?«

»Wie habt ihr euch kennengelernt?«

»Nun, ich habe ihn heute zum ersten Mal von Angesicht zu Angesicht getroffen.«

»Beeindruckend! Das ist irgendwie cool. Wir haben ihn selbst heute Morgen zum ersten Mal persönlich kennengelernt. Nur Caroline hat ihn früher schon einmal getroffen, aber nicht die anderen von uns«, erklärte Jessyka. »Ist er nicht einfach ein Schatz?«

Melody lächelte über die Zuneigung in Jessykas Stimme. »Ja, das ist er.«

»Also? Mehr Details, Frau«, forderte Caroline neckend.

»Wir haben uns online kennengelernt. Ich war eines Abends gelangweilt und habe einen Chatraum besucht. Er hat mir eine Nachricht geschickt und wir haben angefangen, uns zu schreiben.« Melody hielt inne und wurde ernst. Sie erinnerte sich an alles, was die Frauen durchgemacht hatten. »Er war so besorgt um euch. Einmal habe ich ihn angeschrieben, als er gerade versucht hat, Fiona zu helfen. Er machte sich solche Sorgen um dich.« Melody wandte sich an Jessyka. »Außerdem war er sauer auf Jess, aber auch stolz, dass sie für Benny ihr Leben riskiert hat. Ihr habt alle so ein Glück, dass ihr ihn habt.« Erneut hielt sie inne, bevor sie in Tränen ausbrach. Normalerweise fing sie nicht so schnell an zu weinen, aber der Stress der letzten Monate holte sie mit voller Wucht ein.

Fiona stand von ihrem Stuhl auf, kniete sich vor Melody hin und legte ihr die Hände auf die Knie. »Wir lieben Tex. Er bedeutet uns mehr, als du dir jemals vorstellen kannst. Wir halten es nicht für selbstverständlich, was er für uns tut, und wir sind absolut begeistert, dass er hier ist. Wir wollten ihn schon immer persönlich kennenlernen. Pass gut auf ihn auf.«

»Ich ... wir ... wir sind nicht auf diese Art zusammen.«

»Nach den Blicken in euren Augen zu schließen werdet ihr es bald sein.«

Melody wusste nicht, was sie sagen sollte. Sie sah Fiona nur an und dann die anderen Frauen. Sie hatten alle etwas gemeinsam. Sie waren mit knallharten SEALs liiert, die ihr Leben für ihre Frauen geben würden. Bis jetzt hatte Melody sich das zwar noch nicht eingestanden, aber sie wollte das auch.

Alle drehten sich um, als die Männer den Raum betraten. An den Falten auf seiner Stirn und dem ausgeprägten Hinken konnte Melody deutlich erkennen, dass Tex Schmerzen hatte.

Sie ignorierte alle anderen um sie herum, stand auf und ging direkt auf Tex zu. Baby folgte ihr dicht auf den Fersen. Melody dachte schnell darüber nach, was sie sagen könnte, ohne ihn vor den anderen in Verlegenheit zu bringen. In leisem Ton, aber laut genug, sodass die anderen es hören konnten, sagte sie zu ihm: »Ich bin müde, Tex.«

Tex wusste genau, dass sie das nur gesagt hatte, damit er sich endlich um sein Bein kümmern könnte, entgegnete aber nichts. Es hätte ihm ehrlich gesagt nichts ausgemacht, etwas mehr Zeit mit Mel allein zu verbringen. Er wusste, dass die Frauen die ganze Nacht schnattern könnten, wenn sie auch nur den Hauch einer Chance dazu bekämen. Melody gab den Anstoß, die gesellige Runde aufzulösen. Einer nach dem anderen erhob sich, um sich von Tex und Melody sowie Caroline und Wolf zu verabschieden.

Cheyenne umarmte sie kurz und machte dann für

ihren Mann Platz. Dude legte sanft seine Hand unter Melodys Kinn und hob ihren Kopf, bis sie keine andere Wahl hatte, als ihm in die Augen zu schauen.

»Du weißt es vielleicht noch nicht, aber du hast dir den richtigen Mann ausgesucht. Tex wird alles dafür tun, damit du in Sicherheit bist. Es ist erstaunlich, was für Sachen er mit seinem Computer machen kann. Wir alle verlassen uns auf ihn, die Regierung verlässt sich auf ihn, und ich weiß, dass es mehrere streng geheime Militärgruppen gibt, die sich ebenfalls auf ihn verlassen. Aber das Wichtigste ist, dass du ihm vertrauen kannst, Melody. Wir werden euch auch unterstützen, aber wenn es darauf ankommt, vertraue Tex.«

Melody nickte nur, als sie dem ungewöhnlich ernsthaften Mann vor ihr in die Augen schaute. Seine Worte hörten sich eher an wie ein Befehl als alles andere, und Mel fühlte sich fast gezwungen, ihm zuzustimmen. Hätte Cheyenne nicht mit einem breiten Grinsen im Gesicht und ihrer Hand auf seinem Arm neben ihm gestanden, wäre sie wahrscheinlich besorgt gewesen. Er hatte eine Art an sich, die Mel bei den anderen nicht ausmachen konnte. Viel ... kontrollierender. Es war nicht genau das Wort, nach dem sie gesucht hatte, aber bevor sie die Chance dazu bekam, weiter darüber nachzudenken, beugte Dude sich vor und gab ihr einen kurzen Kuss auf die Wange, bevor er einen Schritt zurücktrat, damit die anderen sich verabschieden konnten.

Jeder einzelne umarmte Melody und versicherte ihr, dass sie bei Tex in Sicherheit sein würde. Im Grunde wurde sie von einer Person zur nächsten weitergereicht, bis sie nur noch zu viert waren. Tex hatte recht gehabt.

Seine Freunde waren wirklich sehr physisch, aber Melody gefiel es. Sie waren liebevoll und es war offensichtlich, dass Tex ihnen viel bedeutete.

»Ich habe das Gästezimmer für euch vorbereitet. Melody, ich habe Babys Futter aus dem Wagen geholt und nach unten gebracht, damit du sie morgen früh füttern kannst. Eure Taschen sind auch schon unten. Wenn ihr etwas benötigt, lasst es uns einfach wissen oder bedient euch selbst. Tex, du weißt ja, wie es läuft.«

Tex nickte Wolf zu. »Danke, Mann. Ich weiß das zu schätzen.«

»Wir sehen uns dann morgen früh.«

Tex drehte sich um und ging zur Kellertür. Baby gesellte sich wieder an seine Seite, als er die Treppe hinunterging. Er musste Mel loslassen und humpelte die Treppe hinunter. Tex dachte darüber nach, wie das funktionieren sollte. Er wusste, dass es im Gästezimmer nur ein relativ kleines Doppelbett gab. Es sollte groß genug sein, aber er wusste nicht, was Mel davon halten würde. Er hatte ihr auf der Fahrt bereits gesagt, dass Caroline sie wahrscheinlich gemeinsam einquartieren würde, aber die meisten Leute würden es wohl seltsam finden ... das Bett miteinander zu teilen, wenn man sich am selben Tag zum ersten Mal begegnet ist. Tex hatte aber das Gefühl, Melody hundertmal besser zu kennen als die meisten Frauen, mit denen er in der Vergangenheit geschlafen hatte.

Noch wichtiger war das Problem mit seiner Prothese. Er wollte nicht, dass sie seinen Stumpf sah, aber er konnte auf keinen Fall mit der Prothese schlafen. Sein

Bein schmerzte. Er brauchte eine Pause und musste es einreiben.

»Wenn es in Ordnung ist, gehe ich zuerst ins Bad«, versuchte Tex lässig zu sagen.

»Kein Problem.« Melody sah, wie Tex in den kleinen Raum humpelte. Sie konnte seine Stimmung nicht ganz deuten. Zur Hölle, sie kannte ihn nicht wirklich, kein Wunder, dass sie ihn nicht einschätzen konnte. Am Computer hatten sie wirklich offen miteinander gesprochen, aber persönlich war es anders.

Melody sah sich um. In der Mitte des Raumes stand ein Bett und an der Wand befand sich eine Kommode. In einer Ecke des Raumes war eine Küchenzeile mit einem kleinen Kühlschrank und einem Waschbecken. Daneben stand ein kleiner Tisch mit zwei Stühlen. Auf der Arbeitsplatte entdeckte sie eine Kaffeemaschine.

Sie wusste, dass sie Caroline wahrscheinlich fragen sollte, ob sie in einem anderen Zimmer schlafen könnte. Es war verrückt, mit Tex im selben Bett zu schlafen, nachdem sie ihn erst vor ein paar Stunden zum ersten Mal gesehen hatte. Aber es war so lange her, dass sie sich sicher gefühlt hatte, dass Melody sich nicht dazu durchringen konnte. Sie kannte Tex. Sie wusste, dass er ein verdammter SEAL war und dass er sie auf millionenfache Weise verletzen könnte, aber sie wusste auch, dass er unsicher war. Er würde alles tun, damit sie sich wohlfühlte, und er würde ihr niemals wehtun. Vielleicht war sie naiv, das zu glauben, aber nachdem sie Wolf und die anderen SEALs getroffen hatte, die Tex offensichtlich respektierten und bewunderten, und nachdem sie von den Frauen gehört hatte, wie er geholfen hatte, sie zu retten, wusste sie, dass sie in Sicherheit war und dass sie nirgendwo lieber wäre als direkt an seiner Seite.

Sie drehte sich zur Badezimmertür um und neigte den Kopf. Was ging Tex durch den Kopf? Baby sprang aufs Bett und drehte sich am Fußende im Kreis. Melody lächelte. Es war offensichtlich, dass sie schon einmal hier gewesen war.

Melody drehte sich wieder um, als die Badezimmertür hinter ihr geöffnet wurde. Tex humpelte mit einem ausgefransten T-Shirt und einer abgeschnittenen Jogginghose heraus, die tief auf seinen Hüften hing. Melody schluckte. Sie erinnerte sich daran, wie sie darüber nachgedacht hatte, dass es ihr egal wäre, wenn Tex übergewichtig wäre, und das wäre es auch, aber in Wirklichkeit war er wunderschön. Jede Frau, die ihn wegen seines Beines zurückwies, war offensichtlich verrückt.

»Das Bad gehört dir. Lass dir Zeit.«

Melody sah Tex nachdenklich an. Aus dem zu schließen, was sie über ihn und seine Persönlichkeit wusste, schien etwas nicht zu stimmen. Sie dachte einen Moment weiter darüber nach und dann kam sie drauf.

»Du musst dich vor mir nicht für dein Bein schämen.«

Tex erstarrte und wandte sich Melody zu, sagte aber nichts.

»Wirklich, ich erinnere mich noch daran, wie du mir erzählt hast, dass dein Bein schmerzt, wenn du den ganzen Tag deine Prothese trägst. Du hast mir erzählt, dass du es massieren musst, damit es sich besser anfühlt. Ich weiß auch von den Phantomschmerzen, Tex. Du hast jetzt Schmerzen, ich kann es sehen. Bitte schäme dich deswegen nicht vor mir.«

»Es ist nicht schön, Mel.«

»Ich habe nicht erwartet, dass es schön sein würde.«

Tex sah Mel an und kämpfte mit sich. Er wollte ihr sein Bein nicht zeigen. Es war das Letzte, was er jetzt tun wollte. Er wollte sie beeindrucken, und er glaubte nicht, dass sein vernarbtes Bein dazu beitragen würde. Er hasste es, sich so zu fühlen. Es widersprach allem, was er war. Aber dieses Gefühl war da und würde nicht wieder verschwinden.

»Vertrau mir. Ich lege mein eigenes Leben in deine Hände. Vertrau mir, dass ich dich hierbei nicht im Stich lasse«, flüsterte Melody, ohne sich zu bewegen. Als Tex nickte, sagte sie in ernstem Ton: »Okay, zieh die Hose aus und setz dich aufs Bett. Aber nimm noch nicht die Prothese ab. Ich möchte sehen, wie es funktioniert.«

»Wer ist hier jetzt herrisch?«

Tex lächelte, als er es sagte, aber Melody sah, dass sein Blick alles andere als gelassen war. Sie drängte ihn nicht weiter, sondern drehte sich um, um ins Badezimmer zu gehen, und gab Tex etwas Zeit, sich an ihre Gegenwart zu gewöhnen, ohne dass sie ihn beobachtete. Schnell erledigte sie ihre Abendtoilette und war froh, dass Wolf in weiser Voraussicht ihre Tasche nach unten gebracht hatte. Sie zog ein langes T-Shirt und Boxershorts an und ging zurück ins Schlafzimmer.

Tex hatte das Licht gedimmt und saß auf dem Bett. Mit ein paar Kissen im Rücken lehnte er sich gegen das Kopfteil. Seine Jogginghose hatte er ausgezogen und trug nur noch Boxershorts. Melody ging hinüber und setzte sich zu ihm aufs Bett.

»Jesus, Tex, ich weiß, dass du verdammt nervös bist und mir das *wirklich* nicht zeigen willst, aber du bist verdammt sexy. Ernsthaft.«

»Mel ...«

»Nein, Tex. Schau dich nur an.« Melody musterte den Mann, der neben ihr lag, von oben bis unten. »Ich kann überhaupt nicht mit dir mithalten. Ich wünschte, ich hätte einen Röntgenblick, weil ich wette, dass du unter diesem T-Shirt einen Waschbrettbauch hast. Deine Arme sind unheimlich muskulös und deine Beine erst ... Verdammt! Ich werde nie wieder Boxershorts sehen können, ohne mich an diesen Moment zu erinnern. Du bist die ganze Zeit besorgt darum, wie eine Frau reagieren könnte, wenn sie dein Bein sieht? Ich kann dir sagen, dass sie sich nicht einmal darum kümmern würde, weil sie zu beschäftigt damit wäre, den Rest von dir zu bewundern, denn der ist heiß.«

Tex brach in Lachen aus. Er hatte befürchtet, dass Mel von seinem Bein angewidert sein würde. Er hätte es besser wissen sollen. Ihre Worte gaben ihm etwas von dem Selbstwertgefühl zurück, das er im Laufe der Jahre nach seiner Verletzung verloren hatte. »Mel, sieh mich an.«

Melody winkte ab und weigerte sich, den Blick von seinem Körper abzuwenden. »Entschuldige, ich bin gerade beschäftigt«, sagte sie mit einem Lächeln und musterte ihn weiter.

Tex griff sanft nach Mels Kinn und drehte langsam

ihren Kopf zu ihm herum. »Danke, Mel. Und du liegst falsch, du kannst definitiv mit mir mithalten.«

»Das kann ich nicht, und das ist in Ordnung.«

Tex verstärkte den Griff unter ihrem Kinn, als sie versuchte, sich abzuwenden. »Nein, sieh mich an. Willst du wissen, was ich gedacht habe, als ich dich das erste Mal in diesem Hotelzimmer gesehen habe?«

»Nicht wirklich.«

Tex ignorierte ihren Kommentar und fuhr fort: »Ich habe gedacht, es ist kein Wunder, dass jemand von dir besessen ist. Es ist ein schrecklicher Gedanke, aber es ist wahr.«

Melody sah Tex verwirrt an und runzelte die Stirn.

»Ja, du bist wunderschön.«

»Bin ich nicht.«

»Okay, für mich bist du nicht nur wunderschön, du bist einfach umwerfend. Dein Körper ist perfekt.«

»Du hast mich noch nicht richtig gesehen, Tex. Ich bin alles andere als wunderschön.«

»Da liegst du falsch. Ich sehe dich. Du hast gesagt, du wirst nie wieder Boxershorts auf die gleiche Art und Weise ansehen können. Dasselbe gilt für mich. Du bist einfach prachtvoll. Männer mögen das. Männer *wollen* das. Die Medien versuchen, uns tagtäglich Frauen mit Strichmännchen-Figur als Ideal zu verkaufen, aber sie liegen vollkommen falsch. Deine Kurven sind ein Traum. Ich weiß, dass du wahrscheinlich nicht so denkst. Frauen verstehen das meistens nicht. Aber ganz ehrlich, Mel, wir wollen nicht nur Haut und Knochen sehen. Ein muskulöser Körper sieht im Fernsehen oder auf dem Titelblatt einer Zeitschrift vielleicht gut aus, aber in Wirklichkeit fühlt es sich so viel besser an, von weicher Haut umgeben zu sein als von harten Knochen und Muskeln. Wir mögen es weich, Mel. *Ich* mag es weich.«

Melody wusste, dass ihr Atem sich beschleunigt hatte, und sie konnte den Blick nicht von Tex abwenden. Seine Worte hüllten sie ein wie eine warme Decke, die gerade aus dem Wäschetrockner kam.

»Wenn du immer noch an mir interessiert bist, nachdem du mich gesehen hast – alles von mir gesehen hast –, dann gehöre ich dir. Ich mag dich. Während der letzten sechs Monate habe ich dich kennengelernt und mir gefällt, was ich herausgefunden habe. Dich zu sehen? Die Chemie zwischen uns zu spüren? Das ist absolut perfekt. Ja, ich will dich.«

»Es ist erst ein Tag«, flüsterte Melody unsicher und glaubte ihren eigenen Worten selbst nicht wirklich.

»Es ist nicht erst ein Tag, und das weißt du. Wir kennen uns schon seit sechs Monaten. Ich bin sonst nicht der Typ, der sechs Monate lang jeden Tag mit einer Frau chattet, Mel. Vielleicht ein oder zwei Tage, aber nicht sechs Monate. Wir haben uns heute vielleicht zum ersten Mal *gesehen*, aber ich kenne dich schon seit einem halben Jahr. Glaubst du, ich hätte mich auf die Suche nach dir gemacht, wenn da nicht mehr wäre?«

»Vielleicht. Du bist ein SEAL, Tex, das ist es, was du tust.«

»Blödsinn. Ja, es war vielleicht früher mein Job, Menschenleben zu retten, aber jetzt bin ich im Ruhestand. Ich lasse normalerweise nicht plötzlich alles stehen und liegen und fahre durchs ganze Land, um nach irgendwelchen Vermissten zu suchen. Aber als *du* dein

Benutzerkonto gelöscht hast, musste ich versuchen herauszufinden, wie ich dich finden und erreichen kann.«

Tex ließ Melodys Gesicht los und deutete mit dem Kinn auf sein Bein, als wollte er das Thema wechseln und ihr sagen, dass sie damit weitermachen soll.

Wortlos wandte Mel ihre Aufmerksamkeit Tex' Bein zu. Seine Worte wirbelten in ihrem Kopf herum. Sie versuchte so gut es ging zu verbergen, wie sehr seine Worte sie zugleich verwirrten und erregten, und sagte lebhaft: »Okay, jetzt zeig mir, wie dieses Ding funktioniert.«

»Ich habe eine sogenannte Oberschenkelprothese. Das bedeutet, dass mein Bein oberhalb des Knies amputiert wurde. Die Prothese wird durch ein Vakuum an Ort und Stelle gehalten, sodass keine anderen Verschlussmechanismen notwendig sind. Der Schaft ist genau an mein Bein angepasst und schließt luftdicht ab. Dadurch kann das Bein nicht herausrutschen.«

»Und wie kann man den Unterdruck lösen, um die Prothese abzunehmen?«

»Am Schaft befindet sich ein Knopf. Wenn du den Knopf drückst, wird das Vakuum gelöst.«

Melody konnte sich ein kurzes Lachen und den vielleicht etwas unangemessenen Kommentar nicht verkneifen: »Du hast einen magischen Knopf.«

Tex grinste. Jesus, sie war so süß. Er konnte es nicht verhindern, ihre Anspielung zu erwidern, selbst wenn sein Leben davon abgehangen hätte. »Ja, Mel, jetzt haben wir beide einen magischen Knopf.« Sie errötete, genau wie er es erwartet hatte. Er lachte kurz, wurde aber schnell wieder nüchtern, da er wusste, was sie gleich zu sehen bekommen würde. »Es ist nicht schön, Mel. Aber wenn du das wirklich tun willst, dann lass es uns hinter uns bringen.«

Melody streckte die Hand aus und drückte den Knopf, den Tex ihr gezeigt hatte. Der Unterdruck löste sich und die Prothese fiel ihr sofort in die Hände.

Melody beeilte sich, um ihn nicht weiter in Verlegenheit zu bringen. Schnell nahm sie die Beinprothese, beugte sich vor und legte sie hinter sich auf den Boden. Als sie sich wieder umdrehte, zog Tex gerade den Liner von seinem Stumpf, der als Verbindungsglied zwischen Stumpf und Prothese diente.

Er hatte recht, denn das, was von seinem Bein übrig war, sah nicht sehr schön aus. Es war rot und geschwollen, und Melody zuckte innerlich zusammen.

»Herrgott, Tex, das sieht wirklich schmerzhaft aus. Hast du eine Lotion oder so was?«

»Ja, ich muss es eigentlich jeden Abend einreiben, aber während der letzten Woche bin ich nicht wirklich dazu gekommen.«

»Wo ist sie?«

Wortlos beugte Tex sich zum Nachttisch hinüber und griff nach einer kleinen Flasche, die Melody bis jetzt nicht gesehen hatte. Offensichtlich hatte er alles vorbereitet, um sich bettfertig zu machen, während sie im Badezimmer war.

Melody nahm ihm die Flasche aus der Hand und gab etwas von der nach Eukalyptus riechenden Lotion auf ihre Hand. Dann beugte sie sich über sein Bein.

Tex packte sie am Handgelenk, bevor sie ihn

berühren konnte. »Du musst das nicht tun. Ich kann das auch allein.«

»Ich möchte es tun. Bitte.«

Tex lehnte sich zurück, schloss die Augen und machte sich bereit.

KAPITEL SECHS

Melody weigerte sich, die Tränen laufen zu lassen, die sich in ihren Augen gesammelt hatten. Sie beobachtete, wie Tex sich zurücklehnte und die Augen schloss, und sah dann zurück auf das, was von seinem Bein übrig war. Der Stumpf war von Narben überzogen und sah wirklich so aus, als würde er schmerzen. Sie rieb die Lotion zwischen ihren Händen, um sie etwas zu erwärmen, bevor sie ihre Hände auf Tex' Bein legte.

Sie rieb es ein und massierte den Stumpf, wobei sie darauf achtete, die beruhigende Lotion gleichmäßig zu verteilen. Sie massierte seinen Oberschenkel und versuchte, die verspannte Muskulatur zu lockern. Schließlich zog sie sich zurück und stand vom Bett auf.

Sie ging ins Badezimmer, wusch sich die Hände und kam wieder zurück ins Zimmer. Tex war unter die Decke gekrochen. Melody schaltete das Licht auf seiner Seite des Bettes aus und legte sich auf die andere Seite. Für einen Moment lag sie auf dem Rücken. Sie wusste, dass

Tex ein Gentleman war und nicht den ersten Schritt machen würde.

Sie drehte sich auf die Seite und rutschte an Tex heran. Einen Arm legte sie auf seine Brust und ihren Kopf legte sie auf seine Schulter, als täte sie es jede Nacht.

»Danke«, flüsterte Melody.

Tex rutschte etwas herum, bis er einen Arm um Mels Schulter legen konnte, und flüsterte zurück: »Nein, ich danke *dir*.«

Melody lag eine Weile so im Bett und hörte zu, wie Tex langsam ein- und ausatmete. Als sie wusste, dass er schlief, ließ sie ihren Tränen endlich freien Lauf. Schweigend weinte sie über den tapferen Soldaten, der Tex einst gewesen war, und darüber, was er jetzt durchmachen musste. Aus den vielen Gesprächen, die sie online miteinander geführt hatten, wusste sie, dass er immer noch sehr sensibel in Bezug auf seine Verletzung war und es hasste, wenn jemand die Aufmerksamkeit darauf lenkte. Sie wusste auch, wie schmerzhaft es immer noch war.

Schließlich ließen die Tränen nach und Melody kuschelte sich dichter an Tex' Seite. Sie seufzte glücklich, als er seinen Arm fester um sie zog und nicht wirklich wach, aber auch nicht wirklich schlafend murmelte: »Schlaf, Mel.«

»Okay«, flüsterte sie zurück. Sie schloss die Augen und war innerhalb weniger Momente eingeschlafen. Es war das erste Mal seit langer Zeit, dass sie sich beim Schlafen sicher fühlte.

Am nächsten Morgen drehte Melody sich um, als sie

Caroline von der Treppe aus rufen hörte: »Guten Morgen!«

Sie sah nach unten und bemerkte, dass Tex und sie während der Nacht die Decke zurückgeschlagen hatten. Wahrscheinlich hatte ihre gemeinsame Körperwärme die Decke überflüssig gemacht. Melody sah den Ausdruck von Panik auf Tex' Gesicht, als er offenbar daran dachte, dass Caroline ihn ohne seine Prothese sehen könnte. Ohne weiter nachzudenken, griff Melody nach der Decke und zog sie bis zur Taille hoch, als Caroline um die Ecke in den Raum hineinschaute.

»Guten Morgen, ihr zwei. Ich dachte, ihr wollt bestimmt früh raus, also bin ich euer Weckruf. Ich werde mit dem Frühstück oben auf euch warten, wenn ihr so weit seid. Trödelt nicht.« Dann verschwand sie wieder aus ihrem Blickfeld und Melody hörte, wie sie die Treppe hinaufging.

Ohne Tex anzusehen, rutschte Melody im Bett herum, um aufzustehen, als sie Tex' Hand auf ihrem Arm spürte. Sie deutete aufs Badezimmer. »Ich will nur …«

Tex unterbrach sie, indem er an ihrem Arm zog, bis sie wieder auf dem Bett lag und er sich über sie beugte. »Warum hast du das getan?«

Melody wusste, was er meinte, und antwortete ehrlich: »Weil ich weiß, dass es dir unangenehm ist, wenn jemand dein Bein sieht.« Melody fing an zu zappeln, als Tex sie weiter von oben herab betrachtete. »Sollte ich …«

»Schhhh.«

Als Tex nichts sagte, sondern sie nur weiter ansah, versuchte Melody es erneut. »Tex, ich …«

»Du hast nicht einmal gezuckt. Ich habe dich gestern

Abend beobachtet und du hast nicht einmal gezuckt, als du mein Bein gesehen hast. Du hast es eingerieben und die Verspannung aus meinem Oberschenkel massiert, du hast dafür gesorgt, dass Ice mein Bein nicht sieht. Du hast dich gestern Abend einfach auf meine Brust gelegt, süß und schüchtern ... Ich habe dir gesagt, wenn du das verkraften kannst, was du gesehen hast, dann gehöre ich dir, wenn du mich willst. Also Mel, ich gehöre dir.«

Melody versuchte es noch einmal. »Tex ...«

Er unterbrach sie erneut. »Seitdem es passiert ist, habe ich niemandem außer meinem Arzt erlaubt, mein Bein zu sehen. Nicht einmal den anderen Männern. Niemandem. Nur dir.«

»Könntest du für einen Moment aufhören, mich zu unterbrechen?«, sagte Melody verärgert. Insgeheim freute sie sich aber darüber, dass Tex ihr erlaubt hatte, sein Bein zu sehen, obwohl er es nicht einmal seinen eigenen Freunden gezeigt hatte.

Tex grinste sie an und sagte nicht sehr überzeugend: »Entschuldige.«

»Ich habe keine Ahnung, warum du wegen deines Beines so unsicher bist. Ja, du wurdest verwundet. Ja, du humpelst ein bisschen. Ja, es sieht schmerzhaft aus. Aber du, Tex, du bist unglaublich. Du bist mehr als dein Bein. Ich mag dich. Ich mochte dich schon, bevor wir uns persönlich kennengelernt haben. Ich habe mit niemand anderem gesprochen, während ich auf der Flucht war. Nur mit dir. Es war schrecklich gewesen, dich in diesem Chatraum auf mich warten lassen zu müssen. Das alles hatte *nichts* mit deinem Bein zu tun. *Du* bist der Grund. Deinen Freunden ist dein Bein egal. Sie werden dich nicht bemitleiden, sie werden nicht schlecht über dich denken. Sie lieben dich. Du bist so verwirrend. In einer Minute möchte ich dich hauen und in der nächsten möchte ich dich küssen. Du sagst Sachen, die ich nicht verstehe, und ich weiß nicht, was das bedeuten soll, wenn du sagst, dass du mir gehörst.«

Tex lächelte sie immer noch an und fand ihren Gefühlsausbruch einfach bezaubernd. Er sagte zu ihr: »Es bedeutet das, was du daraus machst, Mel. Wir haben einen langen Weg vor uns. Wir müssen herausfinden, wer dich verfolgt, und du musst dein Leben neu sortieren. Aber ich hoffe, dass wir zwischendrin irgendwie Zeit finden, uns auch im wirklichen Leben besser kennenzulernen anstatt nur am Computer. Und ich hoffe, irgendwann wirst du dich entscheiden können, ob du *willst*, dass ich dir gehöre.«

»Okay, Tex.« Melody wusste, dass sie irgendetwas sagen musste, um wegzukommen und eine Sekunde Zeit zu haben, über das nachzudenken, was er gerade gesagt hatte.

Tex sah die Verwirrung in ihrem Gesicht und hatte Mitleid. Er sagte zu ihr: »Okay, Mel, dann mach dich fertig. Ich werde nach dir duschen.«

»Benötigst du Hilfe mit …«

Wie immer unterbrach Tex sie und sagte mit einem Hauch von Sarkasmus: »Ich schaffe das schon. Ich mache das jetzt schon eine ganze Weile alleine.«

»Aber jetzt bin ich hier. Ich kann dir helfen. Ich möchte dir helfen.«

»Nicht heute. Gestern Abend war schwer genug für mich. Gib mir etwas Zeit, mich daran zu gewöhnen.«

Melody schüttelte den Kopf. »In Ordnung, aber wenn du mir gehören willst, dann musst du mir früher oder später erlauben, dir zu helfen.«

»Einverstanden.«

»Im Ernst, du musst ... warte ... was ist?«

»Ich werde dich küssen, bevor ich dich duschen lasse.«

Melodys Gehirn kam stotternd zum Stillstand. Er hatte so abrupt das Thema gewechselt, dass es ihr schwerfiel mitzuhalten. Ein Kuss? Sie hatte davon geträumt, dass er sie küsste, sie *wirklich* küsste, seit sie ihn in ihrem Hotelzimmer zum ersten Mal gesehen hatte. Zur Hölle, eigentlich schon lange davor. Natürlich hätte sie selbst unter Folter niemals zugegeben, dass sie mehr als ein Mal mit den Gedanken bei dem wunderbaren Mann eingeschlafen war, mit dem sie so lange gechattet hatte.

»Hast du gehört, was ich gesagt habe, Mel?«

»Äh, ja.«

Tex grinste. »Scheiße, du bist so süß, wenn du verwirrt bist.« Dann beugte er sich vor und presste seinen Mund auf ihren. Er hätte es vielleicht leicht und süß angehen sollen, aber er war nicht in der Stimmung für leicht und süß. Er fühlte sich rau und entblößt, und die Chemie zwischen ihnen schien förmlich zu explodieren, als ihre Lippen sich berührten.

Melody neigte den Kopf zur Seite, um den Winkel für ihren Kuss zu verbessern. Sie griff nach seinen Hüften und hielt ihn fest. Tex fuhr mit seiner Zunge in Melodys Mund und streichelte sie. Dann leckte er über ihre Lippen und stürzte sich wieder hinein. Mit seiner Zunge ahmte er nach, wie sich ihr Liebesspiel anfühlen könnte. Er wusste, dass sie früher oder später mehr tun würden als nur zu schlafen, wenn sie sich weiterhin ein Bett teilten.

Tex hätte fast die Kontrolle verloren, als Melody anfing, an seiner Zunge zu saugen. Sie umschloss sie mit ihren Lippen und streichelte sie gleichzeitig mit ihrer Zunge. Er hob den Kopf und starrte Melody an.

»Verdammt, Frau.«

Melody lächelte ihn an und leckte sich über die Lippen. Sie drückte mit ihren Händen auf seine Taille und fuhr dann langsam an seinem Körper auf und ab. »Das war ... äh ... beeindruckend.«

Tex verzog den Mund zu einem Grinsen. »Ja, beeindruckend. Danke, dass du auf mich aufpasst.«

»Gern geschehen.«

Tex drehte sich um und setzte sich auf die Bettkante. »Jetzt geh duschen. Ich werde mit Baby rausgehen, bis du fertig bist.«

Melody lachte. Sie hatte ihren Hund, der am Fußende des Bettes immer noch zu einer Kugel zusammengerollt war und sie beobachtete, fast vergessen. »Okay, Tex, was auch immer du sagst.« Sie stand vom Bett auf, küsste Baby auf den Kopf und ging ins Badezimmer, wobei sie es gerade so schaffte, sich nicht noch einmal nach dem unglaublich sexy Mann umzudrehen, der auf dem Bett saß.

KAPITEL SIEBEN

»Willst du ein Spiel spielen?«, fragte Melody Tex. Am Tag zuvor hatten sie Kalifornien verlassen und sie war gelangweilt. Der erste Tag war aufregend gewesen, weil es anders war. Als sie aus Pennsylvania geflohen war, hatte sie unter Verwendung von Bargeld einen Mietwagen ausgeliehen und war damit quer durchs Land gefahren. Aber irgendwie war das anders gewesen. Mit Tex an ihrer Seite hatte sie nicht so viel Angst und da er bisher den größten Teil ihres Weges gefahren war, konnte sie sich die ständig verändernde Landschaft ansehen.

Die erste Nacht hatten sie irgendwo im Osten von New Mexico angehalten. Melody hatte vermutet, es würde unangenehm werden, wenn sie zum Übernachten anhalten mussten, aber Tex hatte es einfacher gemacht, als sie erwartet hatte.

Er hatte sie gebeten, im Wagen zu warten, während er ein Zimmer mietete. Tex hatte zwar gesagt, dass es vielleicht etwas merkwürdig sein würde, im selben Zimmer zu übernachten, wollte sie aber nicht allein lassen, selbst wenn er gleich im Nebenzimmer wäre. Melody hatte vorbehaltlos zugestimmt. Schließlich hatte sie die Nacht zuvor in seinen Armen verbracht und sie waren sich nicht mehr fremd. Außerdem fühlte sie sich in der Gegenwart von Tex sicherer. Sie wollte nicht allein in einem Zimmer sein. Sie wollte mit Tex zusammen sein.

Tex hatte ein Zimmer mit zwei kleinen Doppelbetten bekommen. Er wollte Mel nicht zu etwas drängen, zu dem sie nicht bereit war, aber als es so weit war, hatte Melody gefragt, ob sie im selben Bett schlafen könnten. Natürlich hatte er zugestimmt und nachdem sie erneut sein Bein eingerieben und massiert hatte, hatten sie sich Arm in Arm hingelegt.

Gerade als sie kurz vorm Einschlafen war, sagte Tex mit leiser Stimme: »Ich hasse es zu reisen.« Melody war sofort wach.

»Warum?«

»Weil ich ohne meine Prothese verletzlich bin. Wenn mitten in der Nacht etwas passiert, kann ich nicht einfach aufspringen und mich darum kümmern, wie ich es früher getan hätte. Egal ob es an der Tür klopft, jemand versucht einzubrechen oder ein Feuer ausbricht oder was auch immer. Ich stecke im Bett fest, bis ich meine Prothese anlegen kann. Ich hasse das.«

Melody war sich nicht sicher, was sie sagen sollte. Darüber hatte sie bisher nicht nachgedacht, aber jetzt, da sie die Bilder in ihrem Kopf hatte, wollten sie nicht wieder verschwinden. »Du bist der am wenigsten verletzliche Mann, den ich jemals getroffen habe.« Sie versuchte, so überzeugend zu klingen wie möglich.

»Du musst nicht versuchen ...«

Melody unterbrach ihn. »Das tue ich nicht.« Sie spürte eine Berührung an ihrer Wange und hob den Kopf, nur um zu sehen, wie er sie anlächelte.

»Du weißt nicht einmal, was ich sagen wollte.«

»Es ist mir egal. Was auch immer es war, es wäre ohnehin Mist gewesen. Wahrscheinlich könntest du jeden, der versucht, hier einzubrechen, in zwei Hälften zerteilen. Selbst auf einem Bein könntest du durch die Tür und den Flur entlang hüpfen und schneller einem Feuer entkommen als jeder andere. Sollte jemand anklopfen, schnallst du dir deine Prothese an, bevor überhaupt jemand etwas merkt. Eigentlich ...«, Melody rappelte sich auf und sah Tex in der Dunkelheit an, »wette ich, dass du mit Sicherheit geübt hast, deine Prothese so schnell wie möglich anzulegen ... stimmt's?«

Als er sie verlegen angrinste, lächelte Melody zurück und hob die Hände, um ihn zu kitzeln. »Wie lange brauchst du? Was ist deine Bestzeit?«

Sie kreischte wie ein kleines Mädchen, als er sie auf den Rücken drehte und ihre Arme mit seiner Hand über ihrem Kopf festhielt.

»Ich habe es auf die sanfte und empfindliche Art mit dir probiert, aber du musstest es ruinieren.« Seine Worte wurden von einem Lächeln und einem Augenzwinkern begleitet, aber Melody fühlte sich sofort schlecht.

»Im Ernst, Tex, es tut mir leid, dass du so denkst, aber wenn ich die Wahl zwischen dir und deinen Freunden hätte, würde ich mich immer noch für dich entscheiden. Bei *dir* fühle ich mich sicher. Zwei Beine, ein Arm, keine Beine, keine Arme. Ich würde mich trotzdem für dich entscheiden.«

Ohne ein weiteres Wort beugte Tex sich vor und gab Melody einen leidenschaftlichen Kuss. Er legte alle seine Emotionen in diesen Kuss, die er nicht in Worte fassen konnte. Ihr Vertrauen bedeutete ihm die Welt. Seit seiner Operation hatte er sich irgendwie weniger wert gefühlt als seine SEAL-Freunde. Diese paar Sätze von Mel waren alles, was nötig gewesen war, um sein Selbstwertgefühl wiederherzustellen.

Tex ließ nicht zu, dass aus dem Kuss mehr wurde. Es schien ihm immer noch zu früh dafür zu sein, also drehte er sich wieder herum, bis sie ihre vorherige Position eingenommen hatten. Baby hatte sich die ganze Zeit nicht bewegt, sie schlief tief und fest am Fußende des Bettes und schnarchte leise.

Als sie sich wieder hingelegt hatten und Melody gerade wieder einschlafen wollte, hörte sie Tex flüstern: »Dreiundzwanzig Sekunden.«

Melody lächelte nur, drehte den Kopf herum und küsste ihn auf die Brust, bevor sie den Kopf wieder wortlos senkte und an ihn schmiegte. Ihr Bauchgefühl hatte recht gehabt. Er hatte das Anlegen seiner Prothese geübt.

Jetzt waren sie schon wieder seit vier Stunden unterwegs und Melody langweilte sich.

»Was für ein Spiel wolltest du spielen?«, fragte Tex und sah kurz zu Melody hinüber.

»Nun, es ist kein richtiges Spiel, eher eine Art Informationsaustausch. Ich werde dir etwas Interessantes über mich erzählen und dann erzählst du etwas über dich.«

Melody erwartete, dass er sich weigern würde, und

war überrascht, als Tex sofort zustimmte. »Sicher. Du fängst an.«

Melody sah auf Baby hinunter, die zwischen ihnen lag und schlief. Sie war eine ausgezeichnete Reisebegleiterin. Melody war noch nie so lange mit ihr unterwegs gewesen. Sie war wirklich überrascht, auch wenn Baby schon immer zurückhaltend und ruhig gewesen war. Melody vermutete, dass es mit dem zu tun hatte, was sie durchgemacht hatte, bevor sie im Tierheim gelandet war. Melody streichelte dem Hund über Kopf und Rücken. Baby rührte sich nicht vom Fleck, sondern grunzte nur im Schlaf. Melody musste lächeln.

»Als ich aufgewachsen bin, hatte ich eine Vorliebe für Katzen. Meine Eltern hatten Katzen und ich bin immer davon ausgegangen, dass ich als Erwachsene auch Katzen haben würde.«

»Was hat sich geändert?«

»Ich war zu beschäftigt und dachte, dass es nicht fair gegenüber einem Haustier wäre, wenn ich die ganze Zeit beschäftigt bin. Dann habe ich Baby in einer Online-Anzeige des Tierheims gesehen und dort stand, dass sie am nächsten Tag eingeschläfert werden sollte, wenn sie nicht vorher adoptiert werden würde. Irgendetwas in ihrem Blick hat mich so tief berührt, dass ich sofort ins Tierheim gefahren bin.«

»Sie hatte Glück.«

»Nein«, konterte Melody, »ich bin diejenige, die Glück hatte. Baby ist der beste Hund, den ich mir jemals hätte wünschen können. Es hat mir das Herz gebrochen, sie in Pennsylvania zurückzulassen, aber ich wusste, dass es noch schlimmer gewesen wäre, wenn der Stalker sie entführt und womöglich getötet hätte. Ich weiß nicht, was ich ohne sie tun würde.«

Nachdem für einen Moment eine angenehme Stille zwischen ihnen geherrscht hatte, stupste Melody Tex an. »Du bist dran.«

»Ich hätte dich an unserem ersten Abend fast nicht angeschrieben.«

»Ach wirklich? Warum hast du deine Meinung geändert?«

»Na ja, ich hatte zuerst jemanden mit dem Namen Busty Betty angeschrieben, aber sie hat nicht geantwortet.«

»Ich war also nur deine zweite Wahl?« Melody schaute zu Tex hinüber und sah, dass er versuchte, ein Grinsen zu unterdrücken. Sie schlug ihm gegen den Arm. »Du bist doof. Du lügst doch, oder?«

Tex konnte es sich nicht länger verkneifen und lachte laut los. »Ja, es stimmt, dass ich dich fast nicht ange-schrieben hätte, aber irgendetwas hat mir gesagt, es würde sich lohnen.«

»Und, hat es sich gelohnt?«

»Zur Hölle, ja. Die beste Entscheidung, die ich in meinem ganzen Leben getroffen habe.« Tex schaute zu Mel hinüber, damit sie sah, dass er es ernst meinte.

»Ich bin froh, dass du es getan hast.«

»Ich auch. Okay, du bist wieder dran.«

»Mein zweiter Zeh ist länger als mein großer Zeh.«

Tex lachte wieder laut auf. Er hatte gar nicht bemerkt, wie wenig er gelacht hatte, bevor Mel in sein Leben getreten war. »Das muss ich persönlich überprüfen.« Er dachte einen Moment nach und setzte dann das Spiel fort. »Ich kann Bananen nicht leiden.«

»Bananen?«

»Ja, schräg, oder? Ich weiß nicht, ob es an der Konsistenz oder an etwas anderem liegt. Ich kann Bananen einfach auf den Tod nicht ausstehen.«

»Was ist mit Süßigkeiten mit Bananengeschmack?«, fragte Mel neugierig.

»Nee.«

»Das ist schräg.«

»Hey!«

Melody lachte. »Entschuldige, aber es ist so.« Sie fuhr mit dem Spiel fort. »Ich schaue heimlich die Realityshow COPS im Fernsehen.«

»Bitte sag mir, dass du Witze machst.«

Melody kicherte und gab zu: »Nein. Ich liebe diese Sendung. Menschen können solche Idioten sein. Besonders toll finde ich es, wenn die Polizisten über die Verbrecher lachen.«

»Ich muss ein Geständnis machen«, sagte Tex.

»Was?«

»Ich habe noch keine einzige Folge von COPS gesehen.«

»Oh mein Gott! Das müssen wir heute Abend nachholen, sobald wir im Hotel sind.«

Tex sah zu Mel hinüber und lächelte. Sie war wirklich lustig. Er wusste, dass er es genossen hatte, mit ihr zu chatten, aber er hatte keine Ahnung gehabt, dass sie persönlich genauso amüsant sein würde.

Der Rest des Tages ging schnell vorbei. Sie tauschten noch eine Weile lang Informationen über sich und ihr

Leben aus, und sie hatte während der letzten vier Stunden mehr gelacht als im gesamten letzten Jahr.

Sie hatten ein paarmal angehalten, um zu essen und Baby etwas Auslauf zu geben. Als sie an diesem Abend schließlich zum Hotel fuhren, hatte Melody das Gefühl, Tex schon ihr ganzes Leben lang zu kennen. Es war bereits dunkel, als sie vor dem Hotel anhielten, und Melody war erschöpft. Es war erstaunlich, wie anstrengend es sein konnte, den ganzen Tag im Auto zu sitzen. Sie bemerkte, wie Tex sich den Oberschenkel rieb.

»Willst du, dass ich reingehe und das Zimmer buche?« Melody wollte nicht, dass Tex sich schlecht fühlte, aber sie wollte es wenigstens anbieten.

»Nein. Ich würde mich lieber selbst darum kümmern. Ich fühle mich besser, wenn du hier im Wagen in Sicherheit bist, während ich reingehe, um das Zimmer zu buchen, aber mein Bein bringt mich um und es macht mich verdammt wütend, dass es wahrscheinlich besser wäre, wenn du gehst und dich um das Zimmer kümmerst. Ich glaube nicht, dass wir hier in Gefahr sind. Ich weiß, dass uns niemand gefolgt ist, und wir sind mitten im Nirgendwo. Aber ich mag es trotzdem nicht. Würde es dir etwas ausmachen?«

Melody ignorierte seine Frustration und sagte ruhig: »Ich hätte nicht gefragt, wenn es mir etwas ausmachen würde.« Sie war überrascht, dass Tex tatsächlich nachgab, insbesondere weil sie wusste, wie wichtig es ihm war, auf sie aufzupassen und die Verantwortung zu übernehmen.

Tex beugte sich vor, zog seine Brieftasche heraus und reichte ihr wortlos zwei Hundertdollarscheine.

Melody nahm das Geld. Sie wusste es besser, als jetzt darüber zu streiten, aber sie nahm sich vor, es ihm auf die ein oder andere Weise zurückzuzahlen. »Ich bin gleich wieder da.« Sie streichelte Baby über den Kopf und sagte zu ihr: »Sei ein braves Mädchen. Ich komme gleich zurück.« Baby leckte ihr die Hand, drehte sich dann sofort um und legte ihren Kopf auf Tex' Bein. Melody lächelte, schüttelte den Kopf und schloss die Wagentür.

Fünf Minuten später kam sie wieder heraus und öffnete die Beifahrertür. »Du kannst dort hinten parken. Da ist eine Extratür, die wir benutzen können. Wegen Baby ist unser Zimmer im Erdgeschoss.«

Tex startete den Wagen und folgte ihren Anweisungen. Der Parkplatz war größtenteils leer. Sie stiegen aus und Melody nahm Babys Leine, während Tex ihre Taschen nahm.

Melody führte die Zimmerkarte an den Kartenleser, um die Eingangstür zu öffnen, und sie ging zu ihrem Zimmer. Sie öffnete die Tür und Baby tänzelte unbekümmert in den Raum hinein.

Melody löste Babys Leine und wandte sich an Tex. »Ich kümmere mich um die Taschen. Du kannst dich schon umziehen. Ich werde etwas Wasser für Baby hinstellen.«

Tex stellte seine Tasche auf den Boden und reichte Mel ihre Tasche. »Irgendwie habe ich das Gefühl, den Alphamann-Code zu brechen.«

»Wie meinst du das?«

Tex fuhr sich mit der Hand durch die Haare und antwortete: »Ich sollte derjenige sein, der *dir* sagt, du sollst dich ausruhen. Ich sollte mich um Baby kümmern ... Ich habe mich bisher nicht gut um dich gekümmert.«

»So ein Quatsch«, sagte Melody und legte ihre Hand auf seinen Arm. »Ich bin doch keine achtzehn mehr. Ich passe jetzt schon eine Weile selbst auf mich und Baby auf. Und was du gerade für mich tust, ist mehr, als du jemals ahnen kannst. Du bist gekommen, um mich zu retten. Ich hatte solche Angst und ich habe immer noch Angst, dass der Stalker hinter uns her ist und mich angreift. Aber mit dir zusammen ... habe ich das Gefühl, eine Chance zu haben. Ich weiß, dass du Schmerzen hast, und ich hasse es. Also, wenn ich sage, du sollst dich umziehen, damit du endlich deine Beine ... also das eine Bein ... entspannen kannst ... dann heißt das nicht, dass du gleich deinen Status als Alphamännchen aufgeben musst, in Ordnung?«

Tex machte einen großen Schritt auf sie zu, nahm sie am Nacken, zog sie zu sich heran und legte seine Lippen auf ihre Stirn. »Vielen Dank.«

Melody legte ihre Hände auf Tex' Taille, lehnte sich an ihn und fragte: »Wofür?«

»Dafür, dass du eine großartige Reisebegleiterin bist, darauf vertraust, dass ich dich sicher nach Hause bringe, und weil du weißt, dass ich im Moment dafür töten würde, mich auf dieses Bett zu legen und diese Prothese abzunehmen.«

Melody wusste nicht, was sie sagen sollte, und entgegnete nur: »Gern geschehen.«

Tex hob den Kopf, sah ihr in die Augen und beugte sich dann vor. Er küsste sie ein Mal fest und fuhr mit seiner Zunge über ihre Unterlippe, gab ihnen aber keine

Zeit, den Kuss zu vertiefen, bevor er sich zurückzog. »Du kannst schon mal nachsehen, ob du eine Folge von COPS findest. Ich komme gleich.«

Melody beobachtete, wie Tex sich umdrehte und ins Badezimmer ging. Sie stand noch einen Moment da, bis sie das Wasser laufen hörte. Sie schüttelte den Kopf, zog ihre Schuhe aus und ging zur Kommode. Sie stellte ihre Tasche darauf und kramte darin herum, bis sie ein sauberes T-Shirt zum Schlafen und Boxershorts fand. Sie kramte in einer anderen kleinen Tasche, holte Babys Napf heraus und füllte ihn am Waschbecken mit Wasser. Sie stellte den Napf auf den Boden, ging zurück zum Fernseher, schaltete ihn ein und zappte durch die Kanäle.

Als Tex aus dem Badezimmer kam, stand sie immer noch da. »Ich kann es nicht finden«, sagte Melody mit enttäuschter Stimme zu Tex.

»Es ist in Ordnung. Ich bin mir nicht sicher, ob wir überhaupt solange wach bleiben würden, um es uns anzusehen.«

»Glaub ja nicht, dass du aus dieser Sache wieder rauskommst. Und wenn ich es mir zur Lebensaufgabe machen muss, dass du eine Folge der besten Sendung im Fernsehen sehen kannst.«

Tex schüttelte den Kopf. »Gott, du bist so süß. Dann mach weiter. Aber zuerst bist du mit dem Badezimmer dran.«

»Fass ja nicht dein Bein an. Ich werde mich darum kümmern, wenn ich wiederkomme.«

»In Ordnung.«

»Ich meine es ernst, Tex.«

Tex grinste. Sie konnte ihn so einfach durchschauen. »Gut, ich werde warten.«

»Danke. Mach es dir bequem, ich bin gleich wieder da.«

Tex sah hinter sich auf das Doppelbett. Er hatte ihr nicht gesagt, was für ein Zimmer sie buchen sollte, aber sie hatte von sich aus ein Zimmer mit nur einem Bett gewählt. Er wollte es eigentlich nicht überbewerten, aber er konnte nichts dagegen tun. Er zog die Decke zurück, legte sich aufs Bett und lehnte sich gegen die Kissen. Er legte die Lotion neben sich auf das Bett, ließ den Kopf zurückfallen und schloss die Augen. Er spürte, wie Baby aufs Bett sprang. Sie kam zu ihm, legte sich neben ihn und stupste seine Hand an.

Ohne die Augen zu öffnen, fuhr Tex mit seiner Hand über Babys Kopf und ihren Rücken, dann wiederholte er die Bewegung. Und dann noch einmal. Die ruhige Bewegung seiner Hand musste den Hund so entspannt haben, dass er praktisch mit dem Bett verschmolz.

Als Melody kurz darauf ins Schlafzimmer kam, lächelte sie, als sie Mann und Hund auf dem Bett sah. Beide schliefen tief und fest und schnarchten leise.

Melody wollte Tex nicht wecken, wusste aber, dass er die Prothese abnehmen musste. Sie ging zur anderen Seite des Bettes und drückte vorsichtig den Knopf, um das Vakuum zu lösen. Die Prothese löste sich und Melody hörte Tex' Stimme.

»Entschuldige, ich bin eingeschlafen.«

»Schon gut. Ich bekomme das hin. Mach die Augen zu.« Sie sah, wie er genau das tat, was sie sagte. Bevor sie zu gefühlsduselig darüber wurde, dass dieser Alpha-Ex-

SEAL ihr vertraute, das zu tun, was getan werden musste, machte sie sich an die Arbeit. Melody zog den Liner ab und griff nach der Lotion. Vorsichtig rieb sie seinen Beinstumpf ein und achtete darauf, nicht zu viel Druck auf die wunden Stellen auszuüben, dabei aber trotzdem fest genug die überstrapazierten Muskeln in seinem Oberschenkel zu massieren, um seine Schmerzen zu lindern.

Als sie fertig war, wischte sie ihre Hände am Bettlaken ab und hoffte, dass das Hotelpersonal es hoffentlich waschen würde, bevor die nächsten Gäste kamen. Bevor sie sich von Tex zurückzog, beugte sie sich vor und küsste ihn sanft auf den Oberschenkel. Sie richtete sich auf und sah ihn an. Tex hatte die Augen geöffnet und starrte sie verwundert an.

Ohne ein weiteres Wort ging Melody ums Bett herum und kletterte auf ihrer Seite hinein. Sie wollte Baby nicht aus dem Bett schubsen, also legte sie sich neben ihren Hund und sah Tex an. Er hatte sich umgedreht, um sie dabei zu beobachten, wie sie um das Bett herumging. Jetzt lag er auf der Seite und sah sie an. Sie fuhren beide mit ihren Händen über das Fell des Hundes zwischen ihnen und als sie sich berührten, griff Tex nach Melodys Fingern.

Als wären sie in einer Kirche, sagte Tex mit leiser und ehrfürchtiger Stimme: »Seit ich ein kleines Kind war, hat sich niemand mehr so um mich gekümmert wie du.« Er räusperte sich und fuhr fort: »Ich weiß nicht, was du in mir siehst, Mel, aber es fühlt sich gut an.«

»Du bist ein toller Mann, Tex. Du bist verdammt sexy und wenn wir beide nicht so erschöpft wären, würde ich versucht sein, dir zu beweisen, wie sexy ich dich finde.«

Tex grinste sie schläfrig an. »Ich sollte verdammt sein, wenn ich versuchen würde, dich davon abzuhalten.«

»Gut, das würdest du nämlich nicht schaffen.«

»Schläfst du immer mit Baby im Bett?«

Melody erlaubte ihm, das Thema zu wechseln, und schniefte. »Nicht unbedingt. Sie hatte ein schönes, flauschiges Hundebett neben meinem Bett, in dem sie früher geschlafen hat.«

»Sieht so aus, als hätte sich das geändert.«

»Ja.«

Sie sahen auf den Hund hinunter, dessen Bauch sich unter ihren Händen auf und ab bewegte.

»Sie ist eine großartige Hündin.«

»Ja«, wiederholte Melody.

»Ich werde mich auch um sie kümmern, Mel.«

Melody sah überrascht zu Tex hinüber. »Aber ...«

»Kein Aber. Sie bedeutet dir etwas, also bedeutet sie mir auch etwas. Ich werde nicht zulassen, dass jemand ihr etwas antut, solange ich etwas dagegen tun kann.«

Tränen traten in Melodys Augen und sie hob Tex' Hand an ihren Mund, um seinen Handrücken zu küssen. Dann legte sie ihre Hände wieder zurück auf Baby. »Danke«, war alles, was sie hervorbrachte, und ihre Stimme brach trotzdem.

»So sehr ich deine Hündin auch liebe, sie sollte sich besser nicht daran gewöhnen, zwischen uns zu schlafen. Hundevoyeurismus mag ich nicht.«

Melody schloss die Augen und kicherte. Sie öffnete die Augen wieder und stellte fest, dass Tex sie immer noch aufmerksam beobachtete.

»Schlaf ein bisschen, Mel. Wir haben noch einen

langen Weg vor uns, bis wir in Pennsylvania ankommen. Wir müssen herausfinden, was los ist, und die nächsten Schritte planen. Aber eins verspreche ich dir, sobald die Dinge sich beruhigt und wir eine Minute Zeit für uns haben, in der wir nicht so erschöpft sind oder versuchen herauszufinden, welche verrückte Person hinter dir her ist, werde ich dir zeigen, wie viel du mir bedeutest.«

Melody biss sich auf die Lippe und nickte. Sie konnte es kaum erwarten.

KAPITEL ACHT

Melody stellte den Motor ab und umklammerte fest das Lenkrad. Sie und Tex hatten an diesem Morgen beschlossen, den verbleibenden Weg bis nach Pennsylvania durchzufahren. Ungefähr nach der Hälfte des Weges hatte Melody Tex überzeugen können, sie fahren zu lassen. Wieder einmal war er nicht glücklich darüber gewesen, aber sein Bein verursachte immer mehr Schmerzen und er hatte den Punkt erreicht, an dem es zu sehr wehtat, um zu fahren. Er hatte ihr mindestens eine Million Anweisungen gegeben und hatte erst geschwiegen, als sie ihm versichert hatte, dass sie keine Idiotin wäre und seit ihrem sechzehnten Lebensjahr Auto fuhr.

Sie musste ihm allerdings zugestehen, dass er sich nicht dagegen ausgesprochen hatte, als Melody darauf bestanden hatte zu fahren. Nach ihrer bissigen Antwort auf seinen Vortrag hatte er nur genickt, ihr wortlos den Schlüssel gegeben und sich dann auf den Beifahrersitz gesetzt, nachdem sie für Baby die nächste Pause eingelegt hatten.

Melody hatte versucht, ihre Nervosität zu unterdrücken, wieder zurück zu Hause zu sein. Als sie das letzte Mal in ihrer Wohnung gewesen war, hatte sie schreckliche Angst gehabt und war sich nicht sicher gewesen, ob sie diesen Ort jemals wiedersehen würde.

Einerseits war sie froh, wieder zu Hause zu sein, aber andererseits hatte sie Angst. Sie vertraute Tex, aber sie hatte trotzdem Angst, wieder in ihrer Heimatstadt zu sein, wo alles angefangen hatte.

»Hey, sieh mich an.«

Melody zuckte zusammen, als Tex seine Hand auf ihre Schulter legte und sie den Kopf zu ihm drehte. Im trüben Licht des Parkplatzes konnte sie ihn kaum sehen.

»Es wird alles gut, Mel, dafür werde ich sorgen.«

Melody nickte mechanisch.

»Bleib sitzen, ich komme rum.« Tex stieg aus und ging um die Vorderseite des Wagens herum, ohne den Augenkontakt mit Melody zu unterbrechen. Er öffnete die Tür und als Melody ausstieg, stellte er sich dicht vor sie.

Tex legte seine Hände auf den Wagen hinter ihr und beugte sich vor. Er seufzte, als Mel ihre Arme um seine Taille schlang und ihn festhielt. Er konnte fühlen, wie Baby ihn am Arm anstupste, aber er ignorierte den Hund für den Moment.

Tex legte sein Kinn auf Melodys Schulter und drehte sich um, damit er ihr etwas ins Ohr flüstern konnte. »Ich weiß, dass du Angst hast, aber ich bin verdammt stolz darauf, wie stark du bist. Du bist nicht mehr allein. Ich bin jetzt da.«

Er spürte, wie ihr Atem kurz stockte, bevor er sich wieder beruhigte. Er vergrub sein Gesicht zwischen ihrem Hals und ihrer Schulter, schlang seine Arme um sie und zog sie an sich.

Einige Minuten standen sie so auf dem Parkplatz, bevor Tex sich schließlich zurückzog. Er nahm ihr Gesicht zwischen seine Hände und sagte: »Ich meine, was ich sage.« Seine Worte waren einfach und kamen von Herzen.

»Ich weiß. Ich habe nur das Gefühl, dass ich dich in das mit hineingezogen habe, was auch immer das hier ist.«

»Mel, du hast mich nirgends mit hineingezogen. Ich bin von selbst gekommen. Und wenn ich nicht hier sein wollte, dann wäre ich es nicht.«

Melody befeuchtete ihre Lippen und flüsterte nach einem Moment schließlich: »Okay.«

Tex beugte sich zu ihr vor und küsste sie auf die Lippen. »Jetzt gib mir deinen Wohnungsschlüssel. Du wartest hier für einen Moment mit Baby, bis ich deine Wohnung überprüft habe. Ich bin gleich wieder da und dann können wir reingehen und etwas schlafen. Morgen früh kannst du Amy anrufen und wir werden herausfinden, was hier los ist. Steig wieder in den Wagen und verriegle die Türen. Wenn irgendetwas Ungewöhnliches passiert oder du Angst hast, lehnst du dich auf die Hupe und rufst mich an.«

»Glaubst du, er weiß, dass ich hier bin? Bin ich in Gefahr? Bist du in Gefahr?«

Tex lehnte seine Stirn gegen Melodys, legte seine Hände auf ihre Taille und drückte sie. »Ruhig, Mel. Nein, ich glaube nicht, dass du in Gefahr bist. Ich würde dich niemals hier draußen allein lassen, wenn ich davon ausgehen würde. Es ist nur eine Vorsichtsmaßnahme. Ich habe keine Ahnung, ob er weiß, dass du wieder zurück in der Stadt bist, aber ich werde nicht länger als ein paar Minuten weg sein. Du warst seit Monaten nicht mehr zu Hause und ich möchte mich davon überzeugen, dass alles in Ordnung ist, anstatt unvorbereitet hineinzuschlendern.«

Tex vermied es zu erwähnen, dass er sich vergewissern wollte, dass der Stalker nicht eingebrochen war und ihre Wohnung verwüstet hatte. Es war immerhin möglich und er wollte Mel diesen Schock ersparen. Er glaubte ehrlich gesagt nicht, dass der Stalker wusste, dass sie zurück waren, also sollte sie im Wagen in Sicherheit sein, während er die Wohnung überprüfte. Tex zog sich zurück, legte seine Hände auf ihre Wangenknochen und sah ihr in die Augen. »Ich würde dich niemals absichtlich in Gefahr bringen, Mel, in Ordnung?«

Melody seufzte und nickte. Sie griff nach der Tasche auf dem Rücksitz. Baby war begeistert, dass sie Melodys Gesicht erreichen konnte, und leckte sie ab, bis Melody lachte und sie wegschob. »Beweg dich, Baby, ich muss meine Handtasche holen, damit wir reingehen können.« Als hätte sie Mel verstanden, setzte Baby sich hin und beobachtete ihr Frauchen dabei, wie sie in ihrer Tasche wühlte und den Schlüssel herauszog, den sie seit mindestens einem halben Jahr nicht mehr benutzt hatte. Sie drehte sich um und ließ ihn in Tex' ausgestreckte Hand fallen.

»Sei vorsichtig.« Bei Tex' hochgezogenen Augenbrauen wurde Melody rot, hielt seinem Blick aber stand. »Ich weiß, du warst ein SEAL und könntest wahrscheinlich nur durch Blicke jemanden zu Tode erschrecken, aber wir wissen nicht, wozu diese Person fähig ist.«

»Ich werde vorsichtig sein, versprochen.« Tex verschwendete keine Zeit mehr damit, sie zu beruhigen, sondern küsste sie nur auf die Stirn und sagte: »Steig jetzt wieder ein und verriegle die Türen. Ich werde zurück sein, bevor du dich versiehst.«

Melody tat, was Tex verlangte, und sah ihm hinterher, als er selbstbewusst über den Parkplatz ging und im Hausflur verschwand, der zu ihrer Wohnung führte. Baby winselte neben ihr und Melody zog sie auf ihren Schoß, um den Hund und sich selbst zu beruhigen. Baby war schon immer liebevoll gewesen, aber nach ihrer langen Trennung war sie es noch mehr. Der Hund kuschelte sich an Melody und legte ihr die Schnauze auf die Schulter. So saßen sie beide im Wagen und warteten darauf, dass Tex wiederkam.

Tex sah sich sorgfältig in Mels Wohnung um. Es war dunkel und ruhig. Es roch normal, genauso normal wie ein Ort, der seit mehreren Monaten verlassen war. Die Luft war ein bisschen muffig und abgestanden. Tex drückte den Lichtschalter neben der Wohnungstür und spannte sich an, als würde er darauf warten, dass jemand aus der Dunkelheit auftauchte. Alles blieb ruhig.

Die Tür öffnete sich zu einem kleinen Flur, der in den Wohnbereich führte. In der Mitte des Raumes stand ein dunkelbraunes Ledersofa mit einem schwarzbraunen Couchtisch davor. Ein großer Flachbildfernseher war an der Wand gegenüber der Couch angebracht. An einer Wand stand ein dunkelbraunes Regal, das voller Bücher und Bilder war. Auf der anderen Seite waren die Küche und ein kleiner Essbereich mit einem Tisch für vier Personen.

Tex trat einen Schritt in den Raum hinein und sah sich in der Küche um. Es gab einen Edelstahlkühlschrank und einen Geschirrspüler sowie einen Elektroherd mit vier Herdplatten. Am Kühlschrank hingen ein paar Bilder, die vermutlich Amys Kinder gemalt hatten. Die Schränke waren in einem Ahornfarbton und die Arbeitsplatte aus Granit.

Tex ging in den Flur gegenüber der Küche, der an den Wohnbereich anschloss. Von den vier Türen standen drei offen. Tex öffnete die verschlossene Tür und stellte fest, dass es sich um einen Wäscheschrank handelte. Er ging den Flur hinunter und schaute in ein Gästezimmer, in dem sich ein Doppelbett und eine Kommode befanden. Die Tür gegenüber führte ins Badezimmer.

Tex war immer noch wachsam und ging zu Mels Schlafzimmer. An der Tür blieb er stehen und musterte ihren persönlichen Raum. Das Bett war ein Kapitänsbett mit einer ein Meter vierzig breiten Matratze. Das Bettgestell hatte auf jeder Seite Schubladen und Regale. Gegenüber vom Bett stand ein Fernseher, davon abgesehen war der Raum leer. In dem Bereich zwischen Bett und Fernseher lag ein großer rechteckiger Teppich. Er sah nach unten und lächelte zum ersten Mal, als er Babys Hundebett direkt neben dem Bett sah, genau wie Melody es beschrieben hatte.

Er drehte sich um und sah in das kleine angeschlossene Badezimmer. Es war funktional und sauber. In ihrer Wohnung sah alles okay aus. Nachdem Tex erleichtert festgestellt hatte, dass er nichts Ungewöhnliches gefunden hatte oder etwas, das Mel erschrecken könnte, sah er sich in ihrem Zimmer mit den Augen eines Mannes um, nicht mit denen eines SEALs.

Das Zimmer war gemütlich und weiblich eingerichtet. Er konnte sich gut vorstellen, wie Mel dort schlief. Zur Hölle, er konnte sich gut vorstellen, wie sie beide dort schliefen ... und sich liebten. Allein bei der Vorstellung daran wurde er hart. Es war fast lächerlich, wie leicht erregbar er war, wenn er nur an Melody dachte. Ein Teil seines Gehirns sagte ihm, es wäre verrückt, da er sie gerade erst getroffen hatte. Der andere Teil argumentierte jedoch, dass es sich richtig anfühlte und dass sie sich durch ihre langen Online-Gespräche bereits sehr gut kannten.

Vor seiner Verletzung war Tex immer derjenige gewesen, der den ersten Schritt in einer Beziehung gemacht hatte, egal ob es sich um eine langfristige Beziehung oder einen One-Night-Stand gehandelt hatte, aber mit Mel wollte er nichts überstürzen. Nachdem er zu oft von Frauen abgelehnt worden war, die sich nicht auf einen verkrüppelten Veteranen einlassen wollten, hatte er sein Selbstvertrauen verloren. Selbst sein Status als Ex-SEAL hatte nicht gereicht, um sie zu verführen.

Tex stoppte seine Gedanken. Melody saß unbewacht unten auf dem Parkplatz im Wagen und machte sich wahrscheinlich Sorgen um ihn. Er hatte nicht gelogen, als er ihr gesagt hatte, dass er sie in Sicherheit wog, während er die Wohnung überprüfte, aber er sollte trotzdem mit den Tagträumen aufhören und sie hereinholen. Er wollte, dass seine Erektion nachließ, während er zurück zum Parkplatz zu der Frau ging, die sich schnell zum wichtigsten Teil seines Lebens zu entwickeln schien.

Melody richtete sich auf ihrem Sitz auf, als sie Tex auf sich zukommen sah. Er wirkte nicht besorgt, sondern war nur darauf konzentriert, zu ihr zurückzukommen. Baby hob den Kopf, als wüsste sie, dass Tex kam, und drehte sich in seine Richtung. Sie fing an, mit dem Schwanz zu wedeln, aber sie stieg nicht von Melodys Schoß.

Tex ging zur Fahrerseite und öffnete die Tür, nachdem Mel sie entriegelt hatte. Er ließ sie nicht lange zappeln und sagte: »Es scheint alles in Ordnung zu sein. Lass uns reingehen.«

Melody nickte und legte Baby die Leine an, bevor sie aus dem Wagen stieg.

Tex öffnete die hintere Tür und holte ihre Taschen heraus. Er griff nach Melodys freier Hand und war erleichtert, als sie seinen Griff fest erwiderte, während sie zu ihrer Wohnung gingen.

Er stieß die Tür auf und Baby stürmte sofort hinein. Melody lachte und zog sie gerade noch zurück, um ihre Leine zu lösen.

»Sie ist froh, wieder zu Hause zu sein«, kommentierte Tex unnötigerweise.

»Ja.« Melody sah sich in ihrer Wohnung um und seufzte. »Ich auch.«

»Komm her.« Tex griff nach Melodys Hand und schloss die Tür mit seinem Fuß. Er führte sie beide zur Couch, setzte sich und zog sie auf seinen Schoß.

Melody hatte versucht, stark zu sein, aber jetzt, wo sie wieder zurück in ihrer Wohnung war, in der sie sich so sehr gefürchtet hatte, von der sie geglaubt hatte, sie niemals wiederzusehen, brach sie schließlich zusammen. Sie konnte fühlen, wie Tex mit seiner Hand beruhigend über ihren Rücken und ihren Kopf fuhr. Nach ein paar Minuten versuchte sie schließlich, sich zu beherrschen. Sie hob ihr tränenverschmiertes Gesicht zu Tex. »Herrgott, entschuldige. Ich schwöre, ich weine sonst nie. Normalerweise mag ich das nicht.«

»Dafür brauchst du dich nicht zu entschuldigen, Mel. Ich bin überrascht, dass du so lange durchgehalten hast.«

»Es ist nur, dass ich solche Angst davor hatte, hierher zurückzukehren. Jetzt, wo du da bist, fürchte ich mich nicht mehr so, aber ich hatte schon fast nicht mehr daran geglaubt, diesen Ort jemals wiederzusehen.«

»Wir werden uns dein Leben zurückholen.«

»Hoffentlich.«

»Das werden wir.«

»Okay, Tex.«

»Komm schon, ich bin erschöpft und ich weiß, dass du es auch bist. Lass uns etwas schlafen. Morgen früh wird alles schon viel besser aussehen.«

Tex hielt Melody fest, als sie aufstanden, und mit einer Hand an ihrem Rücken führte er sie den Flur hinunter zu ihrem Schlafzimmer. Tex lenkte Mel direkt ins Badezimmer.

»Mach dich bettfertig, ich gehe noch mal mit Baby raus und kümmere mich dann um unsere Taschen.«

»Aber dein Bein ...«

Tex legte einen Finger auf ihre Lippen und schnitt ihr das Wort ab. »Du hast dich genug um mich gekümmert, Mel, bitte lass mich jetzt mal auf dich aufpassen.« Als es so aussah, als würde sie weiter protestieren wollen, fügte er einfach hinzu: »Bitte.«

Mel sah ihm für einen Moment in die Augen, nahm dann sein Handgelenk und nickte. Sie schürzte die Lippen und küsste ihn auf den Finger, den er auf ihre Lippen gelegt hatte. »Okay, ich werde hier auf dich warten.«

Tex lächelte sie an. Sie war völlig offen mit ihm und spielte keine Spielchen. Sie hatte ihm einfach zu verstehen gegeben, dass er hier bei ihr im Schlafzimmer bleiben sollte. »Ich bin so schnell wie möglich zurück.«

Melody nickte und ging ins Badezimmer. Tex sah auf ihren Hund hinunter. »Komm schon, Baby, willst du noch mal nach draußen, bevor wir schlafen gehen?« Baby hing die Zunge aus dem Maul und es sah aus, als würde sie ihn angrinsen. Er lachte leise in sich hinein, als er den Raum verließ und zur Wohnungstür ging.

Als er ungefähr zehn Minuten später zurück ins Schlafzimmer kam, sah er, dass Melody die Bettwäsche gewechselt hatte. Die alten Sachen lagen auf einem Haufen in der Ecke. Mel hatte sich im Bett zusammengerollt und schlief tief und fest. Etwas hatte sich in Tex verändert. Er würde alles tun, um diese Frau zu beschützen, aber da war noch mehr. Er wollte sie nicht nur beschützen, er wollte jeden Tag damit beenden, sie in ihrem Bett zu sehen. Er wollte neben ihr aufwachen, er wollte ihr Lachen hören und ihre süße Singstimme, die sie manchmal benutzte, wenn sie mit Baby sprach.

Irgendwie wusste Tex, dass Mel für ihn bestimmt war. Er hatte es schon gewusst, als er die Entscheidung getroffen hatte, quer durchs Land zu fahren, um sie zu finden und wieder nach Hause zu bringen. Er hätte auch Wolf und sein Team anrufen können, um sie retten. Er hätte auch mit den Schultern zucken und davon ausgehen können, dass sie ihn einfach abgeschossen hatte, als sie ihr Benutzerkonto in diesem Chatraum gelöscht hatte. Aber irgendwie hatte er es gewusst. Sie war etwas Besonderes.

Tex wurde emotional und wandte sich dem Badezimmer zu, um sich bettfertig zu machen. Ein paar Minuten später kam er wieder heraus und setzte sich auf die Seite des Bettes, die sie offensichtlich für ihn freigelassen hatte. Tex sah zu Baby hinüber, die am Fußende des Bettes schnarchte. Er wusste, dass er die Hündin wahrscheinlich aus dem Bett jagen und in ihr Hundebett auf dem Boden stecken sollte, aber er lächelte nur und schüttelte den Kopf, bevor er die Aufmerksamkeit seinem Bein zuwandte. Er entfernte die Prothese und rieb schnell etwas Lotion auf den Stumpf.

Er leistete nicht so gute Arbeit, wie Mel es getan hätte, aber plötzlich war es ihm wichtiger, sie in seinen Armen zu halten. Er lehnte seine Beinprothese gegen den Nachttisch neben dem Bett und legte sich hin. Er drehte sich zu Mel um, die ihm den Rücken zugewandt hatte, und nahm sie in die Arme. Er hatte noch nie mit einer Frau in dieser Position geschlafen, aber mit Mel fühlte es sich richtig an. Seinen rechten Arm schob er unter ihren Kopf und kuschelte sich an sie.

Sie trugen beide T-Shirt und Boxershorts, aber Tex konnte spüren, wie Mels Körperwärme auf seinen Körper überging.

»Ist alles okay?«, murmelte Mel schläfrig.

»Schhhh, alles ist in Ordnung. Schlaf weiter.«

»Hast du dein Bein eingerieben?«

»Ja, Liebling, mir geht es gut. Schlaf jetzt. Ich bin bei dir«, flüsterte Tex ihr ins Ohr und lächelte, als er spürte, wie sie sich dichter an ihn kuschelte, als würde sie es sich für längere Zeit dort gemütlich machen.

»Mmm-hmmm.«

Tex lächelte und schloss die Augen. Das Vertrauen, das Mel ihm entgegenbrachte, schien auf magische Weise alle Selbstzweifel verschwinden zu lassen, die er seit seinem Austritt aus der Navy hatte. Er wusste, dass sie keine Ahnung hatte, was sie für ihn bedeutete, aber Tex wusste es. Sie in seinen Armen zu halten und zu wissen, dass sie sich selbst im Halbschlaf noch Sorgen um ihn machte und sich um ihn kümmern wollte, war ein Gefühl, das er noch nie zuvor in seinem Leben gehabt hatte. Er würde alles dafür tun, sie zu beschützen. Einfach alles. Melody und Baby zu beschützen war das Einzige, worauf er sich in absehbarer Zeit konzentrieren würde. Sie war seine Zukunft. Mit Mel in den Armen schlief Tex schließlich ein und schaute zum ersten Mal seit langer Zeit positiv in die Zukunft.

KAPITEL NEUN

»Ja, ich bin es wirklich, Amy«, beruhigte Melody ihre Freundin zum hundertsten Mal.

»Bist du für immer zurück?«

»Ich weiß es nicht. Hoffentlich.« Melody wollte ihre Freundin nicht anlügen. Sie wusste, dass sie ihr nichts vormachen konnte. Amy kannte sie zu gut und musste nur einen Blick auf sie werfen, um zu wissen, ob sie log oder ihr etwas verheimlichte. Sie kannten sich schon zu lange, um Geheimnisse voreinander zu haben.

»Bist du allein wieder hier?«

»Nein, Tex ist bei mir.«

»Ach so, Tex?«

Melody konnte die Anspielung in Amys Stimme hören. »Ja, Tex.« Sie sah zu Tex hinüber und wusste, dass ihre Unterhaltung sich anhören musste wie die zwischen zwei Highschool-Mädchen, aber sie lächelte nur. Tex saß auf der Couch neben ihr und streichelte Baby, während sie mit Amy telefonierte. »Er sitzt direkt neben mir, starrt mich an und fragt sich wahrscheinlich, wovon zum

Teufel wir reden.« Sie lächelte und sah wieder auf ihren Hund hinunter, der friedlich zwischen ihnen schlief.

»Ich mag ihn, Melody. Ich meine, ich war mir nicht sicher, als er mich zum ersten Mal angerufen hat, aber er hat dich wieder nach Hause gebracht, also glaube ich, dass ich ihn dafür liebe.«

»Ich auch.« Sobald die Worte ihren Mund verlassen hatten, wusste Melody, dass sie die Wahrheit gesagt hatte. Panisch sah sie zu Tex zurück und fragte sich, ob er Amys Worte und ihre Reaktion darauf gehört hatte.

»Alles okay?«, flüsterte Tex und beugte sich besorgt zu ihr hinüber.

Melody deckte das Mikrofon des Telefons ab und sagte schnell zu Tex: »Ja, alles in Ordnung.«

Tex nickte und lehnte sich wieder zurück, beobachtete sie weiter und streichelte Baby.

»Wir müssen uns treffen, meine Liebe«, sagte Amy streng.

»Ich weiß, ich kann es kaum erwarten, dich zu sehen und Cindy und Becky.«

»Sie können es auch kaum erwarten, dich zu sehen.«

»Aber ich möchte euch nicht in Gefahr bringen, Amy.«

Melody hörte, wie ihre Freundin seufzte. »Ich weiß. Bitte ruf mich an, sobald du es einrichten kannst, uns zu besuchen. Ich will dich wirklich gern wiedersehen. Ich habe dich vermisst.«

»Das werde ich. Ich muss mit Tex besprechen, wie es jetzt weitergehen soll.«

»In Ordnung. Ich bin froh, dass du wieder da bist. Ich habe das Gefühl, Tex wird sich um alles kümmern.«

»Hoffentlich. Okay, ich hab dich lieb, Amy. Wir reden später wieder.«

»Tschüss, bis dann.«

»Bis dann.« Melody schaltete das Telefon aus und ließ sich zurück auf die Couch fallen.

»Ihr steht euch wirklich nahe, oder?«, fragte Tex sachlich.

»Ja. Nicht mit Amy über meine Pläne zu sprechen war mit das Schwierigste, als ich abgehauen bin. Ja, ich habe auch meine Eltern vermisst, aber das ist nicht dasselbe, wie nicht mit der besten Freundin sprechen zu können.«

»Bist du bereit, über alles zu reden, damit wir versuchen können herauszubekommen, wie es weitergehen soll?«

»Nein, nicht wirklich. Aber ja.«

Tex lachte leise und streichelte Baby zum letzten Mal über den Kopf, bevor er aufstand. Er streckte Mel seine Hand entgegen. »Komm schon. Lass uns rüber an den Tisch gehen. Ich brauche meinen Computer, um zu sehen, was ich herausfinden kann, und um alles aufzuschreiben.«

Melody griff nach Tex' Hand und ließ sich von ihm zum Tisch führen. Er zog für sie einen Stuhl heraus und nachdem sie Platz genommen hatte, setzte er sich auf den Stuhl neben sie. Er zog einen seiner Laptops heraus und schaltete ihn ein.

»Wie wäre es, wenn wir damit anfangen, dass du mir erzählst, wie du alles organisiert hast, während du weg warst? Irgendwie hat dieser Typ dich gefunden, als du in Kalifornien warst, und wir müssen herausfinden wie.«

»Wäre es nicht einfacher, darüber zu sprechen, wer meiner Meinung nach verdächtig ist?«

»Nicht wirklich. Wir werden gleich noch eine Liste Verdächtiger zusammenstellen. Zuerst möchte ich, dass du mir alles erzählst. Erzähl mir, was du gemacht hast, während du auf der Flucht warst. Du darfst nichts auslassen. Ich muss alles wissen, um herausfinden zu können, wie er dich finden konnte.«

Was Tex sagte, ergab Sinn. »Nun, ich hatte es nicht wirklich durchgeplant, als ich aufgebrochen bin. Ich hatte nicht genügend Bargeld, um auf unbestimmte Zeit wegzulaufen, aber ich wusste auch, dass ich keine Kreditkarten verwenden sollte, da diese leicht nachverfolgt werden können. Also bin ich zur Bank gegangen und habe ein paar tausend Dollar von meinem Konto abgehoben. Ich hatte keine Ahnung, wie schlau mein Stalker war, aber ich dachte, mein Handy oder meine Kreditkarte könnten mich leicht verraten, wenn er sich mit Computern auskennt.« Sie hielt inne, als sie sah, dass Tex sie angrinste. »Das muss ich *dir* wahrscheinlich nicht erklären.«

»Erzähl weiter.«

»Ich habe einen Wagen gemietet. Ich dachte, ich würde einfach solange fahren, bis ich mich entschieden hatte, wohin ich gehe und was ich tun werde. Ich war ungefähr fünf Tage unterwegs gewesen, als ich Amy angerufen habe, um mir zu helfen. Ich wusste, dass mir irgendwann das Geld ausgehen würde, also habe ich eine Vollmacht ausgefüllt, damit sie zur Bank gehen und Bargeld für mich abheben konnte. Ich habe ihr dann die Adresse von meinem Hotel gegeben und sie hat das Geld dorthin geschickt. Sobald ich den Brief mit dem Geld erhalten hatte, habe ich das Hotel gewechselt. Ich habe ein paar dieser Einwegtelefone mit Prepaid-Guthaben gekauft, damit der Stalker mich darüber nicht finden könnte. Meinen Job kann ich eigentlich von überall aus machen. Ich arbeite mit einer Software namens CART. Das steht für Communication Access Real-time Translation. Grundsätzlich funktioniert das so, dass ich mir eine Veranstaltung über Skype anhöre und gleichzeitig eintippe, was ich höre. Das, was ich geschrieben habe, wird dann über eine App an den tatsächlichen Veranstaltungsort gesendet. Die Leute vor Ort können dann live mitlesen, während sie zuschauen. Natürlich gibt eine kurze Zeitverzögerung, aber nicht sehr viel. Da ich zum Arbeiten nur eine Internetverbindung benötige, konnte ich auch von unterwegs aus weiterarbeiten. Meine Miete habe ich weitergezahlt in der Hoffnung, dass ich irgendwann wieder nach Hause kommen kann. Amy hat sich um die Post gekümmert und offene Rechnungen beglichen.«

»Das klingt, als hättest du das ohne Amy nicht hinbekommen«, bemerkte Tex wertfrei.

»Tu das nicht«, warnte Melody mit leiser Stimme.

»Was?«

»Amy hat nichts damit zu tun.«

»Ich habe nicht gesagt, dass sie etwas damit zu tun hat.«

»Verarsch mich nicht. Ich weiß, was du denkst. Du denkst, dass sie immer genau wusste, wo ich war, und Zugang zu meiner Wohnung hatte. Aber ich schwöre dir, sie würde mir so etwas nicht antun.«

»Ich dachte, du würdest nicht weiter darüber nachdenken, während du mir die Geschichte erzählst.« Als sie kurz davor war, die Beherrschung zu verlieren, versuchte Tex schnell, sie zu beruhigen. »Aber wenn du es genau wissen willst, glaube ich nicht, dass sie dahintersteckt.«

»Ach nein? Warum hast du dann diesen Gesichtsausdruck?«

»Auch wenn es unangenehm ist, wir müssen jeden in unsere Überlegung einbeziehen, egal wie weh es tut. Aber denk dran, dass ich sie selbst kennengelernt habe, Mel. Sie hat für dich auf Baby aufgepasst. Der Stalker wollte Baby etwas antun. Amy hätte die perfekte Gelegenheit gehabt, dir zu erzählen, dass sie weggelaufen ist, von einem Auto angefahren wurde oder krank geworden ist ... was auch immer. Aber das hat sie nicht getan.«

Melody sah auf Baby hinab, die neben ihrem Stuhl schlief. »In Ordnung. Entschuldige. Es ist nur ... sie ist meine beste Freundin. Ich vertraue ihr.«

Tex legte seine Hand auf Melodys. »Ich weiß, dass du das tust. Ich wollte nicht andeuten, dass sie involviert war, aber das bedeutet nicht, dass jemand anderes, dem du vertraust, nicht beteiligt oder vielleicht selbst dein Stalker ist.«

Melody holte tief Luft. »Okay, das macht Sinn. Aber ich ... ich vertraue Amy genauso sehr wie dir.«

Tex nahm Mels Hand und küsste sie auf die Handfläche, ohne den Augenkontakt zu unterbrechen. »Danke. Weiter?«

Melody hielt seine Hand fest, als wollte sie den Kuss festhalten, den Tex ihr auf die Hand gegeben hatte, und tat schließlich, wonach er verlangte. »Also, ich habe jede

Woche oder so das Hotel gewechselt. Wenn ich in eine andere Stadt gefahren bin, habe ich einen anderen Wagen gemietet, den ich natürlich mit Bargeld bezahlt habe. Sobald ich wieder öffentliche Verkehrsmittel benutzen konnte, habe ich den Wagen zurückgegeben. Wenn ich einen Internetzugang brauchte, habe ich das öffentliche WLAN in einem Café oder einem Fast-Food-Restaurant benutzt.«

»War die Nachricht, die du mir in Kalifornien gezeigt hast, die erste, die du bekommen hast, seit du Pennsylvania verlassen hast?«

Melody sah auf ihre Hände hinunter. Sie hatte sie zu Fäusten geballt, als sie weitersprach. »Nein. Ich habe auch eine Nachricht erhalten, als ich in Florida war. Es war fast derselbe Inhalt wie in dem Brief, den du gesehen hast.«

»Also, wer auch immer dahintersteckt, konnte dich irgendwie bis nach Florida und Kalifornien verfolgen. Okay, lass uns über dein Leben hier sprechen.«

»Hier?«

»Ja, hier in Pennsylvania. Bist du mit jemandem ausgegangen, bevor du geflohen bist?«

Melody zappelte auf ihrem Stuhl herum und stand plötzlich auf, um in die Küche zu gehen. »Kann ich dir irgendetwas bringen? Möchtest du einen Kaffee?« Sie drehte sich um, um zu sehen, ob Tex etwas wollte, und schrie überrascht auf, als er direkt hinter ihr stand. Jesus, er konnte sich wirklich leise bewegen.

Tex hasste es, Mel diese Fragen stellen zu müssen, aber er musste so viel wie möglich in Erfahrung bringen, um diesen Kerl ausfindig machen zu können. Er legte einen Finger unter ihr Kinn. »Du weißt, dass ich das nicht mache, weil ich nur neugierig bin, oder Mel?«

Sie ließ sofort den Kopf auf seine Brust sinken und seufzte. »Ja, ich weiß. Es ist nur ... es ist schwer. Ich glaube nicht, dass jemand, den ich kenne, mir das antun würde. Es ist einfach so schrecklich und böse ... und zu glauben, dass vielleicht jemand dahintersteckt, mit dem ich mich verabredet habe oder den ich kenne und mit dem ich jeden Tag gesprochen habe, ist verdammt hart. Zu glauben, dass jemand, den ich kenne, mir, meinem Hund oder meiner Familie etwas antun will und mich verfolgt ... ist einfach schrecklich.«

»Das ist tatsächlich scheiße. Es tut mir leid.«

»Außerdem ist es mir peinlich, dir zu erzählen, wie langweilig mein Leben gewesen ist.«

»Was?«

Melody hob den Kopf, um Tex ansehen zu können. »Tex, du warst ein SEAL. Dein ganzes Leben bestand aus aufregenden Erlebnissen. Du hast dein Leben gelebt. Und ich? Ich bin verdammt langweilig. Ich habe nur in dieser kleinen Stadt abgehangen. Die einzige Aufregung in meinem Leben bestand darin, nach Pittsburgh zu fahren, um einzukaufen. Das ist peinlich.«

»Mel, es ist nicht peinlich. Diese Dinge, von denen du denkst, dass sie aufregend waren, waren schrecklich. Ich habe Menschen gejagt und getötet. Ich habe Menschen gerettet, die ausgehungert, misshandelt oder vergewaltigt worden waren ... zum Teufel, manchmal alles zusammen. Manche von ihnen konnten wir nicht retten. Wir konnten nur noch ihre Leichen bergen. Es gab Zeiten, in denen ich alles für dein sogenanntes langweiliges Leben gegeben hätte.«

»Tex ...«

»Also, nichts von dem, was du mir sagst, muss dir peinlich sein. Erstens geht es um dich, und ich möchte alles über dich wissen, und zweitens ...« Seine Stimme wurde leiser und an ihren Hüften ballte er die Hände zu Fäusten. »Ich mag den Gedanken daran, dass du hier lebst, in Sicherheit, ohne die Scheiße, die ich gesehen und erlebt habe. Ich wünsche mir, dass du deinen Stadtbummel wieder als aufregend bezeichnen kannst. Hilf mir herauszufinden, wer dahintersteckt, damit du so schnell wie möglich in dein altes Leben zurückkehren kannst.«

»In Ordnung. Aber ich muss etwas tun, während ich mit dir rede, das mich ablenkt.«

Tex küsste sie auf die Stirn und sah auf sie hinunter. »Kein Problem.«

»Warum machst du das?«

»Warum mache ich was?«

»Mich auf die Stirn küssen. Ich mag es, aber manchmal fühle ich mich dadurch, als wäre ich erst acht Jahre alt.«

»Wenn ich dich küssen würde, wie ich es eigentlich wollte, würden wir es heute oder vielleicht sogar morgen nicht mehr aus der Wohnung schaffen. Und je schneller wir herausfinden, wer dieses Arschloch ist, desto eher können wir im Bett bleiben und müssen uns keine Sorgen machen, dass uns vielleicht jemand beobachtet oder darauf wartet, dass wir einen Fehler machen.«

»Oh.«

»Ja, oh. Ich muss mich kontrollieren, Mel. Aber vertrau mir, wenn ich dir sage, dass ich mir nichts sehnlicher wünsche, als dich leidenschaftlich zu küssen und hier an Ort und Stelle auf diese Küchenzeile zu heben, die genau die richtige Höhe hat, bis du immer und immer wieder kommst, während du an meinem Mund bist ... und meinem Schwanz.«

Melody starrte Tex einen Moment lang nur an. Sie spürte, wie sie allein bei seinen Worten feucht wurde. Noch nie zuvor in ihrem Leben hatte ein Mann so mit ihr gesprochen, aber wenn Tex es tat, gefiel es ihr. Nein, es gefiel ihr nicht nur, sie liebte es. Sie konnte sich bildlich vorstellen, wie sie miteinander schliefen, und es machte sie an.

Tex beugte sich vor und küsste sie erneut auf die Stirn. »Gott, wenn du den Ausdruck auf deinem Gesicht sehen könntest. Ich werde jetzt zum Tisch zurückgehen und alles aufschreiben, was du mir erzählst. Du bleibst hier und ... machst irgendwas. Wenn wir fertig sind, machen wir uns auf den Weg in die Stadt, um dort gesehen zu werden. Dann kannst du Amy anrufen und dich irgendwo mit ihr treffen. Danach kommen wir hierher zurück.«

»Und dann?«

»Das werden wir sehen, Mel. Ich will die Dinge nicht überstürzen.«

»Ich glaube, ich möchte, dass du die Dinge überstürzt.«

»Verdammt«, sagte Text leise, aber das Wort kam von Herzen. Er ließ Melody los und ging zum Tisch zurück. Tex beugte sich vor und strich Baby mit seiner Hand über den Kopf, bevor er sich wieder hinsetzte. Er legte seine Finger auf die Tastatur und weigerte sich, sich noch einmal nach Mel umzudrehen. Er musste sich unter Kontrolle bekommen. Zu wissen, dass Mel ihn anscheinend so sehr wollte wie er sie, war Folter, pure Folter.

»Ich bin nicht oft ausgegangen, aber ich hatte gelegentlich eine Verabredung. Ich bin hier auf die Highschool gegangen, deshalb kenne ich viele Leute. Ich gehe hier einkaufen, erledige hier meine Bankgeschäfte und hier bin ich auch ausgegangen.«

»Gib mir die Namen, Mel.«

Melody spielte mit der Kaffeetasse in ihrer Hand. Ihr Magen verkrampfte sich, also wollte sie nichts trinken. »Lee Davis. Das war der letzte Mann, mit dem ich mich verabredet habe. Wir waren ungefähr drei Monate zusammen.«

»Warum hast du dich von ihm getrennt?«

»Weil er ein Idiot war.«

»Inwiefern?« Tex' Stimme war hart.

Melody sah überrascht auf. »Kleinigkeiten. Er hat mich immer bezahlen lassen, wenn wir zum Essen ausgegangen sind, und sagte, dass ich mehr Geld verdiene als er. Er hat vor meinen Augen mit der Kellnerin geflirtet. Oft hat er sich nicht die Mühe gemacht, mich zurückzurufen, wenn ich ihm eine Nachricht hinterlassen habe ... er war ganz allgemein ein Idiot.«

»Warum bist du überhaupt mit ihm ausgegangen? Ich kann mir nicht vorstellen, warum du dich mit so jemandem abgibst.«

Melody lächelte Tex von der anderen Seite der Küche aus an. Seine Worte von vorhin geisterten immer noch in ihrem Kopf herum. »Ich denke, ich war einfach einsam. Aber du hast recht, sobald er anfing, sich so zu verhalten, und nicht mehr versucht hat, mich zu beeindrucken, habe ich ihn fallen gelassen.«

»War er darüber verärgert?«

Melody stellte die Tasse ab, lehnte sich zurück und stützte sich mit den Händen auf die Arbeitsplatte. »Nein. Ich habe ihn eine Woche später mit Diane gesehen.«

»Diane?«

»Ja, sie war zwei Klassen unter mir in der Schule. Sie arbeitet bei der Bank.«

»Alles klar, wen gibt es noch?«

»Tun wir das jetzt für jeden Mann, mit dem ich jemals ausgegangen bin?«

»Wenn es sein muss.«

»Verdammt. In Ordnung. Mal sehen. Adam Grant. Wir waren zwei Monate zusammen. Ich wollte nicht mit ihm ins Bett, also hat er mich fallen gelassen. Jamie Wilde – mit ihm bin ich nicht einmal über die erste Verabredung hinausgekommen. Ich habe ihn noch am Tisch im Restaurant sitzen gelassen. Er hatte die schlechtesten Manieren, die ich je gesehen habe. Er hat gerülpst, war rüpelhaft und hat sogar der Kellnerin auf den Hintern gehauen, als sie wegging. Ich habe behauptet, ich müsste die Toilette benutzen, und bin gegangen.«

Melody ignorierte Tex' Lachen und fuhr fort, während Tex unentwegt auf seiner Tastatur tippte.

»Chris Myles, M-y-l-e-s, war meine längste Beziehung. Wir waren ungefähr sieben Monate zusammen. Wir haben praktisch zusammengelebt. Entweder hat er die Nacht bei mir verbracht oder ich bei ihm. Wir wollten zusammenziehen und ich wusste, dass er vorhatte, um meine Hand anzuhalten. Aber in letzter Minute konnte ich mich nicht dazu durchringen. Ich habe mit ihm Schluss gemacht.«

Melody holte tief Luft und erinnerte sich an den Streit, den sie gehabt hatten, als sie Chris mitgeteilt hatte, dass sie sich trennen wollte.

»War er sauer?«

»Ja, er war sauer.« Das war die Untertreibung des Jahrhunderts.

»Und was war mit dir? Warst du in Ordnung?«

»Ja, deshalb wusste ich, dass ich es beenden musste. Der Gedanke daran, nicht mehr mit ihm zusammen zu sein, hat mir nichts ausgemacht. Im Gegenteil, die Vorstellung, tatsächlich mit Chris zusammenzuleben, hat mir nicht gefallen. Ich mochte ihn, aber eher als Freund als alles andere. Er hat offenbar anders empfunden.«

»Ganz ehrlich, glaubst du, er könnte es sein?«

Melody drehte sich zu Tex um. Er hatte die Kieferknochen angespannt, aber seine Stimme war leise und kontrolliert. »Ich weiß es nicht. Bis heute hätte ich vermutlich Nein gesagt. Aber seit du gesagt hast, ich müsse jeden verdächtigen, nehme ich an, dass es sein könnte, aber es würde mich überraschen. Er hat ungefähr anderthalb Jahre nach unserer Trennung geheiratet. Er lebt in der Gegend, hat aber drei Kinder, und als ich ihn das letzte Mal gesehen habe, schien er wirklich glücklich mit seiner Frau und seinem Leben zu sein.«

»Gut. Irgendjemand anderes?«

»Ich mag das nicht, Tex. Zur Hölle, ich mag dich. Ich

möchte nicht mit dir über frühere Beziehungen sprechen. Das fühlt sich nicht richtig an.«

»Ich mag es auch nicht, Mel. Der Gedanke daran,
dass dich jemand anderes angefasst hat, bringt mich
dazu, etwas Illegales tun zu wollen. Aber wenn wir
zusammen sein wollen, dann müssen wir herausfinden,
wer dich verfolgt, und denjenigen stoppen.«

»Ich weiß.« Mel schloss die Augen und hielt sie
geschlossen, als sie die Namen der anderen Männer und
Jungen aufsagte, mit denen sie sich verabredet hatte. »Mit
Terry Neal, Larry Page, Don Ramper ... war ich am
College zusammen. Robert Pletcher war mein Freund an
der Highschool. Ich glaube, ich habe seit Jahren mit
keinem von ihnen gesprochen. Ich kann mir nicht
vorstellen, dass einer von ihnen mich verfolgt. Verdammt,
sie erinnern sich wahrscheinlich nicht einmal an mich.«

»Sie erinnern sich an dich, Mel. Das kann ich dir
verdammt noch mal versichern. Planänderung. Ich habe
alle Namen in mein Suchprogramm eingegeben. In ein
paar Stunden werde ich ihre Verkehrsakten, Kreditaus-
künfte, Polizeiakten, frühere Adressen, aktuelle Adressen, Jobs, Gehälter und alles andere, was relevant sein
könnte, haben.«

Mel öffnete die Augen und sah Tex an. »Das klingt
nicht gerade legal.«

Er sah nicht auf, sondern tippte weiter auf seinem
Computer. »Das ist es auch nicht, aber ich dachte, es
macht dir nichts aus, wenn wir dadurch ein paar mehr
Informationen bekommen, als wir jetzt haben.«

»Es macht mir nichts aus ... aber ich möchte nicht,
dass du Ärger bekommst, weil du mir hilfst.«

Tex sah sie an. Ohne den Augenkontakt mit Mel zu unterbrechen, schloss er seinen Laptop und stand vom Tisch auf. »Wie gesagt, Planänderung. Ich glaube, ich bin ein vernünftiger Mann, aber nachdem ich gehört habe, wie du über andere Männer gesprochen hast, die dich vielleicht berührt haben oder auch nicht, die mit dir zusammen waren, die das hatten, was ich so sehr will, verliere ich gleich den Verstand und muss feststellen, dass ich vielleicht doch nicht so vernünftig bin. Ich brauche dich, Mel. Ich will dich unter mir spüren. Ich möchte die Erinnerung an jeden anderen Mann auslöschen, der jemals das hatte, was ich unbedingt will. Wir müssen hier raus und in die Öffentlichkeit, wo ich dich nicht sofort auf der Couch flachlegen oder in dein Zimmer schleifen kann, um den Rest des Tages Sex mit dir zu haben.«

»Willst du wissen, warum ich mit keinem der Männer, mit denen ich zusammen war, für immer zusammenbleiben wollte?«

»Mel, du musst aufhören, über andere Männer zu reden«, warnte Tex leise. »Ich hänge hier am seidenen Faden.«

Melody fuhr fort, als hätte sie Tex nicht gehört. »Ich musste in den Beziehungen immer alle Entscheidungen treffen. Wo wir essen gehen, ob Chris und ich zusammenziehen oder nicht, wer für das Abendessen bezahlen sollte und so weiter und so fort. Es war, als hätten die Männer, mit denen ich ausgegangen bin, gewusst, dass ich eine starke Frau bin, und gingen davon aus, dass ich immer alle Entscheidungen treffen wollte. Sie hatten jedoch nicht erkannt, dass das anstrengend ist. Ich möchte mit jemandem zusammen sein, der ab und zu die Dinge selbst in die Hand nimmt. Ich spreche nicht von einer Dom/Sub-Beziehung – nicht dass ich denke, dass so etwas schlecht sein muss –, aber ich denke an Dinge wie die Entscheidung, wo wir zu Abend essen, die Rechnung zu begleichen ... Ich weiß, ich drücke mich vielleicht nicht richtig aus, aber ich war noch nie mit einem Mann zusammen, an dem ich wirklich interessiert war, der mich zum Zittern gebracht hat und bei dem ich feucht geworden bin, nur weil er mir sagt, dass er mich will ... bis jetzt.«

Melody starrte Tex an und fragte sich, ob sie zu ehrlich gewesen war. Aus Erfahrung wusste sie, dass Männer starke Frauen mochten. Würde Tex durch das, was sie gerade gesagt hatte, das Interesse an ihr verlieren? Sie sah, wie Tex einen Schritt auf sie zu machte. Dann einen weiteren. Dann stand er vor ihr.

Er streckte die Hand aus, packte Mel an der Taille und zog sie an sich. »Ich habe dich gewarnt, aber du hast nicht gehört. Jetzt spring hoch und leg deine Beine um meine Taille.« Er sprach mit kehliger Stimme. Melody zögerte keine Sekunde. Sobald sie ihre Beine um ihn gelegt hatte, drehte er sich um und ging den Flur hinunter in Richtung Schlafzimmer.

KAPITEL ZEHN

Melody sagte kein Wort. Sie sah nur, wie der Muskel in Tex' Kiefer zuckte, als er sie in ihr Schlafzimmer trug. Sie hatten hundert wichtigere Dinge, um die sie sich kümmern sollten, aber in diesem Moment hatten sie nur Augen füreinander. Sie konnte nur noch daran denken, wie Tex' Körper sich unter ihrem anfühlte, während er sie trug.

Tex ging ins Schlafzimmer, schloss die Tür hinter sich und ignorierte Babys Wimmern, als sie ausgesperrt wurde.

»Ich kann deine Hitze auf mir spüren, Mel. Du bist so verdammt heiß.« Tex beugte sich vor und legte Mel aufs Bett, dann beugte er sich über sie. »Ich wünschte, ich könnte dir versprechen, dass ich stundenlang mit dir schlafen werde, aber die Realität ist, dass ich gleich explodieren werde, wenn ich auch nur einen Hauch von deiner Feuchte und Hitze auf mir spüre. Es ist sehr lange her für mich, aber es ist mehr, als nur meinen Trieb zu befriedigen. Ich hoffe, das weißt du.«

Melody nickte nur. Ihr Mund war zu trocken, um einen Kommentar abgeben zu können.

»Dieses erste Mal wird für mich leider viel zu schnell gehen. Aber ich schwöre dir, dass ich mich auch um dich kümmern werde. Ich werde dich nicht unbefriedigt lassen. Ich bin froh, dass es dir nichts ausmacht, wenn der Mann die Entscheidungen trifft, weil ich viel zu sehr daran gewöhnt bin, um jetzt noch aufhören zu können. Ich will und brauche keine Unterwürfigkeit, aber ich werde dich vielleicht manchmal mit meiner fordernden Haltung verärgern. Ich entschuldige mich im Voraus, aber ich werde dich niemals dazu auffordern, irgendetwas zu tun, weil ich ein Arschloch bin. Ich werde dich bitten, Dinge zu tun, weil ich denke, dass sie in deinem oder unserem Interesse sind. Ich bin herrisch. Ich bin ein Ex-SEAL und ich habe noch nie in meinem Leben eine Frau so sehr gewollt wie dich in diesem Moment.«

»Gott, Tex ...«

»Zieh dein Hemd aus.«

Ohne zu zögern, nahm Melody den Saum ihres Hemdes und zog es nach oben. Tex zog sich nicht zurück, also musste sie sich unter ihm winden, um es über den Kopf zu bekommen. Als sie es ausgezogen hatte, sah sie, wie Tex den Blick von ihrem Kopf bis zu ihrer Taille und wieder nach oben wandern ließ und dann auf ihrem BH zur Ruhe kam.

»Ich bin nicht so dünn wie ...«

»Das bist du nicht, und ich liebe es verdammt noch mal«, unterbrach Tex sie sofort. Er verlagerte sein Gewicht auf eine Hand und legte die andere auf ihren Bauch und drückte leicht zu. »Scheiße. So weich und weiblich. Die perfekte Balance zu meiner Härte. Wenn ich dich nehme, wirst du meine Stöße mit deinem Körper abfedern. Ich kann in dich hämmern, ohne das Gefühl zu haben, dass ich dir wehtue. Ich werde dir ein Geheimnis verraten ... Wenn du dich auf mich setzt und mich reitest, wird es nichts Erregenderes für mich geben als den Anblick deiner Titten, die jedes Mal auf und ab hüpfen, wenn ich in dich hineinstoße. Und zu sehen, wie dein Körper bei jedem Stoß wackelt und sich bewegt, bis ich in dir komme? Das ist das verdammte Paradies.«

»Oh mein Gott, Tex.«

Tex bewegte seine Hand nach oben, legte sie auf eine ihrer Brüste und drückte zu, gerade fest genug, sodass es nicht schmerzhaft war. »Zeig mir deine Nippel.«

Melody dachte, sie würde gleich einen Herzinfarkt bekommen. Ihr Herz schlug wie wild und sie war in ihrem Leben noch nie so erregt gewesen. Sie hob beide Hände an ihren BH und zog ihn herunter, bis ihre Brüste heraussprangen. Der Bügel des BHs schob ihre Kurven nach oben. Melody sah nach unten und schnappte nach Luft. Ihre Brustwarzen standen aufrecht und waren zusammengezogen, als würden sie förmlich nach Tex schreien.

»Sag mir, dass ich aufhören soll, Mel, wenn du das nicht willst. Wenn du das nicht willst, was hier zwischen uns passiert, dann sag es mir jetzt.«

Melody sah zu Tex auf und hatte erwartet, dass er ihren Körper betrachtete, aber stattdessen schaute er ihr in die Augen. Seine Pupillen waren geweitet und seine Augen wirkten riesig. Während sie ihn beobachtete, nahm er seine Hand von ihrer Brust und legte sie auf ihr

Gesicht. Mit einem Finger strich er über ihre Wange und hob dann damit ihr Kinn. Er beugte sich vor und flüsterte etwas gegen ihre Lippen. »Ich brauche dich. Ich habe mein ganzes Leben auf dich gewartet. Wenn wir das hier tun, dann lasse ich dich nicht mehr gehen.«

Die Worte waren aus ihm herausgesprudelt, ohne dass er über sie nachgedacht hätte, aber es fühlte sich richtig an. Es fühlte sich perfekt an.

»Hör nicht auf.«

Sobald die Worte ihren Mund verlassen hatten, waren Tex' Lippen auf ihren. Er war nicht sanft, sondern steckte seine Zunge in ihren Mund und verschlang sie. Melody hielt so gut sie konnte dagegen. Ihre Zungen wirbelten umeinander und sie verschlangen sich gegenseitig. Beide benutzten ihre Zähne, um zu knabbern, zu spielen, zu erforschen.

Tex zog sich zurück. »Scheiße, Mel.« Er rutschte nach oben und sah auf ihre Brüste hinunter. Ihre Brustwarzen waren immer noch steif. Er beugte sich vor und saugte an einer von ihnen. Er gab keine Vorwarnung, er streichelte nicht lange herum, er nahm einfach nur ihre Brustwarze in den Mund und saugte kräftig daran.

»Tex, oh Gott!« Melodys Stimme war dünn und hoch. Sie legte ihm eine Hand auf den Hinterkopf, während er rhythmisch an ihr saugte. Gerade als sie glaubte, es nicht mehr auszuhalten, ging er zu ihrer anderen Brust über. Melody wand sich unter Tex und hob ihre Hüften auf der Suche nach etwas.

Mit einem Mal ließ Tex ihre Brustwarze los. »Was willst du, Mel?«

»Dich. Ich will dich.«

Tex richtete sich abrupt auf und sah, wie Mel sich auf dem Bett unter ihm rekelte. Sie sah so schön aus, dass er keine Sekunde länger warten konnte. Er riss sich das Hemd vom Körper und öffnete schnell seine Hose. Er griff in seine Gesäßtasche und holte das Kondom heraus, das er in seiner Brieftasche für diesen Moment bereitgehalten hatte. Dann zog er die Hose komplett aus, ohne einen Gedanken an seine Prothese zu verschwenden. Er war so hart wie noch nie zuvor in seinem Leben. Schnell rollte er das Kondom über seine Erektion und betete, dass das Verfallsdatum noch nicht abgelaufen war.

»Ja, Tex, hilf mir.« Melody fummelte an dem BH-Verschluss auf ihrem Rücken herum, während sie sich ihm mit den Hüften immer weiter näherte.

Nackt stand Tex vor ihr und zum ersten Mal seit seiner Operation fühlte er sich nicht unsicher. Er öffnete den Knopf an Mels Hose und half ihr, sie auszuziehen. Schließlich waren sie beide nackt.

»Da ich weiß, dass ich in dem Moment die Kontrolle verlieren werde, in dem ich in dich eindringe, musst du vorher mindestens zweimal gekommen sein. Ich möchte, dass das genauso gut für dich wird, wie es für mich werden wird. Vielleicht lasse ich dich beim nächsten Mal entscheiden, wie du es willst, aber nicht jetzt. Du hast gesagt, du magst es, wenn der Mann die Kontrolle übernimmt, also übernehme ich jetzt die Kontrolle. Leg deine Hände über deinen Kopf und lasse sie dort.«

Melody musste sich zwingen, den Blick von Tex' Körper wegzureißen. Er war so gut gebaut. Sie konnte es kaum erwarten, ihn zu erkunden, aber anscheinend war jetzt nicht der richtige Zeitpunkt dafür. Sie hatte noch nie zuvor auf diese Art Sex gehabt, aber danach zu urteilen, wie ihr Körper darauf reagierte, würde sie es niemals vergessen und mehr davon wollen ... zumindest mit Tex.

»Spreiz die Beine.«

Tex beobachtete, wie Melody sofort tat, was er sagte. Mit den Händen fuhr er über die Innenseite ihrer Oberschenkel und stöhnte, als er ihr feuchtes Geschlecht fand. »Oh ja, du bist so verdammt feucht, Mel. Für mich. Nur für mich.«

Er hörte ihre Stimme, aber er war zu konzentriert auf das Geschenk vor ihm, um zu verstehen, was sie sagte. Er beugte sich vor und legte seinen Kopf zwischen ihre Schenkel. »Du riechst wie ... Ich habe keine Ahnung wie, aber ich habe so etwas noch nie gerochen. Es ist perfekt. Du bist perfekt.« Langsam leckte er sie ein Mal von unten nach oben. »Oh mein Gott, Mel, ich liebe es. Ich hoffe, du hast es bequem, weil ich vorhabe, noch eine Weile hierzubleiben.«

Melody stöhnte, als Tex ihre Beine packte und sie noch weiter spreizte. Sie schloss die Augen, während er sich niederließ und sich auf seine Ellbogen neben ihren Hüften stützte. Seine Zunge war unglaublich. Er wirbelte herum, leckte und saugte an jedem Zentimeter von ihr. Melody hatte ihrer Muschi noch nie so viel Aufmerksamkeit geschenkt. Sie war einfach ... da. Die Männer, mit denen sie zuvor geschlafen hatte, hatten sich auch nicht wirklich darum gekümmert. Sie hatten vielleicht ein bisschen gefingert oder ein paarmal geleckt, aber keiner von ihnen hatte sich die Zeit genommen, sie so zu verwöhnen, wie Tex es tat.

Sie versteifte sich plötzlich, als Tex ihre Klitoris in

den Mund nahm und daran saugte, während er mit seiner Zunge weiterleckte. »Tex! Ich komme!« Anstatt nachzulassen, verstärkte Tex die Intensität weiter und ließ dazu einen Finger in sie hineingleiten, bis sie ihren Orgasmus erreichte und ihr Becken gegen sein Gesicht und seine Hand drückte.

Schließlich hob er den Kopf, ließ sie aber noch nicht los. Melody schaute nach unten und sah, wie er sich die Lippen leckte. Sie wurde rot.

»Wirst du rot, Mel? Wirklich? Jesus, Frau, das wird immer besser.«

»Willst du nicht …«

»Ich habe zwei Orgasmen gesagt, Mel. Das war erst einer.«

»Tex …« Melody konnte das Jammern in ihrer eigenen Stimme hören.

»Umdrehen.«

»Was?«

Tex richtete sich auf und kniete vor ihr. »Um-drehen!«

Melody sah ihn an. Sie entdeckte die Lust in seinen Augen, aber auch die tieferen Gefühle. Bedingungslos drehte sie sich um. Sie vertraute Tex. Sie war sich nicht sicher, wie sie sich hinlegen sollte, aber Tex half ihr. Er tippte auf ihre Waden und bat sie, die Beine anzuwinkeln. Sie zog die Knie an, bis sie unter ihrem Körper waren.

»Leg deine Arme wieder über deinen Kopf.«

Melody tat, was Tex verlangte. Sie fühlte sich in dieser Position vor Tex verletzlich. Ihr Hintern musste riesig aussehen. Ihre Atmung beschleunigte sich und sie hob den Kopf. »Ich glaube nicht, dass mir das gefällt.«

»Schhhhh, Mel.« Tex fuhr mit beiden Händen über ihren Rücken und beruhigte sie. »Es ist in Ordnung. Ich werde Dir nicht wehtun. Vertrau mir.«

Melody nickte und senkte den Kopf wieder. Wenn sie ihm ihr Leben anvertrauen konnte, dann könnte sie ihm auch hierbei vertrauen.

»Du hast keine Ahnung, wie schön du so aussiehst. Deine Haut ist weich und du bist weit offen für mich.« Tex kam näher und spreizte dabei Mels Beine weiter auseinander. Er hörte Mel kurz wimmern und beruhigte sie rasch. »Ruhig, Mel. Du bist so verdammt schön.« Mit einer Hand fuhr er über ihr Geschlecht und verteilte die Feuchte auf seiner Handfläche. Dann strich er über ihren Arsch. Er sah, wie ihr Saft im Licht glänzte. Er wiederholte dieses Spiel immer und immer wieder. Als Mel anfing zu zittern, besänftigte er sie noch einmal.

»Ganz ruhig. Ich kümmere mich um dich.«

Tex konnte nicht glauben, dass er wirklich hier war. Er konnte nicht glauben, dass er hier bei Melody war. Er hatte es nicht geplant, aber er konnte sich ein Leben ohne sie jetzt nicht mehr vorstellen.

Er zog ihre Pobacken auseinander, beugte sich vor und leckte über ihre feuchten Lippen. Er zog sich zurück und nahm seine Finger zu Hilfe. Mit einem Finger glitt er in sie hinein und strich damit vorsichtig über die Innenwände ihrer Muschi. Mel zuckte zusammen und stöhnte. Tex legte seine andere Hand auf ihren Rücken und drückte. »Ruhig, Mel. Warte noch für mich. Lass dich noch nicht gehen.«

»Ich werde gleich …«

»Nein. Halt dich zurück, Mel. Komm noch nicht.«

Er konnte sehen, wie Melody den Atem anhielt, dann hörte er, wie sie stark ausatmete. Dann wiederholte sie es. Sie kniff die Pobacken zusammen und kräuselte die Zehen. Sie tat alles, um sich zurückzuhalten ... für ihn. Tex war noch nie in seinem Leben so hart gewesen. Mehr als alles andere in der Welt wollte er sofort in sie eindringen. Aber er war ehrlich gewesen, als er ihr sagte, dass er in dem Moment, in dem er sich in ihre enge Muschi schob, erledigt sein würde.

»Das ist es, Mel ... Es wird sich so gut anfühlen, wenn du endlich loslässt. Aber noch nicht ... halt noch ein bisschen länger aus.«

»Tex, bitte ... deine Hände fühlen sich so gut an. Ich brauche dich.«

»Ich kann fühlen, wie du dich gegen mich drückst. Du wirst so eng sein. Du willst mich in dir spüren, oder?« Es war eine rhetorische Frage. Er konnte fühlen, wie sehr sie ihn wollte.

Als ihr ganzer Körper zu zittern anfing, sagte Tex die Worte, auf die sie gewartet hatte: »Jetzt, Mel, *jetzt*. Komm für mich.«

Sie tat es und es war wunderschön. Jeder Muskel in ihrem Körper spannte sich an und zitterte. Sie warf den Kopf in den Nacken und stöhnte lange. Sie krallte die Finger in den Kissenbezug neben ihrem Kopf, als sie bebte. »Bitte Tex, jetzt dring in mich ein. Ich will dich in mir spüren.«

Tex drehte Melody um, bis sie wieder auf dem Rücken lag. Er packte sie an ihren Knöcheln und winkelte ihre Beine an, bis sie vollkommen offen vor ihm lag. Er beugte sich vor, bis sein Schwanz ihre Muschi berührte. Gott sei Dank hatte er in weiser Voraussicht bereits das Kondom übergezogen, bevor sie angefangen hatten. Er war so hart, dass er sich nicht darum sorgen musste, mit der Hand nachzuhelfen. Es war, als wüsste sein Schwanz genau, wohin er sollte.

Beide stöhnten, als Tex endlich in sie hineinglitt. Er schob sich so tief hinein wie möglich und verharrte in dieser Position. Er legte Mels Beine über seine Schultern, beugte sich vor und stützte sich auf seine Hände.

»Ich habe meine Meinung bezüglich der Zahl zwei geändert, Mel. Nimm deine Hand und berühre dich. Ich will noch mehr von dir.«

Melody hatte sich noch nicht von dem intensivsten Orgasmus erholt, den sie jemals gehabt hatte, aber sie folgte trotzdem Tex' Befehl. Sie nahm eine Hand und steckte sie zwischen ihre Körper, bis sie seinen Schwanz erreichte. Sie stöhnte, als Tex seine Hüften leicht zurückzog, um ihr etwas Platz zu geben. Sie konnte nicht anders, als mit ihrer Hand nach seinem Schwanz zu greifen, als er ihn ein Stück herauszog. Sie verstärkte den Griff, als er sich wieder in sie hineinschob. Sie liebte das Stöhnen, das seiner Kehle entwich.

»Fass dich an, Mel, nicht mich. Ich hänge hier schon am seidenen Faden.«

»Aber ich berühre dich gern.«

»Ich mag es auch, wenn du mich berührst, aber ich meine es ernst: Hände weg! Ich will, dass du meinen Schwanz festhältst, wenn du wieder zum Orgasmus kommst, aber ich werde dir diesmal nicht viel dabei helfen. Ich will, dass du dich selbst berührst und zum Höhepunkt bringst und mich dabei mitnimmst.«

Wenn er es so ausdrückte ... Mel nahm ihre Hand von seinem Schwanz und fuhr mit der Fingerspitze um ihre Klitoris. Sofort drückte sie den Rücken durch. »Ich bin so empfindlich.«

»Ja, das bist du.« Tex sah auf Mel hinunter. Sie war so schön und sie gehörte ihm. Rhythmisch bewegte er seine Hüften. Rein und raus. Rein und raus. Er sah zu, wie ihre Brüste dabei wackelten, und war für einen Moment reumütig, dass er keine Zeit hatte, sie länger anzubeten. Später. Er würde später Zeit dafür haben.

Er beschleunigte seine Stöße. Er konnte das Kribbeln in seinen Hoden spüren, das ihn vorwarnte, dass er sich gleich ergießen würde. »Schneller, Mel. Ich bin kurz davor. Du bist zu eng und zu nass. Ich kann mich nicht länger zurückhalten. Komm schon, ich will spüren, wie du dich gegen mich drückst.« Er beugte sich vor, um noch einmal ihre Brustwarzen zu kosten, bevor er die Kontrolle verlor. Er saugte an ihrer Brust und nahm ihre Brustwarze zwischen die Zähne. Er drückte gerade so fest zu, dass sie einen leichten Schmerz spürte, aber nicht so stark, dass es ihr unangenehm gewesen wäre. Anscheinend war es genau richtig.

Tex spürte, wie ihre inneren Muskeln sich um seinen Schwanz anspannten, als sie erneut explodierte. Sie presste sich gegen ihn, als sie zum Orgasmus kam. Er stöhnte und schob sich durch ihre angespannten Muskeln, die immer noch gegen ihn drückten, in ihren Körper hinein und ließ alles heraus.

»Oh ja. Verdammt, Mel, ja.« Tex stieß noch einmal tief in sie hinein, bevor er sich in das Kondom ergoss. Er konnte nicht anders, er musste noch einmal zustoßen, und dann noch einmal. Schließlich konnte er sich nicht mehr halten und brach praktisch auf Mel zusammen.

Es dauerte einen langen Moment, bis Tex sich wieder bewegen konnte. Er stützte sich auf seinen Ellbogen und achtete dabei darauf, sich nicht von ihr zu lösen. Er wusste, dass er seinen Schwanz herausziehen und das Kondom entsorgen sollte, aber er wollte sie noch nicht verlieren. Er hob eine Hand und strich Mel die Haare aus dem Gesicht. Sie waren in dem Schweiß auf ihrer Stirn kleben geblieben.

»Alles in Ordnung mit dir?«

»Nein.«

Tex verzog die Lippen zu einem Lächeln. »Nein? Kann ich irgendetwas tun, um dir zu helfen?«

»Lass mich einfach hier liegen. Du hast mich gerade fast umgebracht.«

»Aber auf was für eine angenehme Art und Weise, oder?«

Melody öffnete ein Auge und sah Tex direkt ins Gesicht. Er war nur einen Zentimeter von ihr entfernt und lächelte. »Ja, was für eine Art und Weise.«

»Ist dein Bein in Ordnung?«

Das Lächeln auf Tex' Gesicht verblasste und er wurde ernst. »Du bist fantastisch. Wirklich. Du hattest gerade drei Orgasmen und hast alles getan, was ich von dir verlangt habe, und doch fragst du als Erstes, ob es *mir* gut geht.«

»Ja, also?«

»Ja, Mel, mir geht es hervorragend. Weißt du was? Zum ersten Mal, seit diese verdammte Bombe explodiert ist, tut mein Bein nicht weh. Nicht einmal ein bisschen.«

Melody schloss die Augen und zog Tex zu sich hinunter. »Gut, jetzt weiß ich, was ich tun muss, wenn es wieder wehtut. Wir haben eine neue Behandlungsmethode gegen Phantomschmerzen entdeckt.«

Tex lachte und zog mit einem Stöhnen seinen Schwanz aus Mel heraus. Er nahm das Kondom ab und machte einen Knoten hinein.

»Der nicht so sexy Teil des Sexes«, kommentierte Melody ironisch. »Leg es einfach auf den Boden, wir kümmern uns später darum.«

Tex folgte ihrem Vorschlag, drehte sich um und nahm sie in die Arme. »Deine pragmatische Art ist eine der vielen Eigenschaften, die ich an dir schätze. Das und dein perfekter Körper.«

»Schhh. Ich genieße.«

»Du genießt?«

»Ja, leise jetzt.«

Tex schüttelte nur den Kopf und wurde still. Sie hatten einige Dinge zu tun. Er wusste, dass Amy sich nach ihrer Freundin sehnte, aber sie hatten vielleicht noch ein bisschen Zeit, sich zu entspannen.

KAPITEL ELF

Tex sah zu, wie Amy und Mel sich in den Armen lagen und weinten. Nachdem sie endlich aus dem Bett gestiegen waren und sich geduscht hatten, wobei beide noch einmal zum Orgasmus gekommen waren, waren sie mit Baby rausgegangen. Danach hatten sie sich auf den Weg gemacht, um sich mit Amy zu treffen. Sie waren noch keine zwei Schritte von ihrer Wohnung entfernt gewesen, als Baby hinter der Tür unerbittlich zu heulen angefangen hatte.

Tex hatte zu Mel hinübergesehen, die einen erstaunten Ausdruck auf dem Gesicht hatte.

»Ich nehme an, das hat sie sonst nicht gemacht.«

»Nein, noch nie.«

Tex hatte ruhig die Wohnungstür wieder geöffnet und mit den Fingern geschnippt. Baby hatte sofort aufgehört zu heulen, sich auf den Boden neben die Couch gesetzt und Tex mit wedelndem Schwanz angesehen.

»Also gut, Baby, diesmal kannst du mitkommen.«

Als hätte sie ihn verstanden, war Baby zur Tür

getrottet und hatte geduldig gewartet, dass Melody ihr die Leine anlegte.

Sie hatten einen zweiten Versuch gewagt und nachdem Tex die Tür abgeschlossen hatte, waren sie zu seinem Wagen gegangen. Sie waren zur Bank gefahren, wo Mel Geld abgehoben und sich eine Weile mit Diane, der Frau, mit der sie zur Schule gegangen war, sowie mit einer anderen Frau, die während ihres Aufenthalts in die Bank gekommen war, unterhalten hatte.

Nachdem sie die Bank verlassen hatten, hatte Mel erklärt, dass es sich bei der anderen Frau um Heather Wallace gehandelt hatte. Melody hatte sie am College kennengelernt und obwohl sie nicht eng befreundet waren, schien Heather sich gefreut zu haben, sie wieder-gesehen zu haben.

Mel hatte Tex' Telefon benutzt, um Amy anzurufen, und sie hatten vereinbart, sich in einem Fast-Food-Restaurant in der Nähe zu treffen. Jetzt beobachtete Tex die Wiedervereinigung der beiden Freundinnen.

»Ich bin so froh, dass es dir gut geht. Ich habe dich so vermisst.«

»Ich weiß, ich habe dich auch vermisst, Ames.«

Amy zog sich aus Melodys Armen zurück und schlug sie auf den Arm. »Mach so eine Scheiße nicht noch mal.«

»Er hat gedroht, dir wehzutun. Und Becks. Und Cindy. Und Baby. Und meinen Eltern. Das konnte ich nicht zulassen. Ich hätte es mir niemals vergeben können, wenn er einen von euch verletzt hätte.«

»Hashtag beste Freundinnen.«

»Hashtag bei der Geburt voneinander getrennt.«

Tex sah zu, wie die Frauen sich anlächelten. Er

konnte nicht widerstehen, sich einzumischen. Sie waren so verdammt süß zusammen. Er hatte nie darüber nachgedacht, dass es amüsant sein könnte, was Frauen untereinander veranstalten, aber nachdem er die Frauen seiner Freunde kennengelernt und Mel und Amy zusammen beobachtet hatte, musste er feststellen, dass er es mochte. »Hashtag ihr seid zu süß.«

»Nein, du darfst keine Hashtags benutzen«, sagte Amy sofort ernst und starrte Tex an, während sie Melody weiter festhielt.

»Das ist eine Sache zwischen uns«, versuchte Melody Tex sanft zu erklären. »Es war unser ›Ding‹ während unseres Abschlussjahres an der Highschool. Twitter war gerade neu auf dem Markt und wir haben uns schon so unterhalten, bevor der Begriff überhaupt populär wurde und die Leute wussten, was es bedeutet. Es hat die anderen Leute verrückt gemacht. Es war eine Sache nur zwischen uns. Wie Teenager eben sind, haben wir damit unsere Lehrer und Eltern aufgezogen. Ich glaube, es hat Tage gegeben, an denen wir nichts gesagt haben, das nicht mit ›Hashtag‹ anfing. Wir haben es geliebt. Die meisten anderen Leute haben es gehasst.«

Amy und Melody sahen sich an und lächelten, offensichtlich erinnerten sie sich an die guten alten Zeiten.

»In Ordnung, meine Damen. Keine Hashtags mehr von mir«, beruhigte Tex sie. »Jetzt lasst uns reingehen, dann könnt ihr eure Wiedersehenszeremonie fortsetzen.« Er führte sie vom Parkplatz und damit von den neugierigen Blicken der Leute im Restaurant und in vorbeifahrenden Autos weg.

Er hörte zu, wie die Frauen über Amys Kinder sprachen und wie es ihnen ergangen war. Amy brachte Melody auf den neusten Stand, was den Lokalklatsch anbelangte, und verbrachte einige Zeit damit, Baby zu liebkosen, die sich sehr freute, sie wiederzusehen. Nach ungefähr dreißig Minuten hatten sie schließlich die wichtigsten Informationen ausgetauscht.

Amy hakte ihren Arm bei Melody ein und wandte sich an Tex: »Und was nun? Wie kann ich helfen?«

»Nein, Amy«, sagte Melody ernst, »ich möchte nicht, dass du involviert wirst.«

»Dafür ist es wohl zu spät, Mel, ich bin bereits involviert. Dieses Arschloch hat mich und meine Familie bedroht. Damit wird der Kerl nicht davonkommen.«

»Amy hat recht«, mischte Tex sich ein. »Doch zumindest möchte ich mit ihr sprechen, um ihre Meinung zu hören, wer eventuell dahinterstecken könnte. Sie wird eine andere Sicht auf manche Dinge haben als du, und das könnte wirklich hilfreich sein.«

»Damit bin ich einverstanden, Tex, aber über alles andere bin ich mir nicht so sicher.«

»Mel, ich habe es dir schon einmal gesagt und ich werde es noch mal tun. Ich würde niemals etwas tun, was dich oder deine Freunde in Gefahr bringen könnte. Aber ich habe wirklich die Vermutung, dass es jemand von hier sein muss. Mal ganz ehrlich, es ist ja nicht so, als wärst du eine Weltenbummlerin oder so.«

Amy kicherte und versuchte, es zu unterdrücken, als Melody sie anstarrte.

Melody seufzte. »Okay, aber ...«

»Kein Aber.«

»Gott, du kannst aber auch nervig sein«, schnaubte Melody.

»Ach, sei ruhig, Mel. Er nervt nicht«, entgegnete Amy. »Er ist Hashtag süß, Hashtag Beschützer.«

»Hashtag du bist vielleicht meine beste Freundin, aber ich kann dir trotzdem in den Hintern treten.«

»Okay, meine Damen«, sagte Tex lachend, »Amy, wir werden uns wieder bei dir melden. Ich denke, wir müssen uns noch mehr in der Stadt sehen lassen, damit der Stalker uns zusammen sieht und sich hoffentlich genug aus der Reserve locken lässt, um einen Fehler zu machen.«

»Pass gut auf sie auf.« Amys Stimme war todernst und an Tex gerichtet. »Ich konnte es während der letzten Monate nur ertragen, sie nicht zu sehen, weil ich wusste, dass sie irgendwo da draußen in Sicherheit war ... lebendig. Ich könnte nicht damit umgehen, wenn ihr etwas passiert.«

»Ihr wird nichts passieren«, antwortete Tex genauso ernst wie Amy. Er hielt ihrem intensiven Blick stand und seufzte innerlich erleichtert auf, als sie nickte.

Amy wandte sich wieder Melody zu und stemmte die Hände in die Hüften. »Hashtag ich denke, du hast mir noch viel zu erzählen, Mel.«

»Ich hab dich lieb, Ames. Pass auf dich auf.« Melody umarmte ihre Freundin.

»Ich dich auch. Und du pass auf dich auf.«

Tex sah Amy hinterher, als sie zu ihrem Wagen auf der anderen Seite des Parkplatzes ging und einstieg.

»Komm schon, Mel, wir haben noch eine Verabredung mit dem Stadtzentrum, um einkaufen zu gehen.«

»Einkaufen?«

»Ja, welcher Ort wäre besser geeignet, um gesehen zu werden, als das Stadtzentrum? Da wir Baby dabeihaben, können wir nicht ins Einkaufszentrum gehen, das machen wir vielleicht morgen. Aber jetzt wollen wir herausfinden, wem wir sonst noch über den Weg laufen, den du eventuell kennst. Ich möchte das hinter uns bringen.«

»Ich auch.«

»Gut, dann lass uns gehen. Je früher wir damit fertig sind, desto eher können wir in deine Wohnung zurück.«

Tex half Mel in den Wagen, ging herum und stieg ein. Sie fuhren ins Stadtzentrum, er parkte ein und sie stiegen aus. Melody hielt Babys Leine fest und sie gingen umher. Tex war erstaunt, wie viele Leute Mel tatsächlich kannte. Es schien, als würde sich an jeder Straßenecke jemand nach ihnen umdrehen und sie zurück zu Hause willkommen heißen. Sie hatten beschlossen, den Leuten zu erzählen, dass sie aus beruflichen Gründen weg gewesen war. Da niemand wirklich genau wusste, was sie beruflich machte, war diese Ausrede so gut wie jede andere.

Tex achtete genau auf die Menschen, die sie trafen, und darauf, wie Baby reagierte, während Mel sich unterhielt. Er versuchte, die Antworten der Leute zu katalogisieren. Sie trafen viele Menschen, die sich wirklich freuten, Melody wiederzusehen, und andere, deren Reaktion auf sie ziemlich gespielt wirkte.

Baby hatte Lee Davis nur einmal kurz angeknurrt. Lee war der letzte Mann gewesen, mit dem Mel sich verabredet hatte, bevor die Nachrichten des Stalkers angefangen hatten. Tex erinnerte sich, wie Mel ihm erzählt hatte, dass er ein Idiot gewesen war. Er war jetzt aber mit der Frau aus der Bank zusammen ... Diane.

Mel hatte keine Anstalten gemacht, ihm die Hand zu geben oder ihn zu umarmen, aber das hatte ihn nicht davon abgehalten. Er war auf sie zugekommen, um Melody zu umarmen, aber Baby hatte sich zwischen sie gestellt und geknurrt. Lee hatte schnell einen Schritt zurückgemacht und ihre Unterhaltung kurz darauf beendet.

Die andere Person, die Baby und Tex nicht gemocht hatten, war Robert Pletcher. Er war Mels Freund an der Highschool gewesen und Tex hatte ihn auf Anhieb nicht ausstehen können. Er wusste nur, dass er der Mann war, der Mel die Jungfräulichkeit genommen hatte. Er hätte ihm egal sein sollen. Es war schon lange her und er hatte kein Recht, sauer oder eifersüchtig auf ihn zu sein. Er hatte Melody damals noch nicht einmal gekannt. Aber er war es trotzdem. Er hatte die Zähne zusammenbeißen müssen, als Robert sie auf die Wange geküsst hatte.

Tex hatte seine darauffolgende Handlung nicht aufhalten können. Er war neben Mel getreten und hatte ihr eine Hand auf den Rücken gelegt. Dann hatte er sich vorgebeugt und laut genug geflüstert, sodass Robert ihn hören konnte: »Baby und ich werden da drüben warten.« Tex hatte auf eine nicht weit entfernte Bank gezeigt. »Nimm dir Zeit für deinen alten Freund.« Dann hatte er seine Hand an ihre Wange gelegt und ihren Kopf zu ihm gedreht. Er hatte ihr einen leidenschaftlichen Kuss gegeben, weder schnell noch leise. Als er sich zurückgezogen hatte, hatte er mit seinen Fingerknöcheln über ihre

Wange gestreichelt und dann Babys Leine gepackt und war zur Bank gegangen.

Jetzt saß er mit verschränkten Armen dort auf der Bank und beobachtete, wie Mel mit Robert sprach. Baby sprang auf die Bank neben ihm und setzte sich hin, als wäre sie ein Mensch. Tex legte seine Hand auf ihren Rücken und streichelte sie, während sie auf Mel warteten.

Fünf Minuten später beendete sie ihre Unterhaltung mit Robert und kam lächelnd auf die beiden zu. Sie setzte sich neben Tex und legte ihre Hand auf seinen Oberschenkel. Sie beugte sich vor, tätschelte Babys Kopf und lehnte sich zurück.

»Willst du mir das erklären?«, fragte Melody Tex.

»*Muss* ich dir das erklären?«

Sie lächelte. »Ich glaube nicht. Tex, du musst dir keine Sorgen machen, was Robert anbelangt.«

»Ich bin nicht besorgt, Mel. Ich glaube nicht, dass du mich plötzlich fallen lässt und deine ewige Liebe bei diesem Schwachkopf findest. Ich kann nur den Gedanken nicht ertragen, dass du und er ...«

Melody küsste Tex und erwiderte leise: »Das ist schon eine Ewigkeit her. Und es war nicht einmal gut.«

»Das ist egal. Selbst wenn wir achtzig Jahre alt wären, würde es mir trotzdem nicht gefallen.«

Melody kicherte. »Komm schon. Können wir jetzt nach Hause fahren? Ich hatte vorhin nicht die Gelegenheit, dich ausgiebig genug zu erforschen.« Im selben Moment, in dem die Worte ihren Mund verlassen hatten, stand Tex schon auf und gemeinsam gingen sie zu seinem Wagen zurück. Er hielt Mels Hand fest in seiner.

»Wir halten unterwegs an und besorgen uns etwas zum Abendessen.« Während sie gingen, schaute Tex auf Baby hinunter und entschuldigte sich schon einmal vorab. »Es tut mir leid, Baby, du wirst heute Abend wieder allein sein. Ich muss noch ein bisschen mehr Zeit mit meinem Mädchen verbringen.«

KAPITEL ZWÖLF

Melody streckte sich und zuckte zusammen. Sie hatte Schmerzen an Stellen, an denen sie noch nie zuvor Schmerzen gehabt hatte. Zumindest nicht ohne stundenlang im Fitnessstudio verbracht zu haben. Tex war letzte Nacht unglaublich gewesen. Er hatte ihr gestattet, nach Herzenslust mit ihm zu spielen, und dann genauso viel Zeit damit verbracht, ihr diesen Gefallen zu erwidern.

Sie drehte sich um und fand das Bett neben sich leer vor. Das Laken war kalt, aber Melody konnte noch Tex' Kopfabdruck auf dem Kissen neben ihr sehen. Sie schaute auf die Uhr, es war sieben Uhr morgens. Normalerweise war sie schon früher wach, aber Tex hatte sie letzte Nacht wirklich erschöpft. Sie stolperte ins Badezimmer und schnappte sich das T-Shirt und ihre Boxershorts, die Tex letzte Nacht dort auf den Boden geworfen hatte.

Nach ihrer Morgenroutine ging sie ins Wohnzimmer und blieb wie angewurzelt stehen, als sie Tex dort vorfand, wie er in Babys Gesellschaft Liegestütze machte.

Jedes Mal wenn er sich aufrichtete, versuchte sie, sein Gesicht abzulecken. Melody hatte keine Ahnung, wie lange Tex schon trainierte, aber da er sie nicht bemerkt hatte, lehnte sie sich gegen den Türpfosten und beobachtete ihn.

Obwohl es so aussah, als ob Baby nervte, war Tex äußerst geduldig mit ihr und tolerierte ihre Unterbrechungen. Es war erstaunlich, ihn dabei zu beobachten, wie er mit nur einem Bein Liegestütze machte. Er hatte die Prothese zwar angelegt, Melody konnte aber sehen, dass er sein ganzes Gewicht auf den anderen Fuß verlagert hatte.

Nach ein paar weiteren Liegestützen drehte Tex sich um und begann mit Sit-ups. Baby dachte offensichtlich, dass es sich dabei um ein lustiges neues Spiel handelte, denn jedes Mal, wenn er sich auf den Boden legte, versuchte sie, auf seinen Schoß zu klettern. Schließlich gab er auf und knurrte auf alberne Weise den Hund an, bevor er Baby packte und rückwärts mit ihr in seinen Armen nach hinten fiel. Baby löste sich aus seinem Griff, kam aber gleich wieder zu ihm zurück.

Melody beobachtete, wie Mann und Hund auf dem Boden lagen und so aussahen, als hätten sie unglaublich viel Spaß. Melody wurde klar, dass sie schon lange nicht mehr so glücklich gewesen war. Die letzten sechs Monate hatte sie damit verbracht, Angst zu haben und sich Sorgen zu machen. Jeden Morgen war sie angespannt aufgewacht und hatte sich gefragt, was der nächste Tag ihr bringen würde.

Tex hatte ihr etwas inneren Frieden beschert. Sie wusste, dass sie das Gröbste noch nicht überstanden hatte, aber was auch immer passieren sollte, Tex würde für sie da sein. Sie wollte lieber nicht darüber nachdenken, was passieren würde, sollte ihr Stalker sich nicht zu erkennen geben. Oder was geschehen würde, sobald er erst einmal erwischt worden wäre. Sie lebte hier in Pennsylvania und Tex in Virginia. Er war jetzt hier bei ihr, aber das würde nicht für immer so sein.

Melody schüttelte den Kopf und weigerte sich, zu viel über die Zukunft nachzudenken. Sie wollte nur daran denken, wie glücklich sie in diesem Moment war, und das wollte sie nicht ruinieren.

Baby musste sie schließlich bemerkt haben, denn sie befreite sich aus Tex' Griff und sprang zu Melody hinüber.

Sie lachte und kniete sich auf den Boden, um Baby zu begrüßen. Baby war wirklich ein toller Hund. Obwohl sie das Tier letzte Nacht aus dem Schlafzimmer ausgesperrt hatten, hegte sie keinen Groll, weder gegen Tex noch gegen sie.

»Guten Morgen, meine Schöne«, sagte Tex in ihre Richtung. Er war aufgestanden und kam zu ihr und Baby hinüber.

»Hilf mir hoch.« Melody streckte Tex ihre Hand entgegen. Er griff sofort danach und zog sie vom Boden hoch, als wöge sie nichts. Er half ihr nicht nur hoch, sondern zog sie direkt in seine Arme.

»Guten Morgen, meine Schöne«, wiederholte er.

»Guten Morgen, Tex.« Melody errötete bei dem intensiven Blick, den Tex ihr zuwarf.

»Ich habe keine Ahnung, wie du nach dem, was wir

letzte Nacht getan haben, noch rot werden kannst, aber es gefällt mir.«

»Hast du gut geschlafen?«

»Mel, ich habe in meinem ganzen Leben noch nie so gut geschlafen, schon gar nicht seit meiner Operation. Dich in meinen Armen zu halten, dich atmen zu hören, zu wissen, dass du erschöpft bist von den Orgasmen, die ich dir bereitet habe ... einfach perfekt.« Tex beugte sich vor und küsste Mel lange und tief. Er zog sich zurück und sah, wie Mel auf ihrer Unterlippe kaute. »Was ist los? Was stimmt nicht? Komm schon, Mel, raus mit der Sprache.«

»Du warst nicht da, als ich heute Morgen aufgewacht bin.«

»Du musst dir keine Sorgen machen, das schwöre ich bei Gott, Mel. Ich war ein SEAL. Ich bin daran gewöhnt, mit viel weniger Schlaf auszukommen als du. Obwohl ich im Ruhestand bin, trainiere ich jeden Morgen. Diese Gewohnheit habe ich nicht abgelegt. Tatsächlich habe ich ungefähr zwanzig Minuten wach neben dir gelegen und nur zugehört, wie du atmest, und dich an meinem Körper gespürt. Ich wäre wahrscheinlich noch länger liegen geblieben, wenn ich nicht Baby vor der Tür gehört hätte.«

»Es ist nur ...« Mel hielt inne. Sie wusste, was sie sagen wollte, würde fordernd klingen, und so wollte sie Tex gegenüber nicht wirken, zumal sie noch nicht so lange zusammen waren.

»Komm her.« Tex nahm Mels Hand und führte sie zur Couch. Wie üblich setzte er sich zuerst und zog sie dann auf seinen Schoß. »Jetzt sag mir, was in deinem Kopf vorgeht. Ich weiß, dass das alles neu ist, aber du hattest keine Angst, mir zu sagen, was du gedacht hast, als wir über den Computer gechattet haben. Du brauchst jetzt auch keine Angst davor zu haben, wo wir uns persönlich gegenüberstehen.«

»Könntest du mich aufwecken, bevor du morgens gehst?« Bei dem Anblick von Tex' gerunzelter Stirn beeilte Melody sich, ihren Gedanken zu vervollständigen. »Es ist nur so, dass ... ich möchte meinen Morgen zusammen mit dir beginnen. Und das kann ich nicht, wenn du nicht da bist. Ich verstehe, dass du Dinge zu tun hast, du sollst nicht an mein Bett gebunden sein, aber wenn ich schon nicht mit dir aufstehen kann, würde ich es gern mitbekommen, wenn du aufstehst.« Mel holte tief Luft und fuhr fort, ohne Tex in die Augen zu sehen: »Es ist mir einmal passiert, dass ein Junge, mit dem ich auf dem College zusammen war, mitten in der Nacht gegangen und nie zurückgekommen ist. Ich denke, er wollte mit mir Schluss machen, und wusste nicht, wie er es mir sagen sollte. Vielleicht bin ich deshalb etwas sensibel.«

»Was für ein Scheißkerl. Mel, ich gehe nirgendwo hin. Du hast mich gehört, als ich dir gesagt habe, dass du mir gehörst, oder? Und wenn du mich willst, dann gehöre ich dir. Das war kein Witz. Außerdem brauchst du deinen Schlaf. Ich will dich nicht wecken.«

»Ich rede nicht davon, dass du mich schütteln und aus dem Bett schmeißen sollst, um zwanzig Liegestütze zu machen, bevor du gehst und die Welt rettest, einen Marathon läufst oder was auch immer.« Melody lächelte Tex an. »Aber gib mir einfach einen Kuss oder so. Ich kann überall schlafen, ich habe kein Problem damit, wieder einzuschlafen. Ich fühle mich besser, wenn ich weiß, dass du nicht deine Sachen gepackt hast, um von hier zu verschwinden, und wenn ich dir guten Morgen sagen konnte, als du aufgestanden bist.«

»In Ordnung«, stimmte Tex sofort zu und verstand ihre Angst, in einem leeren Bett aufzuwachen. »Aber glaub mir, wenn ich dir sage, dass ich nirgendwo hingehe. Wir müssen uns noch darüber unterhalten, wie es mit uns weitergehen soll, aber solange die Dinge hier nicht geklärt sind, bin ich mir nicht sicher, ob wir bereit dazu sind. Aber sei dir versichert, ich verschwinde nicht so einfach.«

Melody lächelte Tex an. »Okay.«

»In Ordnung. Ich glaube, ich habe dir noch nicht richtig guten Morgen gesagt. Küss mich, Mel. Küss mich, als würdest du es ernst meinen.«

»Ich meine es immer ernst«, sagte Melody mit einem Lächeln, als sie sich gegen Tex lehnte. Sie leckte an seinem Hals entlang. »Mmmmmm, salzig.«

»Mel ...«, warnte Tex sie und fühlte, wie er hart wurde.

»Ich kann nicht anders. Du bist einfach so sexy und männlich und du bist hier bei mir. Es ist alles so unglaublich.«

Tex antwortete nicht, nahm nur ihren Kopf zwischen seine Hände und brachte ihr Gesicht zu seinem. Er küsste sie lange und innig. Wenn er sie küssen müsste, damit sie ihm glaubte, dann würde er es tun ... sehr gern sogar.

Bevor Melody sich versah, lag sie auf dem Rücken auf der Couch. Tex war über ihr und hatte eine Hand unter ihrem Hemd auf ihrer Brust. Mit der anderen hielt er ihr Knie hoch, sodass seine Erektion genau an der richtigen Stelle zwischen ihren Beinen eingeklemmt war.

»Guten Morgen, Mel«, flüsterte Tex heiser, während er mit dem Daumen seiner linken Hand über ihre Kniekehle rieb und mit den Fingern der rechten ihre Brustwarze massierte.

»Hast du dein Training beendet?«, fragte Melody atemlos. Sie krümmte leicht den Rücken und drückte ihre Brust weiter gegen seine Hand.

»Nein, aber ich habe eine andere Idee, um ein paar Kalorien zu verbrennen.«

Dreißig Minuten später lag Melody auf Tex auf der Couch. Ihre Kleidung war im ganzen Raum verteilt und beide waren nackt. Tex hatte sie ausgezogen und sie die ganze Arbeit machen lassen. Er hatte behauptet, er hätte bereits trainiert. Melody war noch nie mit einem Liebhaber zusammen gewesen, der so lautstark war wie Tex. Während ihres Liebesspiels machte er ihr Komplimente über ihren Körper, wie sie sich bewegte, wie sie sich anfühlte, wie er sich dabei fühlte. Nichts schien ihn in Verlegenheit zu bringen oder verstummen zu lassen. Irgendwann hatte Melody hinter sich gegriffen und versucht, Tex' Hoden festzuhalten. Sie war abgerutscht und hatte ihren Finger versehentlich in seinen Hintern gestoßen. Anstatt sich zu verspannen, hatte Tex nur gestöhnt, sie fester an ihren Hüften gepackt und ausgerufen: »Oh ja, Mel, das fühlt sich verdammt gut an.« Natürlich war sie rot geworden und hatte ihre Hand sofort zu ihrem eigentlichen Ziel bewegt, aber Tex hatte nur gelächelt und ihr zugezwinkert.

So sehr Melody wieder ins Bett wollte, wusste sie auch, dass sie heute noch etwas zu tun hatten. Tex musste seine Computerprogramme überprüfen und nachsehen, welche Informationen er über die Männer erhalten hatte, mit denen sie in der Vergangenheit ausgegangen war. Es gab eine Veranstaltung, für die sie die Untertitel transkribieren musste, und sie musste sich die Unterlagen durchlesen, die ihr das Unternehmen vorab zur Durchsicht geschickt hatte. Sie hatte sich schon zu viele Tage freigenommen, um querfeldein durchs Land zu fahren, und musste langsam wieder in Schwung kommen.

Melody spürte Tex' harten Körper unter sich und drehte den Kopf. Er lachte. »Was ist so lustig?«

Tex antwortete nicht, sondern deutete mit dem Kinn nach links. Melody drehte den Kopf zur Seite und sah Baby direkt neben ihnen sitzen. Sie hatte den Kopf geneigt und wedelte mit dem Schwanz. Melody ließ ihre Stirn auf Tex' Brust fallen und stöhnte. »Oh mein Gott, wir haben meinen Hund versaut.«

»So viel zum Thema Hundevoyeurismus.« Tex lachte noch heftiger, als Mel auf seiner Brust noch einmal stöhnte. »Komm schon, Mel, geh lieber allein duschen, sonst werden wir heute zu gar nichts mehr kommen. Dann frühstücken wir und schauen uns die Ergebnisse meiner Recherche an. Danach machen wir uns auf den Weg. Wir müssen ein paar Lebensmittel einkaufen und uns noch einmal in der Stadt sehen lassen.«

Melody hob den Kopf und stützte sich auf Tex' Brust. Sie sah ihn einen Moment an, bevor sie leise sagte: »Danke.«

»Danke mir nicht«, schimpfte Tex sofort. »Es gibt

keinen Ort, an dem ich lieber wäre als hier bei dir. Es ist mir egal, auch wenn drei Stalker hinter dir her wären, ein entflohener Mörder vor deiner Tür stehen würde oder Baby tollwütig wäre und mich angreifen würde. Ich habe mein ganzes Leben auf dich gewartet.« Als Mel Tränen in die Augen stiegen, setzte Tex sich auf und hielt sie fest. Er küsste nacheinander ihre Augen. »Weine nicht, Mel. Das hier ist der Beginn unseres gemeinsamen Lebens.«

Tex drängte Mel dazu aufzustehen. Als sie es tat, drehte er sich auf der Couch zur Seite, vergrub den Kopf an ihrem Bauch und zog sie an sich. Er fühlte ihre Hände in seinen Haaren und auf seinem Kopf. Er atmete tief ein und lehnte den Kopf zurück, um sie anzusehen. »Du riechst unglaublich.« Tex packte sie am Hintern und knetete ihn. »Du riechst nach uns.«

»Tex.«

Tex schob eine Hand zwischen ihre Beine. Dann zog er sie heraus und verteilte den Saft auf ihrem Bauch. Ohne den Blick von ihr abzuwenden, sagte er ernst: »Ein schönes Leben, Mel. Ich werde alles dafür tun, um dir das geben zu können ... uns. So gern ich auch den ganzen Tag nackt mit dir verbringen möchte, wir haben jetzt etwas zu tun.«

Tex streichelte noch einmal über ihren Bauch, drehte sie dann um und gab ihr einen Klaps auf den Po. »Geh jetzt duschen, Frau.«

Melody kicherte und trat einen Schritt in Richtung Flur. Sie sah Tex an, der immer noch auf ihrer Couch saß. Baby saß vor ihm, und er hatte eine Hand auf ihren Kopf gelegt und die andere ruhte auf seinem Knie. Seine Blicke klebten aber immer noch an ihr. Melody

schwankte ein wenig, als sie weiter in Richtung Badezimmer ging. Sie hörte ihn hinter sich stöhnen und
lächelte. Irgendwie hatte Tex es geschafft, dass es ihr
Spaß gemacht hatte, nach Hause zu kommen ... obwohl
es hätte furchterregend sein sollen.

Melody wusste, einige Leute würden behaupten, dass
es viel zu schnell zwischen ihnen ging. Es war verrückt,
dass Tex im Grunde bereits bei ihr wohnte, obwohl sie
sich erst seit einer Woche kannten. Aber sie wusste, dass
das nicht stimmte. Sie kannte Tex schon über sechs
Monate. Ja, sie hatte ihn gerade erst persönlich getroffen,
aber der Grundstein für ihre Beziehung war schon vor
Monaten gelegt worden. Selbst als sie mit ihm gechattet
hatte, hatten sie die sexuelle Spannung gefühlt, aber nie
etwas diesbezüglich unternommen.

Sie hatte keine Ahnung, wohin sie das alles führen
würde oder was ihr verrückter Stalker als Nächstes tun
würde. Aber Melody hoffte inständig, dass sie eine
Zukunft mit Tex hatte, sobald sich der Staub erst gelegt
hatte.

KAPITEL DREIZEHN

Melody saß am Küchentisch und hatte den Kopf auf ihre Hände gestützt, während Tex tippte und mit ihr sprach.

»Bei den Typen, deren Namen du mir gegeben hast, ist nichts wirklich Auffälliges herausgekommen. Robert, dein Freund von der Highschool, ist verheiratet, so wie du es gesagt hast. Aber es sieht so aus, als hätte er auch ein paar Affären. Er kümmert sich also nicht so sehr um seine Familie, wie es der erste Eindruck vielleicht vermuten lässt. Alle Männer, von denen du mir erzählt hast, haben Schulden, aber Lee steckt wirklich tief in den Miesen. Bloß gut, dass du ihn verlassen hast, Mel. Seine drei Kreditkarten hat er alle vollkommen ausgereizt und es sieht so aus, als hätte er ein paar unbezahlte Strafzettel. Darüber hinaus hat ihm die Polizei schon mindestens zweimal einen Besuch wegen häuslicher Gewalt abgestattet.«

»Schweinehund«, sagte Melody. »Arme Diane. Ich weiß, dass ich sie nicht so gut kenne, aber niemand sollte mit so einem Mistkerl leben müssen. Ich hoffe, sie verlässt dieses Arschloch.«

»Es sieht so aus, als wäre sie schon zweimal im Saint Albins Krankenhaus gewesen.«

»Saint Albins?«

»Ja.«

»Das ist eine Nervenklinik.«

»Jupp.«

»Ist sie in Ordnung?«

Tex seufzte. »Ich könnte herausfinden, warum genau sie dort war und wie ihre Diagnose lautete, wenn ich weitergrabe, aber es sieht so aus, als wäre sie dort eingeliefert worden, bevor sie mit Lee zusammengekommen ist.«

»Nun, er macht es bestimmt nicht besser, soviel ist sicher«, sympathisierte Melody mit ihr.

»Kann ich das Material an Wolf und sein Team schicken, damit sie es sich ansehen?«

Melody sah Tex überrascht an. »Das fragst du mich?«

»Ja. Ich bin gut darin, aber manchmal hilft es, wenn ein zweites Paar Augen drauf schaut. Und ehrlich gesagt stecke ich in dieser ganzen Situation selbst zu sehr mit drin, um wirklich objektiv sein zu können. Ich bitte dich also um deine Erlaubnis, dieses Zeug meinen Freunden zeigen zu dürfen.«

»Ja, du kannst es ihnen zeigen. Ich bin mir nicht sicher, was es nützen soll, aber es kann nicht schaden.«

»Danke, Mel. Du hast recht, es kann nicht schaden.« Tex tippte sofort eine Nachricht auf seiner Tastatur ein. »Ich werde es verschlüsseln, bevor ich es sende, damit es nicht zurückverfolgt oder abgehört werden kann. Sobald ich hier fertig bin, müssen wir zur Polizei gehen. Wir hätten es schon früher tun sollen, aber ich war irgendwie abgelenkt ...«

Tex sah Melody mit einem so heißen Blick an, dass sie dachte, sie würde auf der Stelle dahinschmelzen.

Er setzte seinen Gedankengang fort. »Ich gehe davon aus, dass du bei der Polizei warst, bevor du dich aus dem Staub gemacht hast.«

»Ja, aber die Beamten konnten nichts tun. Sie haben alles aufgenommen und sich die Briefe angeschaut, die ich erhalten hatte. Aber außer einen Bericht zu schreiben und mir zu sagen, dass ich vorsichtig sein soll, haben sie nichts gemacht.«

»Das habe ich mir gedacht. Wir werden ihnen die Nachricht bringen, die du in Kalifornien erhalten hast, nur fürs Protokoll und um sie wissen zu lassen, dass du wieder in der Stadt bist. Die Polizei kann im Moment vielleicht nicht viel unternehmen, aber wenigstens ist sie vorgewarnt, falls etwas passiert.«

Melody schauderte bei dem Gedanken daran, dass ihr Stalker sie finden könnte. »Glaubst du, er wird etwas tun? Ich glaube, ich hätte es lieber, dass er es endlich tut und wir es hinter uns bringen, als dass es so weitergeht.«

Tex hörte auf zu tippen und sah Mel an. »Ich weiß es nicht. Mein Bauchgefühl sagt mir, dass er nicht glücklich darüber sein wird, dass ich hier bei dir bin. Ich vermute, die Dinge könnten eskalieren, und zwar schneller, als uns lieb ist. Aber ich könnte mich auch irren. Es könnte sein, dass er sich versteckt und versucht abzuwarten, bis ich weg bin. Aber sollte das so sein, Mel, dann ist alles in Ordnung, denn ich gehe nirgendwohin. Er wird sich verdammt lange verstecken müssen, wenn das sein Plan ist.«

Melody konnte nichts sagen. Der intensive Blick in Tex' Augen machte sie fertig und sie sehnte sich nach all den Verheißungen, die sie darin sehen konnte. Schließlich sah Tex wieder auf seinen Laptop hinunter und löste die sexuelle Spannung zwischen ihnen.

»Okay, ich habe die E-Mail abgeschickt. Lass mich die Nachricht holen und dann machen wir uns auf den Weg. Wenn Baby nicht wieder verrücktspielt, lassen wir sie heute hier und fahren zuerst zur Polizeistation. Dann fahren wir ins Einkaufszentrum, um uns sehen zu lassen. Wenn es noch andere Orte gibt, an denen du dich regelmäßig aufgehalten hast, bevor du die Stadt verlassen hast, sollten wir dort auch anhalten. Wir können uns heute auch noch mal mit Amy treffen, wenn du willst. Ich weiß, dass du gern ihre Kinder wiedersehen möchtest. Aber wahrscheinlich ist es im Moment besser, das auf später zu verschieben. Aber ich weiß, wie viel Amy dir bedeutet, und wenn du Becky und Cindy sehen willst, dann werden wir einen Weg finden.«

»Ich würde Amy heute gern noch mal sehen, aber es ist wahrscheinlich wirklich am besten, wenn wir die Kinder vorerst von mir fernhalten.« Melody wechselte das Thema, weil der Gedanke, Amys Kinder nicht sehen zu können, wehtat. »Lass mich mit Baby reden. Ich werde versuchen, sie dazu zu bringen, heute allein hierzubleiben.«

Bevor Melody sich bewegen konnte, um sich um ihren Hund zu kümmern, zog Tex sie mit einer Hand in ihrem Nacken zu sich heran. »Du bist so verdammt süß.

Sag Baby, dass wir ihr einen schönen saftigen Knochen mitbringen, wenn sie hierbleibt.« Dann küsste er sie fest und knabberte an ihrer Unterlippe, bevor er sich zurückzog.

Melody lächelte Tex an und legte kurz ihre Hand auf seine Wange. Dann stand sie auf und setzte sich zu Baby auf die Couch. Der Hund lag neben seinem Frauchen und forderte sofort Streicheleinheiten. »Okay, Baby, so ist die Lage: Du musst heute zu Hause bleiben.« Baby fing an zu winseln, noch bevor Melody ausgesprochen hatte. Sie wusste, es war seltsam, dass sie mit ihrem Hund redete, als könnte er sie verstehen, aber Melody vermutete, dass Baby tief in ihrem Inneren vielleicht die Emotionen spüren konnte, die hinter dem steckten, was sie sagte. Obwohl sie die Worte per se natürlich nicht verstehen konnte, erkannte sie, dass es um etwas Wichtiges ging.

»Ich weiß, ich weiß, ich habe dich auch vermisst, aber wir sind jetzt seit ungefähr sechs Tagen zusammen. Ich muss heute ein paar Dinge erledigen, und du kannst leider nicht mitkommen. Ich möchte dich nicht allein im Auto lassen müssen. Das ist nicht sicher und ungesund für dich. Wenn du heute hierbleibst und artig bist, bringen Tex und ich dir eine schöne saftige Überraschung mit. Das würde dir doch gefallen, oder?« Baby legte den Kopf schief und leckte Melody übers Gesicht.

»Okay, Tex, wir haben uns geeinigt«, sagte Melody leise und drehte sich um, nur um überrascht aufzukreischen, als Tex direkt hinter ihr stand und sich mit seinen Ellbogen auf die Rückenseite der Couch lehnte.

»Jesus, Tex, hör auf, dich so an mich heranzuschleichen!«

»Ich habe mich nicht angeschlichen, Mel. Ich habe nur hier gestanden. Baby hat gemerkt, dass ich hier war. Du warst nur zu sehr auf sie konzentriert, um mich zu bemerken.«

»Nein, Tex, selbst mit deiner Prothese schleichst du wie ein Indianer, der auf Kaninchenjagd ist. Du bist vollkommen still, und das ist unheimlich.«

»Macht der Gewohnheit, Mel.«

Melody seufzte. »Ich weiß, du kannst den Mann aus einem SEAL herausnehmen, aber du kannst den SEAL nicht aus einem Mann herausnehmen.«

»Hey, das gefällt mir«, sagte Tex, stand auf und fuhr mit seiner Hand über Mels Haar. »Komm schon, lass uns losfahren.«

Melody küsste Baby auf den Kopf und tätschelte sie ein letztes Mal. »Ich bin bereit.« Sie nahm ihre Handtasche und sie verließen die Wohnung.

Baby winselte ein Mal, als sie gingen, aber Tex drehte sich nur um und sagte ein Mal scharf: »Baby, bleib.«

Die Hündin schnaufte kurz, drehte sich dann um und trottete zur Couch zurück. Sie ließ sich auf einem Kissen nieder, legte den Kopf auf die Rückenlehne und schaute den beiden traurig hinterher.

»Sie ist gut darin, einem Schuldgefühle zu machen«, kommentierte Melody unnötigerweise.

Tex lachte nur und legte seine Hand an Melodys Rücken, um sie aus der Wohnung zu führen. Er schloss die Tür hinter ihnen ab und zum Glück blieb Baby ruhig, als sie zum Parkplatz gingen.

Melody sah Tex an und sagte: »Wie bringst du sie

dazu, dir so gut zu gehorchen? Sie ist eine Jagdhündin, sie gehorcht niemandem.«

Er antwortete nicht und Mel sah ihn verwirrt an. Sein Gesicht war wie versteinert und er nahm seine Hand von ihrem Rücken, um nach ihrem Ellbogen zu greifen. »Sieht so aus, als würde die Polizei heute zu uns kommen, Mel.«

»Hä?« Melody drehte sich um und schaute in die Richtung, in die Tex sah. Da stand sein Wagen, alle vier Reifen waren platt und beide Scheinwerfer waren eingeschlagen. »Oh, Tex, dein Wagen.«

»Es ist nur ein Auto. Das kann man reparieren.«

Als sie näher kamen, konnte Melody die Worte lesen, die auf die Wagenseite gesprüht worden waren. Sie ignorierte Tex, der die Polizei anrief, um es zu melden, und konzentrierte sich stattdessen auf die hässlichen Worte, die auf Tex' Fahrzeug standen.

Nutte. Hure. Du wirst bezahlen.

Melody bemerkte, dass Tex seine Hand nicht von ihrem Ellbogen genommen hatte. Sie hakte sich ein und drückte sich fest an ihn. Sie sah sich um, als würde sie darauf warten, dass jemand aus den Büschen sprang, um sie anzugreifen.

Tex legte seinen Arm um sie. Aber nachdem er bei der Polizei angerufen hatte, drehte er sein Handy herum und fing an, Bilder von seinem Wagen und der Umgebung zu machen. Ohne sie anzusehen, versuchte Tex, Mel zu beruhigen. »Ich weiß, es wirkt im Moment nicht so, aber eigentlich ist das eine gute Sache. Das bedeutet, dass wir nur einen Tag gebraucht haben, um ihn aus der Reserve zu locken. Er ist emotional und wütend. Er hat mich mit dir gesehen und kann es nicht ertragen. Je emotionaler er wird, desto mehr Fehler wird er machen.«

»Aber dein Wagen.«

Bei ihren Worten nahm Tex sein Handy herunter und drehte Mel in seinen Armen herum, sodass sie förmlich an ihm klebte. »Es ist nur ein Auto. Ich könnte mich nicht weniger dafür interessieren, wirklich. Wir werden uns einfach einen Leihwagen nehmen, um mobil zu bleiben.«

»Wir können mein Fahrzeug nehmen. Es steht bei Amy.«

»Nein, ich werde eins mieten. Nenne es eine Männersache oder eine SEAL-Sache oder auch eine Sache unter Freunden, aber ich würde es vorziehen, in deiner Nähe zu bleiben, bis das überstanden ist. Lass mich die Verantwortung fürs Fahren übernehmen, Mel.«

»Also gut. Es macht zwar keinen Sinn, dass du Geld für ein Fahrzeug ausgibst, wenn ich einen Wagen habe, aber was auch immer.«

Tex fuhr fort, als hätte es keine Diskussion über einen Wagen gegeben. »Ich war dumm. Ich hätte schon längst Überwachungskameras in deiner Wohnung aufstellen müssen. Hätte ich das getan, hätten wir jetzt schon mehr Informationen. Aber wenn er das ein Mal getan hat, wird er es wieder tun. Ich werde ihn fangen, Mel. Das schwöre ich bei Gott.«

»Ich habe Angst.«

»Ich weiß, und das gefällt mir gar nicht. Aber Mel, sieh mich an.« Tex hob Mels Gesicht an, sodass sie keine andere Wahl hatte, als ihm in die Augen zu sehen. »Nach all den Monaten habe ich dich gerade erst gefunden. Ich werde nicht zulassen, dass dir etwas passiert. Wer auch immer dahintersteckt, ist emotional und unkontrolliert. Das ist viel besser als methodisch und kalkuliert. Er wird einen Fehler machen und dann wird es vorbei sein, glaub mir.«

»Das tue ich. Du weißt, dass ich das tue. Aber ich hasse es trotzdem.«

»Ich weiß. Ich mag es selbst nicht. Aber wir werden es schaffen … zusammen.« Sie sahen beide auf, als sie die Sirenen auf sich zukommen hörten. »Ich werde die Bilder an Wolf schicken und dann werden wir uns um die Polizei kümmern. Anschließend rufe ich einen Abschleppwagen und dann machen wir das, was wir uns für heute vorgenommen hatten.«

Melody nickte. Sie versuchte, das Zittern ihres Körpers unter Kontrolle zu bekommen, und kuschelte sich an Tex, der sie fester an sich zog. Sie würde das schaffen. Sie hatte sich bis jetzt allein darum gekümmert und nur weil jetzt Tex an ihrer Seite war, hieß das nicht, dass sie nicht mehr die starke Frau war, die sie schon seit Monaten war. Sie musste es runterschlucken und anfangen, wirklich jeden, den sie kannte, zu analysieren. Sie musste Tex helfen herauszufinden, wer dahintersteckte, und sich nicht länger hinter Tex verkriechen wie eine zerbrechliche Frau, die beschützt werden musste.

Melody saß mit Amy auf einer Bank im Stadtpark. Sie hatte sie angerufen und Amy hatte zugestimmt, sich dort mit ihr zu treffen. Cindy und Becky waren noch in der Schule und ihr Mann war bei der Arbeit. Amy hatte früher Feierabend gemacht und war direkt in den Park gekommen.

Tex war bei Melody geblieben, bis Amy angekommen war. Dann hatte er sie auf die Stirn geküsst und gesagt: »Nehmt euch so viel Zeit, wie ihr braucht. Ich bin da drüben.« Er hatte auf eine Bank gezeigt, die ungefähr dreißig Meter entfernt stand, und sie dann mit Amy allein gelassen.

»Wie geht es dir?«, fragte Amy Melody und hielt ihre Hand fest.

»Mir geht es gut.«

»Hashtag wirklich? Mel, ich bin es. Ich kenne dich zu gut.«

Melody seufzte. Sie liebte Amy, hasste es aber manchmal, dass sie ihr nichts vormachen konnte. »Ich habe Angst. Tex sagt mir, ich solle mir keine Sorgen machen, aber ich kann nichts dagegen tun.«

Amy sah auf ihre verschränkten Hände hinunter und biss sich auf die Lippe. Dann sah sie zu Melody auf und drückte ihre Hand. »Ich liebe dich wie die Schwester, die ich nie hatte, Mel. Und ich kenne dich gut genug, um zu wissen, dass das, was ich jetzt sagen werde, dich höchstwahrscheinlich verärgern wird, aber ich sage es trotzdem, weil ich denke, dass es zu deinem Besten ist.«

»Mist«, sagte Melody leise.

»Wie viel weißt du wirklich über Tex? Ich meine, du hast mit ihm gechattet und jetzt lebt er in deiner Wohnung, und wenn ich es richtig deute, dann schläfst du mit ihm. Ich habe ihn von meinen Kontakten im Büro überprüfen lassen, aber was ist, wenn *er* dein Stalker ist? Was ist, wenn er dir das antut? Er hat dich in Kalifornien gefunden, gleich nachdem du diese Nachricht erhalten hattest. Das kommt mir verdächtig vor und ich wäre keine gute Freundin, wenn ich es nicht erwähnen würde.«

Melody versteifte sich und wollte ihre Hand aus dem Griff ihrer besten Freundin losreißen und von ihr wegstürmen. Aber sie wusste, dass Amy sie liebte und versuchte, ihr zu helfen, so gut sie konnte. Zur Hölle, wenn sie in ihrer Position wäre, würde sie wahrscheinlich dasselbe denken. Tex hatte sogar darüber nachgedacht, ob *Amy* die Stalkerin sein könnte. Es war ein interessanter Zufall, dass Amy nun auch Tex verdächtigte.

Melody sah zu Tex, der ihnen gegenübersaß, und bemerkte, dass er sie nicht aus den Augen gelassen hatte. Er sah sie aufmerksam an und war sich immer bewusst, was sie fühlte. Sie holte tief Luft.

»Er ist es nicht, Ames.« Als Amy den Mund öffnete, um sie zu unterbrechen, fuhr Melody schnell fort: »Bitte, lass mich dir erklären, woher ich das weiß, in Ordnung?« Melody wartete darauf, dass Amy nickte, und drückte dabei ihre Hand.

»Ich saß gerade in einem Drecksloch in Mississippi, als Tex mich zum ersten Mal online angeschrieben hat. Ich war seit ein paar Wochen auf der Flucht und war müde und verängstigt. Der Stalker hatte mich bereits in Florida gefunden und ich bin wieder davongelaufen. Tex hat mir eine Nachricht geschrieben und gesagt, dass er meinen Benutzernamen mochte. Wir haben über nichts Sexuelles geschrieben und seit Langem hatte er mich zum ersten Mal wieder zum Lachen gebracht. Er hat keinen Druck auf mich ausgeübt und mir nicht das

Gefühl gegeben, dass er etwas von mir wollte. Ich wollte eigentlich nicht noch mal mit ihm sprechen, aber als er mich erneut angeschrieben hat, konnte ich nicht anders, als zu antworten. Er war genauso lustig wie zuvor und absolut nicht bedrohlich. Amy, ich habe monatelang mit ihm gechattet, und er hat kein einziges Mal irgendwelche Grenzen überschritten. Er hat mich nie gefragt, wo ich bin, er hat mich nie nach einem Bild gefragt, er hat nie versucht, mit mir über sexuelle Dinge zu schreiben. Sechs Monate, Amy. Sechs. Wie viele Leute kennst du, die das tun würden?«

Als Amy schwieg, fuhr Melody fort: »Genau. Er hat mit mir über sein Leben gesprochen. Er hat mir von seinen Ängsten erzählt, davon, wie er sich fühlt, weil er einen Teil seines Beines verloren hat. Kein einziger Mann, den ich in meinem ganzen Leben getroffen habe, hat sich mir gegenüber jemals so geöffnet.«

»Das heißt nicht, dass er das nicht getan hat, um dein Vertrauen zu gewinnen, Mel.«

Melody wusste, dass Amy nur versuchte zu helfen, aber es war frustrierend. Sie würde es ihr beweisen müssen. »Er ist nicht so, Amy. Er will mich beschützen. Er beschützt mich vor allem, was schmerzhaft sein könnte. Als er heute Morgen seinen Wagen gesehen hat, hat er als Erstes seinen Arm um mich gelegt und mich an seine Seite gezogen. Er hat die Umgebung abgesucht, um nach einer möglichen Bedrohung Ausschau zu halten. Er will mir nicht wehtun, Ames. Er ist das Beste, was mir je passiert ist. Pass auf.«

Ohne Amy vorzuwarnen, beugte sie sich vor, griff nach ihrer Wade und schrie: »Au!« Bevor Amy sich bewegt hatte und noch bevor Melody überhaupt wieder aufblickte, war Tex da.

»Was ist los, Mel? Nimm die Hände weg, lass mich nachsehen.« Tex war sofort für sie da. Er nahm ihre Wade und massierte sie. »Hast du einen Krampf? Verdammt, wir haben es übertrieben, oder? Wir sollten dich nach Hause bringen.«

Melody legte ihre Hand auf Tex' Kopf. »Mir geht es gut, Tex, wirklich. Nur ein kleiner Krampf. Es fühlt sich schon besser an. Ich will noch nicht gehen.«

Tex sah zu Melody auf und dann zu Amy hinüber. Er legte seine Hand auf Mels Gesicht und sagte ernst: »Ich möchte nicht, dass du dich aufregst. Du hast genug um die Ohren, aber wenn du dich bei dem Thema, über das ihr euch unterhaltet, nicht wohlfühlst, dann solltest du das Gespräch beenden.«

Amy lächelte, unterbrach ihn und sagte geradeheraus: »Es ist okay, Tex. Ich habe Mel erzählt, dass ich dich als ihren Stalker in Verdacht habe. Das hat ihr nicht gefallen.«

Melody drehte sich zu ihrer Freundin um. Sie hatte nicht erwartet, dass Amy Tex auf den Kopf zu sagen würde, dass sie ihn verdächtigte.

Tex nahm seine Hand nicht von Melodys Gesicht und wandte sich an Amy. »Dasselbe habe ich über dich gesagt. Das hat sie nicht wesentlich besser aufgenommen. Amy, ich bin nicht ihr Stalker. Ich gebe dir mein Wort als Navy SEAL und als der Mann, dem deine Freundin sehr viel bedeutet.«

»Das muss mir wohl genügen«, entgegnete Amy sofort.

»Gib uns noch zwanzig Minuten oder so, okay?«, bat Melody Tex leise.

»Natürlich.« Tex stand auf und küsste Mel auf die Stirn, was sie zum Lächeln brachte. Sie erinnerte sich an seine Erklärung, warum er sie dort küsste und nicht auf die Lippen. Er machte es andauernd und sie mochte es sehr.

Als Tex zu der Bank zurückging, auf der er gesessen hatte, bevor Melody den Krampf vorgetäuscht hatte, kommentierte Amy mit atemloser Stimme: »Hashtag heilige Scheiße.«

»Hashtag ich habe es dir ja gesagt.«

»Ja, das hast du. Also, jetzt im Ernst ... Wie ist er im Bett?«

»Amy!«

»Mel! Raus mit der Sprache!«

Melody rutschte auf der Bank hin und her, gab aber leise zu: »Der absolute Wahnsinn. Im Ernst, Ames, ich habe so etwas noch nie erlebt.«

»Ist es seltsam mit seinem Bein?«

»Seinem Bein?«

Amy sah ihre Freundin an, als wäre sie nicht ganz dicht. »Ja, Mel, sein Bein. Weißt du, ihm fehlt die Hälfte davon. Ist das seltsam? Sieht es eklig aus?«

Zum ersten Mal seit langer Zeit wurde Melody wütend auf ihre Freundin. »Amy, was zur Hölle? Meinst du das ernst? Sein Bein ist verdammt schön. Weißt du warum? Weil es ein Teil von ihm ist. Und obwohl er dieses Bein verloren hat, ist er heute trotzdem hier, um bei mir zu sein. Und die Antwort ist nein, es ist nicht seltsam. Er hat mich letzte Nacht zweimal zum Höhepunkt gebracht, bevor er überhaupt an sich selbst gedacht hat. Glaubst du, dabei verschwende ich auch nur einen Gedanken daran, wie sein verdammtes Bein aussieht? Das interessiert mich überhaupt nicht.«

»Äh, Mel ...«

»Und außerdem ist sein Bein verdammt sexy. Du wirst es nicht glauben, aber ich habe schon ein- oder zweimal darüber fantasiert, mich so lange daran zu reiben, bis ich komme. Glaub mir, Tex ist der am wenigsten behinderte Mann, den ich jemals in meinem Leben getroffen habe. Er mag zwar eine Beinprothese haben, aber Ames, sein Mund, seine Finger und sein Schwanz machen jede Behinderung mehr wett, als du oder irgendjemand anderes sich überhaupt erträumen könnten.«

»Mel, im Ernst ...«

»Nein. Das ist es, was heute in dieser Welt nicht stimmt. Die Leute sehen jemanden mit einer Prothese und denken, dass etwas mit ihm nicht stimmt. Es stimmt alles mit ihm. Ganz zu schweigen davon, dass er ein Held ist. Er war ein verdammter SEAL, Ames. Glaubst du, ein halbes Bein würde ihn jemals aufhalten? Zur Hölle, wenn er die Gelegenheit bekäme, würde er wahrscheinlich seine Prothese abnehmen und damit meinem Stalker die Seele aus dem Leib prügeln.«

Melody atmete schwer, so emotionsgeladen und sauer war sie auf ihre Freundin. Es machte ihr nichts aus, darüber zu sprechen, wie großartig der Sex mit Tex war, aber sie sollte verdammt sein, wenn sie es zulassen würde, dass irgendjemand, einschließlich ihrer besten Freundin, schlecht über ihn redete.

»Hashtag er steht direkt hinter dir«, flüsterte Amy und lächelte Melody mit einem aufgesetzten Grinsen an.

Melody drehte den Kopf herum und sah, dass Tex etwa einen Meter von der Bank entfernt stand. Er beobachtete sie mit einem intensiven Blick in den Augen. Melody hatte keine Ahnung, was sie sagen sollte. Sie hatte ihrer Freundin nichts erzählt, was sie nicht meinte, aber es war trotzdem peinlich.

»Amy«, begann Tex, ohne Melody aus den Augen zu lassen, »deine Freundin ist das Beste, was mir je passiert ist. Ich weiß, dass die meisten Frauen so über meine Prothese denken wie du, aber ich habe es noch nie erlebt, dass jemand so für mich eingetreten ist, wie Mel es gerade getan hat. Obwohl es mir nichts ausmacht, wenn du mit ihr über unser Sexleben sprechen willst, gefällt es mir überhaupt nicht, Mel verärgert zu sehen.« Er drehte sich schließlich zu Amy um. »Wenn du also etwas über mein Bein wissen willst, frag mich bitte in Zukunft selbst. Du willst es sehen? Das wird mir zwar nicht gefallen, aber wir können es arrangieren, wenn es dich so sehr interessiert. Doch ich würde es begrüßen, wenn du deine Gedanken darüber, wie seltsam der Sex mit mir sein könnte, für dich behältst, einfach weil es Mel verärgert.«

»Ich habe es wirklich nicht böse gemeint, Tex. Es tut mir leid«, sagte Amy mit leiser Stimme.

Tex nickte und wandte sich wieder Mel zu. »Bist du bereit zu gehen?«

»Kannst du mir noch eine Sekunde geben?« Melody glaubte nicht, dass er es tun würde, aber schließlich nickte er, trat ein paar Meter zurück und drehte sich mit dem Rücken zur Bank. Melody dachte, dass er sie wahrscheinlich noch hören konnte, aber sie wollte seine Geduld nicht überstrapazieren.

»Mel, es tut mir leid, ich meinte nicht ...«

»Nein, ich weiß, dass du es nicht so gemeint hast, ich habe überreagiert«, versuchte Melody ihre Freundin zu beruhigen.

»Nein, das hast du nicht. Du hast ihn zu Recht verteidigt. Ich war ungerecht und habe meine Vorurteile Überhand nehmen lassen. Wenn George eine solche Verletzung hätte und du etwas in dieser Art zu mir gesagt hättest, hätte ich genauso reagiert.« Amy senkte die Stimme zu einem Flüstern. »Ich liebe meinen Mann und es ist offensichtlich, dass du Tex liebst. Ich freue mich wahnsinnig für dich, dass du jemanden gefunden hast, für den du so eine Leidenschaft empfindest. Jetzt fahr zurück in deine Wohnung und hab den wildesten und verrücktesten Sex, den die Welt je gesehen hat. Wenn wir uns das nächste Mal treffen, kannst du mir alles darüber erzählen, Hashtag ohne dass ich Schwachsinn über sein Bein rede.«

»Ich hab dich lieb, Ames.«

»Ich hab dich auch lieb, Mel. Jetzt geh. Ich habe das Gefühl, dass Tex dieses Arschloch schneller fangen wird, als wir es uns vorstellen können, und du wirst noch dein ganzes Leben haben, auf das du dich freuen kannst.«

Melody lächelte Amy an und umarmte sie, als sie aufstanden.

Tex kam herüber, als Amy wegging, und nahm Mels Hand in seine. »Bereit, nach Hause zu fahren?«

»Ja. Bezüglich dessen, was ich gesagt habe ...«

»Nur damit du es weißt, ich habe das Gefühl, dass

Baby so schnell nicht mehr in unserem Bett schlafen wird. Wir wollen es doch nicht riskieren, sie endgültig zu versauen.«

Melody lächelte und kuschelte sich an Tex, als sie zum Mietwagen gingen. »Ach ja? Du hast deine Meinung über Hundevoyeurismus also nicht geändert?«

Tex legte einen Arm um Melodys Hals und den anderen um ihren Rücken, als er sie nach hinten lehnte und dabei ihr mädchenhaftes Kreischen ignorierte. »Ehrlich gesagt vergesse ich alles um mich herum, sobald ich auch nur einen Hauch deiner Erregung spüre. Baby, wo wir gerade sind oder diesen verdammten Stalker ... Ich kann dann nur noch daran denken, dich zu schmecken, dich zum Orgasmus zu bringen und in dich hineinzugelangen. Ich würde ja sagen, dass es mir leidtut, aber ich weiß, dass du genauso verloren bist, sobald ich dich mit den Lippen berühre.«

»Tex. Jesus, hör auf. Lass mich aufstehen.«

Tex beugte sich vor und legte seine Lippen an ihr Ohr. »Bist du schon feucht für mich, Mel?«

»Du weißt, dass ich das bin.«

Tex richtete Mel auf und schüttelte den Kopf. »Keine Spielchen. Das gefällt mir. Komm schon, lass uns nach Hause fahren. Ich habe noch etwas mit dir vor.«

Mel nahm Tex' Hand und folgte ihm zum Wagen. Alle Gedanken an den Stalker, der sie eventuell beobachtete oder ihnen folgen könnte, waren aus ihrem Kopf verschwunden. Sie konnte nur noch daran denken, was Tex mit ihr vorhatte und was sie mit ihm vorhatte. Sie konnte es kaum erwarten.

KAPITEL VIERZEHN

»Ich hasse das!«, beschwerte Melody sich und hatte den
Kopf auf ihre Hände gestützt. Baby jaulte neben ihr und
spürte, dass ihrem Frauchen nicht wohl war. Melody
hatte das Gefühl zu ersticken. In gewisser Hinsicht waren
die letzten zwei Wochen idyllisch gewesen. Es gefiel ihr,
Tex um sich zu haben. Es fiel ihr leicht, mit ihm zusammenzuleben. Natürlich war auch er nicht perfekt, aber
die paar Dinge, die sie vielleicht an ihm nervten, wurden
durch die vielen Dinge wiedergutgemacht, die er tat, um
ihr im Haushalt zu helfen. Er räumte seinen eigenen
Dreck weg, er ließ keine Bartstoppeln im Waschbecken
liegen, nachdem er sich rasiert hatte, er kochte und
putzte, verdammt noch mal, er ging sogar mit Baby Gassi,
wenn Melody sich nicht dazu durchringen konnte
aufzustehen.

Es war nicht seinetwegen. Es war alles andere. Sie
hatte keine fünf Minuten für sich allein. Wenn Tex nicht
bei ihr war, dann ließ er sie bei Amy, und zwar mit
strengen Anweisungen, sich nicht vom Fleck zu rühren,

bis er zurückkam, um sie abzuholen. Er hatte sein Versprechen eingelöst und ein GPS-Gerät besorgt, das sie jetzt überall mit hinnahm.

Melody fingerte an dem kleinen goldenen Stecker in ihrem linken Ohr. Er sah zierlich und hübsch aus, aber Tex hatte ihr die Software gezeigt und wie er ihren Standort auf einer Karte sehen konnte. Obwohl sie wusste, wie andere darüber denken würden, fühlte sie sich besser damit. Sie erinnerte sich noch daran, wie sie ihm vor Wochen versichert hatte, dass sie sich besser fühlen würde, wenn er wüsste, wo er sie finden kann, falls der Stalker beschloss, sie zu entführen.

»Ich weiß, Mel. Ich wünschte, ich könnte mehr tun.«

Melody seufzte. »Du tust alles, was du kannst, Tex. Ich bin sehr dankbar dafür.«

»Aber du fühlst dich trotzdem eingeengt.«

»Ja.«

»Würde es helfen, wenn ich dir sage, dass es nur zu deinem Besten ist?«

»Nein.«

»Das habe ich mir gedacht. Du hast heute einen Auftrag zu erledigen, oder?«

Melody verstand nicht, worauf Tex mit seiner Frage hinauswollte, antwortete aber trotzdem. »Ja, in ungefähr zwei Stunden, warum?«

Tex fuhr sich mit der Hand durch die Haare und sah Mel an. »Ich dachte, du könntest heute vielleicht in die Bibliothek gehen und von dort aus arbeiten.«

Melody spürte, wie ihr Herzschlag sich beschleunigte. »Wo wirst du sein?«

»Ich muss mich um ein paar Dinge kümmern. Du

weißt, ich bin im Ruhestand, aber ich ... helfe anderen Militärteams und sie brauchen mich heute.«

Melody sah Tex aufmerksam an. »Du weißt, dass ich niemals jemandem etwas darüber erzählen würde, was du in meiner Gegenwart sagst oder tust, oder?«

»Ich weiß, darum geht es auch nicht. Es ist mir egal, wenn du hörst, was ich tue oder auch nicht. Ich denke, du weißt inzwischen, dass ich nicht genau nach Vorschrift arbeite, aber ich vertraue dir, Mel. Ich möchte eigentlich lieber, dass du hier bei mir bleibst, wo ich weiß, dass du in Sicherheit bist, aber ich weiß auch, dass du etwas Freiraum brauchst. Die öffentliche Bibliothek ist der sicherste Ort, der mir einfällt, um dir diesen Freiraum geben zu können, nach dem du dich so sehnst.«

»Danke, Tex. Ich würde gern heute dorthin fahren und von dort aus arbeiten.«

»Aber du nimmst den Ohrring nicht raus und hast dein Handy immer griffbereit. Wenn etwas Außergewöhnliches passiert, erwarte ich, dass du mich sofort anrufst.«

»Das werde ich, mach dir keine Sorgen. Das werde ich.«

Tex ging zum Tisch und setzte sich auf den Stuhl neben Melody. Er nahm ihre Hände in seine und küsste sie. »Wie geht es dir wirklich?«

»Ich hasse es. Wieso können wir nicht herausfinden, wer mir das antut? Ich meine, ist er wirklich so schlau? Du hast die Briefe gesehen. Er hört nicht auf, sie zu senden. Zur Hölle, sogar Amy hat neulich einen bekommen, und das macht mir mehr Angst als alles andere. Ich verstehe nicht, was er mit ›*Du wirst dafür bezahlen*‹ meint. Wofür bezahlen?«

Melody dachte an den Brief, den sie gerade an diesem Morgen erhalten hatte. Er war an ihre Tür geklebt worden. Tex hatte ihn gefunden, als er mit Baby rausgegangen war.

Du bist eine Schlampe. Du wirst immer eine Schlampe bleiben. Du kannst anderen vielleicht etwas vormachen, aber ich kenne dich. Du verdienst nichts von dem, was du in deinem Leben hast. Du wirst für das bezahlen, was du getan hast. Halte deinen Hund besser an der kurzen Leine. Wenn du glaubst, dass dieser Krüppel von einem Mann dich retten wird, dann hast du dich getäuscht. Bereite dich darauf vor, dafür zu bezahlen.

Melody zitterte. »Er droht weiterhin jedem, den ich liebe, einschließlich dir, und ich weiß nicht, wie lange ich das noch aushalte, Tex. Ich möchte nur, dass es vorbei ist.«

Tex hatte das Gefühl, als würde ihm das Herz für eine Sekunde stehen bleiben, bevor es mit aller Kraft wieder zu schlagen anfing. Er hatte keine Ahnung, ob Mel bewusst war, was sie gerade gesagt hatte, aber er wusste, dass ihre Worte für immer in seinem Gehirn eingebrannt wären.

»Wir sind nahe dran, Mel. Er wird fahrlässiger. Auf der letzten Nachricht haben wir einen Fingerabdruck gefunden. Du weißt, dass die Nachrichten nur mitten in der Nacht kommen, daher bin ich mir ziemlich sicher, dass du heute in der Bibliothek in Sicherheit sein wirst. Aber ich schwöre bei Gott, ich tue alles in meiner Macht Stehende, damit er dir kein Haar krümmt.«

Tex wartete, bis sie nickte. Als sie das tat, beugte er sich zu ihr vor. »Und, Mel, es mag vielleicht weder der richtige Ort noch der richtige Zeitpunkt sein, aber ich kann es nicht länger für mich behalten. Ich liebe dich. Ich liebe alles an dir. Ich liebe es, wie du im Schlaf deine Nase rümpfst. Ich liebe es, wie du mit Baby sprichst, als könnte sie dich verstehen. Ich liebe es, dass du das Wohl aller anderen über dein eigenes stellst. Ich liebe es, wie du mir jeden Abend mit meinem Bein hilfst. Du machst keine große Sache daraus, weil es für dich keine große Sache ist. Ich liebe es, wie du eine Million Wörter pro Minute tippen kannst und selbst keine große Sache daraus machst. Ich liebe es, wie du einfach jeden in dieser Stadt kennst und zu jedem Hallo sagst. Ich liebe es, wie du die Augen schließt, wenn du weißt, dass ich etwas tue, das nicht ganz legal ist. Ganz grundsätzlich liebe ich einfach alles an dir. Wenn das hier vorbei ist und du mich noch willst, dann werde ich hierherziehen. Es könnte mir nicht egaler sein, wo ich wohne, solange es in deiner Nähe ist.«

Tex' Worte schienen durch den ganzen Raum zu hallen. Melody konnte ihn nur verwundert ansehen. Sie hatte nicht geglaubt, jemals diese Worte von ihm zu hören, und er hatte so viel mehr gesagt, als nur die drei Worte auszusprechen. »Ich liebe dich auch, Tex.«

»Ich weiß.«

Melody grinste. »Ach, du bist ein Trottel.«

»Komm her.« Tex zog Mel von ihrem Stuhl hinüber

auf seinen Schoß. Sie setzte sich auf ihn und drückte sich gegen seine Erektion. »Ich weiß, wir haben momentan keine Zeit dafür, aber ich werde dir heute Abend zeigen, wie sehr ich jeden Zentimeter dieses Körpers liebe.« Tex fuhr mit seinen Händen unter ihr Hemd und streichelte die empfindliche Haut auf ihrem Rücken.

»Nur wenn du mich das Gleiche für dich tun lässt.«

»Darauf kannst du wetten.« Tex beugte sich vor und küsste sie auf die Stirn.

Melody grinste. Sie liebte es, wenn er das tat. Es war jetzt schon wie ein Geheimcode zwischen ihnen. Jedes Mal, wenn er das tat, wusste sie, dass er sie eigentlich an Ort und Stelle nehmen wollte.

»In Ordnung. Ich werde Baby mitnehmen. Du gehst in die Bibliothek. Setz dich in den Gemeinschaftsbereich, wo noch andere Leute sind. Geh nicht in eins der Einzelzimmer. Kannst du dich da draußen genug konzentrieren?« Bei ihrem Nicken fuhr er fort: »Okay, ich werde dich absetzen und drei Stunden später wieder abholen. Ich weiß, drei Stunden sind nicht genug, Mel. Ich weiß, du würdest gern tun und lassen können, was du willst. Ich schwöre, das wirst du bald wieder können. Aber bis dahin musst du so vorsichtig sein, wie es geht.«

»Das werde ich, Tex, versprochen.«

»Okay, dann lass uns aufbrechen.«

Melody konzentrierte sich auf die letzten Minuten der Versammlung, für die sie die Untertitel schrieb, und tippte alles ein, was sie hörte. Die Stimmen der anderen

Besucher in der Bibliothek waren in dem Moment verblasst, als sie die Kopfhörer aufgesetzt und sich auf das Tippen konzentriert hatte.

Als Melody in der Bibliothek angekommen war, hatte sie Meredith begrüßt. Sie war die Bibliothekarin und Mel kannte sie schon ihr ganzes Leben lang. Dann hatte sie sich an einen Tisch gesetzt, um den neuesten Liebesroman ihrer Lieblingsautorin zu lesen. Sie hatte noch keine Zeit gehabt, ihn zu Ende zu lesen, zu Hause unterbrach Tex sie meistens ... nicht dass Melody sich darüber beschwert hätte. Nachdem sie eine Weile gelesen hatte, hatte sie den Computer eingeschaltet, um zu arbeiten.

Melody sah hoch und entdeckte Diane auf der Bank neben sich. Melody gab ihr ein Zeichen, einen Moment zu warten, während sie ihren Auftrag abschloss. Sie meldete sich von der App ab und nahm die Kopfhörer von den Ohren.

»Hallo, Diane.«

»Hallo, Melody. Wie geht es dir?«

»Mir geht es gut.« Melody fühlte sich nicht wohl dabei, mit Diane zu sprechen – abgesehen von dem üblichen Austausch von Höflichkeiten. Sie kannte sie nicht wirklich gut. Die Tatsache, dass sie mit ihrem Ex zusammen war, trug zu ihrem Unbehagen bei. Melody dachte an das zurück, was Tex über Lee herausgefunden hatte, und spürte, wie ihre Vorbehalte gegenüber der Frau verblassten. Sie fühlte sich schlecht, dass Diane mit ihm leben musste. Niemand hatte es verdient, misshandelt zu werden.

»Das sieht wirklich interessant aus. Ich habe noch nie in meinem Leben jemanden so schnell tippen sehen.«

»Ja, ich schreibe eigentlich in einer Art Kurzschrift, die dann umgewandelt wird, bevor die Leute es zu lesen bekommen.«

Diane schien wirklich beeindruckt zu sein. »Das ist echt cool. Ich bin sicher, die Gehörlosen sind wirklich dankbar.«

»Es fühlt sich gut an, Menschen helfen zu können«, sagte Melody und ignorierte die wenig politisch korrekte Aussage von Diane. Sie schaute auf die Uhr. »Also, ich muss los. Mein Freund wird gleich hier sein, um mich abzuholen.«

»Ja, ich habe ihn gesehen. Er ist heiß.« Diane schien Melodys Unbehagen nicht zu bemerken.

»Ich will nicht unhöflich sein, aber bist du nicht mit Lee zusammen? Ich habe kein gutes Gefühl dabei, wenn du so über Tex sprichst.«

»Oh, tut mir leid. Ich habe mir nichts dabei gedacht. Wie auch immer, ich wollte dir nur sagen, dass ich dich bewundere. Wirklich, du tust großartige Dinge für andere Menschen und du scheinst ein tolles Leben zu haben.«

»Danke, Diane.« Melody sah nach draußen und war dankbar, Tex in seinem Wagen zu sehen. Er hatte ihn vor Kurzem aus der Werkstatt zurückbekommen. Die Schäden waren repariert und alle Reifen ausgetauscht worden. Sie hatte es in dem viel kleineren Mietwagen vermisst, mit Baby zwischen ihnen neben Tex sitzen zu können.

Melody stand auf und packte ihren Laptop und ihr Buch ein. »Er ist da. Bis bald.«

»Vielleicht können wir uns irgendwann mal zum Mittagessen verabreden oder so?«

Diane schien bestrebt zu sein, sich mit ihr anzufreunden. Melody wusste, was für ein Idiot Lee sein konnte. Sie war auch selbst schon einsam gewesen. »Sicher. Ich rufe dich an und wir vereinbaren eine Zeit.«

Diane lächelte breit. »Super! Bis dann!«

Melody winkte Diane zu, als sie zur Tür hinausging. Diane winkte zurück und machte sich auf den Weg in die Abteilung mit den Liebesromanen.

Melody lächelte, als sie zum Wagen ging. Baby saß vorne auf ihrem üblichen Platz. Tex sprang heraus, als sie kam, um ihr die Tür zu öffnen, wie er es normalerweise tat. Melody hatte versucht, ihn davon zu überzeugen, dass er sich nicht die Mühe machen sollte, jedes Mal auszusteigen. Sie könnte ihre Tür auch alleine öffnen und einsteigen, aber er hatte nur gelächelt und sie ignoriert. Gerade als Melody ihn erreichte, hörten sie, wie aus der Entfernung ihr Name gerufen wurde.

Sowohl Tex als auch Melody drehten sich um und sahen, wie Robert Pletcher auf sie zustürzte.

»Was will der denn, Melody?«

Melody trat einen Schritt zurück und stieß gegen die Seite des Wagens. Sie hörte Baby von drinnen knurren.

»Pass auf, was du tust, Robert«, warnte Tex, streckte einen Arm aus und drückte Mel hinter sich.

»Wer zum Teufel bist du und woher kennst du meinen Namen?«

»Wir haben uns schon einmal in der Stadt getroffen. Gleich nachdem Mel nach Hause zurückgekehrt war.«

»Ach ja, jetzt erinnere ich mich. Du bist dieses besitzergreifende Arschloch, das mitten in der Stadt seine Hände nicht von ihr lassen konnte. Ich habe keine Ahnung, was sie in dir sieht, einem verkrüppelten Arschloch, das vorgibt, es sei verliebt in sie. Sie ist nicht besonders gut im Bett, aber ich bin mir sicher, das hast du inzwischen selbst herausgefunden.«

Die Worte hatten kaum seinen Mund verlassen, als Tex ihn schon zu Boden geschmissen hatte. Sein Knie war auf Roberts Kehle und seine Arme hatte er auf dem Boden fixiert. »Beruhige dich, Mann.«

Robert kämpfte gegen Tex' Griff an, aber es war offensichtlich, dass er nirgendwo hinging, solange Tex ihn nicht losließ.

»Möchtest du vielleicht erklären, was dein Problem ist, Kumpel?«

»Mein Problem?« Robert sah zu Melody auf, die sich nicht von der Stelle gerührt hatte. »Melody, was zum Teufel habe ich dir getan? Findest du es lustig, meine Ehe zu ruinieren?« Wegen des Knies an seiner Kehle klang seine Stimme krächzend, aber offensichtlich schnitt Tex ihm nicht die Luft ab, da er noch sprechen konnte.

»Ich weiß nicht, wovon du redest, Robert. Ich habe dich schon seit Ewigkeiten nicht mehr gesehen, außer das eine Mal in der Stadt.«

»Erzähl keine Scheiße. Ich habe die Nachricht gesehen, die du Sheri gegeben hast. Du hast ihr alles über Brooke erzählt. Brooke hat mir nichts bedeutet. Sie war nur dazu da, um mich abzureagieren. Ich habe drei Kinder mit Sheri und sie hat das zusätzliche Gewicht nie wieder verloren. Der Sex ist nicht mehr so toll. Ich brauchte mehr. Das war alles, was es mit Brooke war.

Aber jetzt will Sheri sich scheiden lassen, und das ist alles deine Schuld!«

»Das reicht, Arschloch.« Tex übte mehr Druck auf Roberts Kehle aus, um ihn zum Schweigen zu bringen. »Erstens hat Melody keine verdammte Nachricht geschrieben, dafür hat sie viel zu viel Klasse. Sie hat dich längst hinter sich gelassen und kümmert sich einen Scheiß um dich und wo du deinen Schwanz hinsteckst. Zweitens ist es verdammt erbärmlich von dir, deine Frau zu betrügen. Wenn der Sex nicht gut war, dann war es allein deine verdammte Schuld und lag daran, dass du dich nicht um deine Frau gekümmert und dafür gesorgt hast, dass sie sich sexy und begehrt fühlt. Wer wusste noch von deiner Affäre? Offensichtlich hat jemand anderes deine Frau informiert.«

»Melody hat die verdammte Nachricht unterschrieben, Arschloch«, quietschte Robert.

Tex hörte, wie Melody hinter ihm nach Luft schnappte. Teufel noch mal.

»Und ich sage dir, sie hat sie nicht geschrieben. Bist du ein Experte für Handschriften? Du kommst nicht darauf, dass jemand anderes Melodys Namen daruntergesetzt haben könnte? Davon abgesehen verstehst du das Problem nicht. Der Punkt ist der, dass es nur eine Frage der Zeit gewesen wäre, bis deine Frau herausgefunden hätte, dass du sie betrügst. Für mich sieht es so aus, als würdest du bekommen, was du verdienst.«

Melody sah, wie Tex sich vorbeugte und etwas in Roberts Ohr flüsterte. Sie konnte nicht hören, was er sagte, aber Robert wurde plötzlich ruhig. Tex stand mit mehr Anmut auf, als es jemandem mit zwei Beinen möglich gewesen wäre, und drehte ihm den Rücken zu. Er schien sich nicht darum zu kümmern, ob Robert vielleicht auf ihn losgehen würde. Robert lag weiter still auf dem Boden und machte keine Anstalten, Melody oder Tex nachzujagen.

»Komm schon, Mel, lass uns nach Hause fahren.« Tex öffnete die Wagentür und half Mel einzusteigen. Sie tat es und Baby winselte neben ihr.

Tex stieg auf der Fahrerseite ein und ließ den Motor an. Robert war endlich aufgestanden und ging davon, ohne sich noch einmal umzudrehen.

»Was hast du zu ihm gesagt?«

Tex dachte darüber nach, zu lügen oder es ihr einfach nicht zu erzählen, aber sie sollte wissen, wie er wirklich war. »Ich habe ihn nur wissen lassen, dass ich als ehemaliger Navy SEAL mindestens zwanzig Arten kenne, einen Menschen zu töten, ohne Spuren zu hinterlassen, und dass ich außerdem Leute kenne, die mir einen Gefallen schulden und keine Sekunde zögern würden, seinen Körper irgendwo zu entsorgen, wo niemand ihn jemals wiederfinden würde.«

»Das hast du nicht getan«, sagte Melody leise und schockiert.

»Doch.« Tex sah zu Mel hinüber und dann schnell wieder geradeaus. »Ich werde mich nicht dafür entschuldigen, Mel. Er ist ein Arschloch. Und ich wollte, dass er weiß, dass er nicht damit durchkommt, dich so einer Scheiße zu beschuldigen. Du wirst das vielleicht noch nicht verstehen, aber ich hoffe wirklich, dass du dich daran gewöhnen kannst, denn so einen Mist wird es mit mir nicht geben. Niemand beleidigt dich und kommt einfach damit davon. Er weiß jetzt, dass du tabu für ihn bist.«

»Was ist, wenn er der Stalker ist?«

»Dann weiß er jetzt, dass ich dich mit meinem Leben beschützen werde. Aber ich glaube ehrlich gesagt nicht, dass er es ist. Wenn er es wäre, hätte er in der Öffentlichkeit nicht so eine dumme Nummer abgezogen. Er hätte abgewartet und noch einen verdammten Brief oder so geschickt. Aber wenn er dein Stalker ist, hoffe ich, dass er die Warnung verstanden hat und aufhören wird. Aber Mel, ich glaube nicht, dass er es ist, denn es ist offensichtlich, dass wer auch immer hinter dir her ist diese Nachricht an seine Frau geschickt hat.« Als Melody darauf nichts erwiderte, sah er zu ihr hinüber. Sie sah am Boden zerstört aus.

»Jetzt versucht er, alle dazu zu bringen, mich zu hassen. Wird das jemals enden?«

Tex warf Mel erneut einen Blick zu, als er vom Parkplatz in Richtung ihrer Wohnung fuhr. »Ja, es wird verdammt noch mal enden. Ich bin fertig mit dieser Scheiße.« Tex hasste es, Mel zittern zu sehen. Sie hatte die Hände in ihrem Schoß gefaltet. Baby wimmerte und legte den Kopf auf Melodys Schoß, als würde sie verstehen, unter welchem Stress ihr Frauchen stand. Er nahm eine Hand vom Lenkrad und legte sie an Mels Hinterkopf.

»Ich verstehe einfach nicht, wie mich jemand so sehr hassen kann, dass er meine Freunde und jeden, den ich liebe, verletzen will. Warum, Tex? Was habe ich getan?«

»Du hast nichts getan, Mel. Er ist es. Er ist derjenige,

der das tut. Ich werde ihn finden. Ich habe es satt zu warten.«

Melody senkte den Kopf. Sie war am Ende. »Vielleicht sollte ich einfach wieder verschwinden.«

Tex umklammerte das Lenkrad. Er wollte verhindern, dass er die Hand hinter ihrem Kopf zur Faust ballte, aber er schwieg. Es war weder die richtige Zeit noch der richtige Ort für dieses Gespräch, aber sie würden es führen müssen ... bald.

KAPITEL FÜNFZEHN

Melody ging ihrer Routine nach, sobald sie zu Hause angekommen waren. Was als ein guter Tag angefangen hatte, an dem sie sich zum ersten Mal seit Monaten wieder frei gefühlt hatte, war zu einem weiteren Albtraum geworden. Sie war nicht eng mit Robert befreundet, aber sie hatten sich einvernehmlich getrennt und sie hatte nie Probleme mit ihm gehabt.

Was der Stalker machte, führte dazu, dass sie ihre Wohnung am liebsten nie wieder verlassen wollte. Melody hatte es ernst gemeint, als sie Tex vorgeschlagen hatte, wieder zu verschwinden. Sie konnte das nicht noch einmal durchmachen. Melody hatte keine Ahnung, was Tex wirklich darüber dachte, weil er nicht darauf reagiert hatte, sondern schwieg, seit sie zu Hause angekommen waren.

Er kümmerte sich um Baby und hatte ihr sogar etwas zum Abendessen gemacht. Sie hatten sich kaum unterhalten und wenn sie ehrlich war, machte es sie fertig. Melody hatte eine Todesangst davor, dass er beschließen könnte, dass sie zu viel Ärger für ihn machte. Sie schämte sich zuzugeben, dass sie darüber nachdenken würde, wäre die Situation umgekehrt.

»Mach dich bettfertig, Mel. Ich komme gleich.«

Melody diskutierte nicht. Sie ging den Flur hinunter ins Schlafzimmer und zog zum ersten Mal seit langer Zeit ein T-Shirt und Boxershorts zum Schlafen an. Sie hatte sich sonst gar nicht mehr die Mühe gemacht, etwas zum Schlafen überzuziehen, weil Tex es ihr ohnehin wieder ausgezogen hätte.

Eine Weile später sah Melody, wie Tex mit Baby auf den Fersen den Raum betrat. Er ging ins Badezimmer und Baby sprang aufs Bett. Melody lächelte, als ihr Hund sich etwa zwanzigmal im Kreis drehte und auf der Decke herumkratzte, bis ihr Nest genau so war, wie es ihr kleiner Hundeverstand als perfekt erachtete.

Es war offensichtlich, dass Tex nicht vorhatte, mit ihr zu schlafen, da er Baby hereingelassen hatte. Selbst nachdem sie Sex in der ganzen Wohnung gehabt hatten, fühlte er sich immer noch nicht wohl, wenn Baby dabei auf dem Bett lag.

Tex kam mit Boxershorts bekleidet aus dem Bade-zimmer und setzte sich auf die Bettkante. Er beugte sich vor und nahm gekonnt seine Prothese ab. Er schob die Decke zurück und schlüpfte ins Bett.

»Tex ... dein Bein.«

»Vergiss mein Bein für heute Abend. Es wird auch in Ordnung sein, wenn es einmal nicht massiert wird. Komm her, ich möchte mit dir reden, aber ich möchte, dass du dabei in meinen Armen liegst.«

»Du kannst auch von dort aus sprechen.«

»Auf keinen Fall.« Tex drehte sich um und zog Mel in seine Arme. Sie kämpfte einen Moment gegen ihn an, bevor sie schließlich seufzte und mit ihm verschmolz. Tex legte eine Hand auf ihren Hinterkopf und die andere auf ihre Taille und zog sie fest an sich.

Ein paar Minuten hielt er sie einfach fest. Er hasste es, dass sie nicht Haut an Haut lagen, aber er verstand, warum sie sich heute Abend verletzlich fühlte und ein T-Shirt als Rüstung angezogen hatte.

»Als ich dir vor sieben Monaten eine Nachricht geschrieben habe, hatte ich keine Ahnung, dass das mein Leben verändern würde. Aber das hast du, Mel. Du hast mein Leben verändert. Ich habe nur halb gelebt, bis ich dich getroffen habe. Du hast mich aus meiner eigenen kleinen Welt voller Selbstmitleid herausgeholt, weg von meinen Computern, und mich gezwungen, darauf zu achten, was um mich herum vorgeht.

Wenn du hier raus und dich verstecken willst, kein Problem, aber dann werde ich mitkommen. Ich habe die Fähigkeiten und die nötigen Kontakte, dass wir für immer von der Bildfläche verschwinden können. Wir können in Bewegung bleiben, uns niemals zu lange am selben Ort aufhalten und in Sicherheit bleiben. Aber wenn wir das tun, kannst du nicht mit Amy oder ihren Kindern in Kontakt bleiben. Das würde uns alle in Gefahr bringen. Das Gleiche gilt für deine Eltern. Irgendwann wirst du sie überleben, aber du wirst nicht zu ihrer Beerdigung gehen können. Das wäre zu gefährlich.« Tex ließ seine Worte wirken.

»Du bist manipulativ, Tex.«

Er lächelte an ihrem Kopf. Er wusste, dass sie schlau

war und herausfinden würde, worauf er hinauswollte. »Ich weiß, aber ich bin auch ehrlich.« Nach einer weiteren Pause fuhr Tex fort: »Oder du kannst darauf vertrauen, dass ich mich darum kümmern werde. Ich habe darauf gewartet, dass dieses Arschloch den ersten Schritt macht, aber das ist jetzt vorbei. Ich bin fertig mit diesem Kerl. Ich habe noch ein paar Tricks im Ärmel. Ich kann das beenden. Aber ich meine es ernst. Wenn du lieber verschwinden willst, dann verschwinden wir.«

»Einfach so?«

»Einfach so.«

»Du weißt, dass ich nicht wirklich von hier weg will.«

»Ich weiß.«

»Ein Teil von mir will davonlaufen. So weit, dass ich mich nicht mehr damit befassen muss. Ich habe keine Ahnung, wie jemand so besessen von mir sein kann, dass er mich unglücklich machen will. Aber ich möchte ein Leben mit dir, Tex. Ich möchte, dass du mich jeden Morgen aufweckst, mir einen Kuss gibst und sagst, dass du trainieren gehst. Ich möchte noch mehr Hunde retten und allen ein besseres Leben ermöglichen. Ich möchte Cindy und Becky aufwachsen sehen und miterleben, was für erstaunliche Frauen sie werden. Ich möchte mich mit Amy betrinken, ohne mir Sorgen machen zu müssen, dass ein Psychopath mein Getränk vergiftet oder versucht, uns wehzutun. Und jede Pore in meinem Körper will dich, Tex. Ich will, dass du dich so tief in mir vergräbst, dass ich an nichts anderes mehr denken kann als an dich. Dass ich nichts anderes außer dir fühlen kann. Dass ich mich nur noch an dich erinnern kann.«

»Ich kann dir das alles geben, Mel. Scheiße. Bitte lass mich dir das geben.«

»Ich gehöre dir, Tex. Ich gehe dorthin, wo du es willst, ich werde das machen, was du für richtig hältst.«

Tex drehte sie herum, bis Mel unter ihm lag. »Ich möchte, dass du in Sicherheit bist, und dafür werde ich sorgen. Aber eins ist sicher.«

»Und was ist das?«

»Du und Amy werdet euch niemals mehr in einer Bar betrinken können, also brauchst du dir keine Sorgen zu machen, dass jemand euch etwas ins Glas tut. Zwei wunderschöne Frauen betrunken und sexy? Nein, das wird nicht passieren. Aber ich verspreche dir, dass du dich mit deiner Freundin betrinken kannst, solange ich da bin, um auf dich aufzupassen.«

»Abgemacht.«

Melody lächelte Tex an. »Du sorgst immer dafür, dass ich mich besser fühle.«

»Gut. Zieh dein Hemd aus.«

»Aber Baby ...«

»Ich glaube, wir haben sie bereits versaut, Mel. Ich werde mich auf keinen Fall von Baby davon abhalten lassen, dich zu lieben. Sie muss sich einfach daran gewöhnen.«

»Also doch Hundevoyeurismus?«

»Vermutlich. T-Shirt aus!«

Melody zappelte unter Tex herum und schaffte es, sich das Hemd über den Kopf zu ziehen. Tex war ohnehin nur mit Boxershorts ins Bett gekommen.

»Ich liebe deinen Körper. Du bist genau an den richtigen Stellen weich.« Er nahm ihre rechte Brust in seine

Hand. »Und du bist an den richtigen Stellen hart.« Mit dem Daumen fuhr er über ihre Brustwarze und drückte sie leicht, bis sie sich aufrichtete, als würde sie um seine Berührung betteln.

»Ich liebe dich, Mel. Wenn es darauf ankommt, würde ich mein Leben für dich geben.«

»Nein, sag das nicht«, rief Melody entsetzt aus.

»Aber es ist wahr.«

»Bitte nicht. Ich weiß, dass du es gewohnt bist, Menschen zu beschützen, und bereit bist, dein Leben für dein Land zu geben. Aber ich könnte nicht damit leben, wenn du meinetwegen getötet würdest. Verstehst du das nicht?« Melody nahm Tex' Kopf zwischen ihre Hände. Sie wollte, dass er es verstand. »Du denkst vielleicht, dass es der ultimative Liebesbeweis ist, sich selbst zu opfern, aber das ist es nicht. Ich möchte nicht weiterleben, wenn du nicht mehr da bist. Wie würdest du dich fühlen, wenn ich dir sage, dass ich für dich sterben würde?«

Tex beugte sich vor, löste ihre Hände von seinem Gesicht und küsste sie fest. »Ich werde nicht sterben und du auch nicht. Wir werden beide hier und jetzt einen Pakt schließen, dass keiner von uns etwas Dummes tun wird, wenn es darauf ankommt. Glaub mir, ich weiß, was ich tue, und ich sorge dafür, dass keiner von uns getötet wird, in Ordnung?«

»In Ordnung.«

»Jetzt leg dich hin. Ich werde mir heute Abend Zeit nehmen. Ich weiß, dass du mit der Pille angefangen hast, und ich würde nichts lieber tun, als heute Abend ohne ein verdammtes Kondom in dir zu kommen. Aber du weißt auch, dass ich den Rest meines Lebens jeden Tag eines benutzen würde, wenn es der einzige Weg ist, wie ich in dir sein kann.«

»Ich will dich in mir, nur dich. Ich wusste nicht, wie ich es ansprechen sollte.«

»Betrachte es als angesprochen, diskutiert und abgemacht.«

Melody lächelte Tex an und zitterte vor Erwartung. »Ich kann es kaum erwarten, dich in mir zu spüren.«

»Und ich kann es kaum erwarten zu spüren, wie sich unsere Säfte um meinen Schwanz vereinen. Du wirst heiß und feucht sein und nachdem ich in dir gekommen bin, wirst du bis zum Rand gefüllt sein.«

»Äh, das ist jetzt ein bisschen eklig, Tex.«

»Nein, ist es nicht, es ist wunderschön. Ich habe vor, unsere Körper mit unserer Essenz einzureiben. Du wirst es genauso lieben wie ich, das schwöre ich.«

»Ich liebe alles, was du mit mir tust, Tex.«

»Ich liebe dich, Mel.«

»Ich liebe dich auch.«

»Jetzt leg deine Hände über deinen Kopf und beweg dich nicht. Es ist Zeit für mich zu spielen.«

Melody lächelte und tat, wie geheißen. Sie spürte, wie Baby sich am Fußende bewegte, dachte aber bald an nichts anderes mehr als an Tex. Seine Hände, seinen Mund, seinen Körper. Und er hatte recht. Das Gefühl, nachdem sie sich geliebt hatten und er in ihr gekommen war, war wunderschön. Das Gefühl ihrer vereinten Körperflüssigkeiten auf ihrer Haut war wahnsinnig sexy. Sie würde diese Nacht nie vergessen. Sie hatte sich noch nie jemandem so nahe gefühlt, und dieser Moment würde für immer in ihrem Gehirn eingebrannt sein.

KAPITEL SECHZEHN

Melody hielt Babys Leine fest in der Hand, als sie ihren Hund über den Hof des Apartmentgebäudes führte. Die Situation mit dem Stalker war eskaliert. An diesem Morgen hatte Tex einen Stoffhund mit einer Schlinge um den Hals an seiner Stoßstange baumelnd vorgefunden. Sogar die Polizei war alarmiert über die beigefügte Nachricht gewesen.

Rosen sind rot, Veilchen sind blau, Baby ist bald tot, genau wie deine Frau.

Was Poesie angeht, war es erbärmlich, aber die Bedrohung, die dahintersteckte, war eindeutig. Bisher waren die Nachrichten nur vage formuliert gewesen und sagten aus, dass jemand sie nicht mochte, aber jetzt waren Morddrohungen daraus geworden.

Melody seufzte und erinnerte sich an die tote Katze,

die am Morgen zuvor auf Tex' Wagen gelegen hatte. Der Stalker wurde immer drastischer. Tex hatte recht gehabt. Der Stalker konnte seine Anwesenheit offensichtlich nicht ertragen.

Es waren noch andere Dinge passiert. Der Strom in Melodys Wohnung war abgeschaltet worden. Als sie bei ihrem Stromanbieter anrief, wurde ihr mitgeteilt, dass sie ihre Rechnung nicht bezahlt hatte. Sie hatte über eine Stunde mit mehreren Kundendienstmitarbeitern sprechen müssen, um dem Problem auf den Grund zu gehen. Irgendwie war ihre Genehmigung für das Lastschriftverfahren gekündigt worden. Melody hatte schließlich ihre Kreditkartennummer angegeben, um alle versäumten Zahlungen auszugleichen, und sie dadurch beschwichtigt. Aber sowohl sie als auch Tex wussten, dass das nur eine weitere Sache war, hinter der ihr Stalker steckte.

Vor zwei Tagen hatte Tex Amy überzeugt, für eine Woche die Stadt zu verlassen und Urlaub zu machen. Sie und George waren mit den Mädchen nach Virginia Beach gefahren. Tex hatte alles für sie arrangiert. Amy hatte Melody völlig aufgelöst angerufen, weil sie am Morgen ein Paket mit Rosen erhalten hatte. Aber als sie die Schachtel öffnete, war von jedem Stiel die Blüte abgeschnitten worden. Dann hatte ihr Mann ihr erzählt, dass sein Chef einen Anruf erhalten hätte, in dem er der sexuellen Belästigung am Arbeitsplatz beschuldigt wurde. Am Nachmittag waren Becky und Cindy jeweils mit einem an sie adressierten Paket aus der Schule nach Hause gekommen. Der Schulleiter hatte die Pakete untersucht, bevor er sie den Kindern ausgehändigt hatte, aber nichts Ungewöhnliches entdeckt. Doch Amy hatte nur einen Blick auf die Nachrichten werfen müssen, die in den Schachteln mit Spielzeug und Süßigkeiten lagen, und hatte sofort Melody und Tex angerufen.

Die Nachrichten in beiden Paketen waren identisch und sagten lediglich:

Kinder sind so unschuldig. Es wäre so traurig, wenn ihnen etwas Tragisches zustößt. Hoffen wir, dass ihr das nie erleben müsst.

Nachdem Tex die Polizei gerufen hatte und alle Vorfälle dokumentiert worden waren, hatte er seinen Laptop ausgepackt und für Amy und ihre Familie einen All-inclusive-Urlaub am Strand gebucht. Es war offensichtlich, wie aufgewühlt Amy gewesen sein musste, denn sie hatte nur pro forma kurz wegen der Kosten protestiert und dann zugestimmt.

Melody hasste es. Sie hatte nicht mehr nur Angst, sie war auch sauer. Niemand hatte das Recht, ihr das anzutun. Es wäre eine Sache gewesen, wenn sie ein schrecklicher Mensch gewesen wäre und ihre Mitmenschen ungerecht behandelt hätte, aber sie hatte keine Ahnung, warum jemand ihr das antat und ihr wehtun oder sie gar umbringen wollte. Es ergab keinen Sinn. Nacht für Nacht fragte Tex ihr Löcher in den Bauch, warum jemand es auf sie abgesehen haben könnte, aber Melody hatte ehrlich gesagt keine Ahnung.

Sie hatte Tex alles erzählt, was sie jemals in ihrem Leben getan hatte, in der Hoffnung, dass ihm etwas auffiele, das einen Sinn ergeben würde. Aber Melody wusste, dass nichts davon zu irgendwelchen Hinweisen geführt hatte. Sie hatte jetzt absolut keine Geheimnisse mehr vor Tex. Das war mit Sicherheit auch eine Möglichkeit, ihre Beziehung zu beschleunigen.

Tex wusste über die beiden Lutscher Bescheid, die sie mit sieben Jahren in einer Tankstelle gestohlen hatte. Er wusste von den drei Zigaretten, die sie auf einer Party an der Highschool geraucht hatte, und dass sie zwei Stunden lang davon gekotzt hatte, nachdem sie zu Hause eingetroffen war. Er wusste, welche Halloween-Kostüme sie in den letzten zehn Jahren getragen hatte. Er kannte die Namen ihrer Kontakte bei der Arbeit und noch mehr Details über ihre Beziehungen zu den anderen Männern, mit denen sie sich jemals verabredet hatte.

Tatsache war, dass sie keine Ahnung gehabt hatte, was sie vermisst hatte, bis sie mit Tex ins Bett gegangen war. Manchmal brachte er sie dazu, einfach nur stillzuliegen und ihn sein Ding machen zu lassen, und manchmal ließ er sie die Arbeit machen, sowohl an ihm als auch an sich selbst. Er verehrte ihren Körper und gab ihr das Gefühl, schön und begehrenswert zu sein. Sie hatte sich nie für hässlich gehalten, aber bei Tex hatte sie das Gefühl, schön zu sein, egal welche Kleidergröße sie trug. Er hatte Stunden damit verbracht, sie davon zu überzeugen. Sie hatte jetzt kein Problem mehr, nackt im Haus herumzulaufen, nackt zu schlafen oder sogar mit Tex zu duschen, wenn sie die Chance dazu bekam. Im Grunde hatte Tex die sinnliche Seite in ihr geweckt und jedes Mal, wenn sie miteinander schliefen, verliebte sie sich ein kleines bisschen mehr in ihn.

Jetzt ging sie also mit Baby spazieren und fragte sich, was als Nächstes passieren würde. Was zum Teufel würde der Stalker als Nächstes tun? Würde er mit gezogener Waffe aus dem Gebüsch springen? Würde er sich mit einem Gewehr mit Zielfernrohr auf die Lauer legen und sie wie ein Scharfschütze abknallen? Vielleicht ein Autounfall? Manipulierte Bremsen? Es gab so viele Dinge, die Melody durch den Kopf gingen. Nichts davon verhieß ein gutes Ende. Tex hatte ihr nur erlaubt, allein mit Baby rauszugehen, weil sie ihm versprochen hatte, sich nicht außer Sichtweite des Fensters zu bewegen. Melody wusste, dass Tex sie von der Küche aus beobachtete. Er hatte gerade mit jemandem namens »Ghost« telefoniert, als sie gegangen war, und versucht, den einen oder anderen Hinweis zu bekommen, um diese Hölle, die sie durchmachten, endlich zu beenden.

Melody war so in ihren Gedanken und der Routine des Gassigehens versunken, dass sie nicht bemerkte, wie Baby im Gras nach etwas schnüffelte. Melody hatte versucht, Baby abzutrainieren, beim Auslauf irgendwelchen Dingen nachzujagen, aber als Jagdhund war das fast unmöglich.

Melody zog Babys Leine zurück, kurz bevor sie sich im Gras irgendetwas schnappen konnte. »Vergiss es, Baby. Du bekommst zu Hause Futter. Du musst keinen Dreck von der Straße fressen.« Sie verkürzte die Leine, indem sie sie um ihre Hand wickelte, und trat einen Schritt näher, um nachzusehen, was zum Teufel Baby so aufgeregt hatte.

Sie warf einen Blick darauf und trat schnell zurück. Entsetzt starrte sie auf den Boden und traute ihren Augen nicht. Sie wirbelte herum und lief wieder zurück zur Wohnung. Baby folgte ihr im Dauerlauf und dachte, sie würde mit ihr spielen.

»Tex! Tex!« Melody stürmte in die Wohnung und sah sich um.

Tex kam ihr im Flur entgegen. Offensichtlich hatte er gesehen, wie sie zurückgelaufen war. »Was? Was ist los mit dir? Bist du in Ordnung?« Er untersuchte sie von Kopf bis Fuß, um festzustellen, ob sie verletzt war.

»Draußen ... Baby ...«

»Ruhig, Mel.« Tex hielt sie an den Schultern und zog sie in seine Arme. Er hielt den Blick auf ihr Gesicht gerichtet, fuhr aber mit seinen Händen über ihren Rücken und versuchte, sie zu beruhigen. »Erzähl mir, was passiert ist.«

»Ich bin neben Baby gegangen und habe kurz nicht aufgepasst ... sie ... sie hat im Gras etwas gewittert. Ich habe sie gerade noch rechtzeitig zurückgezogen ... ich bin mir ziemlich sicher ... Tex ... es sah aus wie ein Steak. Ein verdammtes Steak. Das kann kein Zufall sein! Steaks liegen nicht einfach so auf der Wiese. Nicht im Auslaufbereich für Hunde.«

Tex' Kiefermuskeln zuckten, als er sich auf die Zähne biss. »Okay, ich rufe noch mal die Polizei an. Du bleibst mit Baby hier drin. Müssen wir sie zum Tierarzt bringen? Bist du sicher, dass sie nichts davon gefressen hat?«

Melody seufzte. Sie war so dankbar, dass Tex bei ihr war und sich um sie kümmerte und sich auch Sorgen um ihren Hund machte. »Ja, ich habe sie weggezogen, sobald ich bemerkt habe, dass sie an etwas geschnüffelt hat. Ich denke, sie ist in Ordnung. Aber was ist, wenn da noch mehr davon ist?«

»Ich gehe runter und werde mich umschauen und dafür sorgen, dass kein anderer Hund es frisst.«

Sie sahen sich an und beide erinnerten sich an den Drohbrief. Höchstwahrscheinlich war das Steak vergiftet und für Baby gedacht gewesen.

»Mein Gott«, sagte Melody mit leiser, qualvoller Stimme.

Tex wusste nicht, was er sagen konnte, um die Situation zu verbessern. Als er den Stoffhund mit der Schlinge um den Hals an seiner Stoßstange gesehen hatte, war er wütend gewesen. Dieses Theater dauerte jetzt schon viel zu lange. Mel konnte nicht mehr richtig schlafen. Letzte Nacht hatte sie einen Albtraum gehabt und er konnte nichts weiter tun, als sie zu halten und sie weinen zu lassen, nachdem er sie wachgerüttelt hatte.

»Ich bin gleich wieder da«, sagte Tex sanft.

Melody nickte nur. Sie spürte, wie Tex sie auf den Kopf küsste, und ging zur Couch, als er die Wohnungstür hinter sich abschloss. Baby kroch auf Melodys Schoß und legte den Kopf auf ihre Schulter. Sie verharrten in dieser Position, bis Tex eine Stunde später wieder in die Wohnung zurückkam.

Tex warf einen Blick auf die Frau, die so still und traurig auf der Couch saß, und ging sofort zu ihr. Er setzte sich neben sie und nahm sie samt Baby in die Arme. Die drei saßen da und spendeten sich gegenseitig so viel Liebe und Mitgefühl, wie sie konnten.

KAPITEL SIEBZEHN

Zwei Tage später saß Melody am Tisch und transkribierte die Rede auf einer Firmenveranstaltung in Wyoming. Es war eine Preisverleihung und die Firma hatte sie beauftragt, die Veranstaltung für ihre drei hörgeschädigten Mitarbeiter mit Untertiteln zu versehen. Melody hatte schon vor langer Zeit aufgehört, wirklich auf die Bedeutung der Wörter zu achten, während sie tippte. Die Arbeit ging dadurch schneller und war definitiv weniger langweilig.

Sie weigerte sich, sich durch den Stalker von ihrer Arbeit abhalten zu lassen. Es war die einzige normale Sache, die sie in ihrem Leben noch hatte, und half ihr, ein paar Stunden am Tag nicht darüber nachzudenken, wie viel Angst sie hatte.

Tex hatte ihr einen Kuss auf den Kopf gegeben und gesagt, dass er mit Baby spazieren ginge und gleich zurück sein würde. Nachdem die Polizei das Steak im Hof untersucht hatte, war klar, dass es tatsächlich vergiftet worden war. Seitdem wollte Tex sie mit Baby nicht mehr allein rauslassen. Er ging mit dem Hund zu verschiedenen Orten in der Nachbarschaft und achtete darauf, sie immer an der kurzen Leine zu halten, für den Fall, dass der Stalker noch andere Köder ausgelegt hatte.

Wie immer hatte Tex die Wohnungstür hinter sich abgeschlossen und Melody vorgebetet, sie sollte in Sicherheit bleiben und niemandem die Tür öffnen, auch nicht, wenn sie die Person kannte. Melody hatte nur genickt und ihm versichert, dass sie seinem Wunsch entsprechen würde.

Zwanzig Minuten später lächelte sie während des Tippens, als sie Tex' Schlüssel im Schloss hörte. Sie war dankbar, dass die Veranstaltung, für die sie arbeitete, fast vorbei war. Tex hatte ihr versprochen, die Küchentheke einzuweihen, sobald er von dem Spaziergang mit Baby zurückkäme. Dort hatten sie sich bisher noch nicht geliebt, obwohl sie schon mehrfach darüber gesprochen und sich gegenseitig damit aufgezogen hatten. Aber sie waren immer wieder abgelenkt worden.

Melody drehte sich um und lächelte Tex kurz an, als er die Wohnung betrat. Sie fing an, sich zu verschreiben, als sie zu realisieren begann, was sie gerade gesehen hatte. Tex betrat die Wohnung, dicht gefolgt von Diane, die ihm eine Waffe in den Rücken drückte. Sie hatte Babys Leine in der Hand. Sie hatte die Leine so oft um ihre Hand gewickelt, dass Baby mit den Vorderpfoten nicht mehr den Boden berühren konnte und unter dem Zug ihres Halsbands keuchte.

Tex' Kiefermuskeln zuckten und es war offensichtlich, dass er sauer war. Melody meinte sich zu erinnern, Tex schon einmal verärgert gesehen zu haben, aber das war nichts gewesen im Vergleich zu dem, was sie jetzt beobachtete. Was sie jetzt sah, war Tex der Killer, Tex der Navy SEAL. Es hätte sie erschrecken sollen, aber stattdessen beruhigte es sie. Er würde wissen, was zu tun war. Die Tatsache, dass er Diane noch nicht entwaffnet hatte, sprach Bände darüber, für wie bedrohlich er sie hielt.

Obwohl Melody nicht gefiel, was sie sah, war ein Teil von ihr auch erleichtert, dass es endlich zu Ende ging. Auf die eine oder andere Weise würde diese Stalker-Scheiße ein Ende haben. Hier und heute.

Melodys Finger tippten wie von selbst weiter auf der Tastatur, bis Diane brüllte: »Hör auf zu tippen, Schlampe!«

Melody hob sofort die Hände von der Tastatur und nahm die Kopfhörer ab. Sie konnte hören, wie der Ton weiterlief, und sie wusste, dass die Leute, die auf die Untertitel angewiesen waren, verwirrt sein würden, wenn ihre App plötzlich keinen Text mehr anzeigte, aber es war offensichtlich, dass Diane es todernst meinte.

»Setz dich auf die Couch.« Diane deutete mit dem Kopf in Richtung Ledercouch und hielt die Waffe weiter auf Tex gerichtet. Dann wandte sie sich an ihn. »Und du komm nicht auf dumme Gedanken, Soldatenjunge. Setz dich an den Tisch.«

Melody rasten tausend Gedanken durch den Kopf. Diane trennte sie und sorgte dafür, dass Tex nicht in ihre Nähe kam. Baby winselte und Melody sah sie an. Sie stand immer noch auf ihren Hinterpfoten und versuchte, den Druck von ihrem Hals loszuwerden, aber Diane ließ die Leine nicht lockerer.

»Bitte, mein Hund. Diane, lass meinen Hund gehen.«

»Halt die Klappe, Melody. Ich werde tun, was ich will. Ich habe dich monatelang gewarnt, aber du machst einfach weiter und tust immer noch so, als wärst du überrascht. Verdammt süß. Es ist zu schade, dass du nicht einfach zugelassen hast, dass deine kostbare Baby das Fleisch frisst, um ihr diese Qualen zu ersparen, aber das hast du nicht getan, verdammt noch mal.«

Melody holte tief Luft. Sie waren davon ausgegangen, ihr Stalker wäre ein Mann. Die ganze Zeit hatten sie nach einem Kerl gesucht. Melody hatte keine Ahnung, ob Tex überhaupt darüber nachgedacht hatte, dass es eine Frau sein könnte, abgesehen von Amy, aber das war jetzt auch egal.

»Warum, Diane? Warum? Ich kenne dich nicht einmal wirklich. Warum tust du mir das an? Ich dachte, wir wären Freundinnen.«

Diane ignorierte sie und fuchtelte erneut mit der Waffe vor Tex herum. »Mach dein falsches Bein ab, Arschloch.«

Tex rührte sich nicht und Diane grinste ihn an. »Ja, ich weiß alles über dich, *John*.« Tex' richtiger Name klang geradezu obszön aus Dianes Mund. Sie hatte offensichtlich Nachforschungen angestellt. Melody hatte keine Ahnung, wie sie etwas über Tex herausgefunden hatte. Das beunruhigte sie mehr als alles andere.

»Zieh das verdammte Bein aus oder ich erschieße sofort den Hund.« Sie riss an der Leine, die sie in der Hand hielt, und Melody zuckte zusammen, als Baby vor Schmerzen aufschrie.

Tex ließ Diane nicht aus den Augen und Melody konnte sehen, dass jeder Muskel in seinem Körper angespannt war. Er beugte sich vor und zog sein Hosenbein hoch, bis er seine Prothese erreichen konnte. »Lass den Hund los.« Seine Stimme war leise, fest und unglaublich kontrolliert.

Er wartete, bis Diane die Leine etwas lockerte und er Baby wieder keuchen hörte, bevor er den Vakuumverschluss löste.

Melody hatte keine Ahnung, was sie tun sollte. Sie war völlig außen vor. Sie erinnerte sich daran, dass sie Tex vor einer scheinbaren Ewigkeit einmal gesagt hatte, dass er auch ohne seine Prothese genauso tödlich war wie jeder andere SEAL. Sie hoffte inständig, dass er das jetzt auch von sich glaubte. Drei Leben hingen davon ab ... von ihm.

Sobald er seine Prothese abgelegt hatte, befahl Diane: »Schieb sie rüber zu mir.« Tex schubste sie in Dianes Richtung und klappernd kam sie etwa einen Meter vor Diane zum Liegen. Sie richtete die Waffe jetzt auf Melody und schoss Tex' Bein mit ihrem Fuß noch weiter von ihm weg, um sicherzugehen, dass er nicht einfach danach greifen konnte. »Jetzt setz dich mit deinem Arsch wieder hin.«

Tex tat, was sie verlangte. Melody wusste, dass Tex abwarten würde, solange Diane die Waffe auf sie gerichtet hatte und noch Babys Leine festhielt.

Diane ging zur Couch hinüber, während sie die Waffe auf Melody gerichtet hielt. »Aufstehen.« Melody tat, was sie verlangte, und sah, wie Diane sich vorbeugte, um Babys Leine unter das Couchbein zu schieben, wodurch der Hund effektiv mit nur sehr wenig Spielraum gefangen war. Melody gefiel es nicht, dass Baby ihren

Kopf nach unten gebeugt halten musste, aber zumindest stand sie auf allen vier Beinen und konnte atmen. Diane stand wieder auf und bedeutete Melody, sich wieder zu setzen.

Melody versuchte erneut, Diane zum Reden zu bewegen. »Warum tust du das? Rede mit mir.«

Diane verdrehte die Augen. »Oh sicher, jetzt willst du mit mir reden. Das hat dich doch sonst nicht interessiert, oder? Du und Amy, die besten Freundinnen, Königinnen der Schule, sprechen in ihrer geheimen Hashtag-Sprache. Du hast geglaubt, du wärst so verdammt lustig. Nun, das warst du nicht.«

»Du machst das wegen der Highschool?« Melody konnte es nicht glauben. Sie versuchte, ihre Stimme ruhig zu halten. »Das ist doch schon Jahre her.«

»Das ist mir egal!« Diane schrie die Worte förmlich und verlor offenbar ihre Fassung. »Ich habe zu dir aufgesehen. Ich wollte deine Freundin sein und du hast mich vor der ganzen Schule lächerlich gemacht! Du hast mich zum Narren gehalten!«

Melody versuchte, sie zu beruhigen, und sagte mit leiser Stimme: »Es tut mir leid, Diane. Wirklich, es tut mir so leid.«

»Was tut dir leid, Melody? Du hast keine Ahnung, worum es geht, oder? Du sagst das nur so. Du meinst es nicht ehrlich. Wenn du es ehrlich meinst, dann sag mir, wofür du dich entschuldigst.«

Melody erinnerte sich daran, wie Tex ihr erzählt hatte, dass Diane vor einiger Zeit in einer Nervenklinik war, und bedauerte jetzt, dass er sich nicht ausführlicher damit befasst hatte. Offensichtlich war sie mental instabil und was auch immer der Auslöser gewesen war, musste schon eine Weile in ihr gebrodelt haben. Noch wichtiger war aber wahrscheinlich, dass Diane nach einem Nervenzusammenbruch beschlossen hatte, sie zu verfolgen. Das war die einzig logische Erklärung dafür, warum Diane jetzt in ihrer Wohnung stand und bereit war, sie für irgendwelche Kleinigkeiten aus Highschool-Zeiten zu töten.

Melody versuchte verzweifelt, sich an irgendetwas zu erinnern, das Diane verletzt haben könnte. Sie hatte ehrlich gesagt keine Ahnung. »Diane, hör zu. Ich weiß, dass Amy und ich während der Highschool ein bisschen verrückt waren. Wir hätten netter zu unseren Mitmenschen sein sollen, das weiß ich jetzt. Aber was auch immer ich dir angetan habe, ich war jung. Ich wusste es nicht besser.«

Dianes Stimme verlor ihre schrille Note, aber der flache, gleichmäßige Ton, den sie jetzt anschlug, war irgendwie noch beängstigender. »Ich habe einmal beobachtet, wie du und Amy in der Cafeteria gelacht habt. Du warst zuvor nett zu mir gewesen. Als ich einmal meine Bücher im Flur fallen gelassen habe, hast du mir geholfen, sie wieder aufzuheben. Ich hatte gedacht, du wärst anders als die anderen. Ich hatte gedacht, wir wären Freundinnen. Dann habe ich dich und Amy gehört, wie ihr euch auf diese lustige Weise unterhalten habt. Ich bin auf euch zugegangen und habe versucht mitzumachen. Ich habe gesagt: ›Hashtag du siehst heute hübsch aus‹, und weißt du noch, was du erwidert hast?« Diane wartete und lachte dann bitter. »Du hast keine Ahnung, oder? Du hast mein ganzes Leben ruiniert und du hast keine

Ahnung. Du hast so laut gesagt, dass es jeder hören konnte: ›Hashtag Amy, hast du etwas gehört? Hashtag Kleinkind-Alarm.‹ Und alle in der Cafeteria haben angefangen, hysterisch zu lachen. Von diesem Tag an hat niemand mehr mit mir gesprochen. Zweieinhalb Jahre lang haben sich alle daran erinnert, was Königin Melody gesagt hatte. Du hast mein Leben ruiniert. Also habe ich beschlossen, im Gegenzug dein Leben zu ruinieren. Es hat eine Weile gedauert, aber ich habe es geschafft. Jahrelang habe ich dich verfolgt, Melody. Ich habe dich studiert. Ich musste warten, bis du vom College zurück warst, aber dann habe ich alles dafür getan, um jede Kleinigkeit über dich herauszufinden. Ich habe diesen Brief an Robert geschrieben und jetzt hasst er dich, so wie es sein soll. Ich habe Amy verarscht. Als du mit Lee Schluss gemacht hast, habe ich meine Chance genutzt. Er gehört jetzt mir. Er mag jetzt mich und nicht mehr dich. Du solltest ihn hören, wenn er darüber redet, was für ein miserabler Fick du warst.«

Melody versuchte, nicht zu hyperventilieren. Diane war tatsächlich verrückt. Sie versuchte, sie für alles Schlechte in ihrem Leben, das ihr seit der Highschool widerfahren war, verantwortlich zu machen. Das ergab keinen Sinn. Melody wusste, dass nichts von dem stimmte, was sie sagte, und versuchte, Diane zu besänftigen. »Ich habe nie mit ihm geschlafen.«

»Zum Teufel, natürlich hast du mit ihm gefickt!« Dianes Stimme war wieder laut und schrill. »Er hat mir alles darüber erzählt. Dass du seinen Schwanz nicht so tief in deinen Hals nehmen konntest, wie ich es tue. Dass du ihm nicht erlaubt hast, dich in den Arsch zu ficken, aber ich lasse ihn das machen. Ich tue alles für ihn, was du nicht getan hast, und dafür liebt er *mich* jetzt. Früher dachte ich, du wärst so schlau. Ich habe keine Ahnung, warum ich so eifersüchtig auf dich war. Gott, es war so einfach, dich zu verscheuchen. Ich musste nur deinen kostbaren *Hund* bedrohen.« Diane trat auf Baby ein und der Hund jaulte, als Dianes Fuß sein Bein traf.

»Bitte, Diane. Nicht Baby. Bitte nicht. Sie hat dir nichts getan.« Melody konnte spüren, wie ihr die Tränen über die Wangen liefen, konnte aber nichts dagegen tun. Zu sehen, wie Baby versuchte, den Qualen zu entkommen, die Diane ihr zugefügte, war herzzerreißend. Melody hatte Baby aus dem Tierheim und einem Leben gerettet, in dem sie wahrscheinlich genauso misshandelt worden war, wie Diane es jetzt tat. Sie könnte es nicht ertragen, wenn sie nach allem, was sie durchgemacht hatte, wieder zu ihrem scheuen Verhalten zurückkehren würde.

»Halt die Klappe«, zischte Diane. »Scheiße. Immer noch genauso dumm. Es war so verdammt einfach, dich aufzuspüren. Du dachtest, du wärst so schlau, dich erst in Florida zu verstecken und dann nach Kalifornien abzuhauen. Hast du geglaubt, ich würde nicht herausfinden, dass Amy dir hilft? In der Sekunde, in der sie mit dieser Vollmacht in die Bank kam, wusste ich Bescheid. Ich habe sie im Auge behalten. Nachdem sie Geld von deinem Konto abgehoben hatte, hat sie es für die Post zum Abholen in ihren eigenen verdammten Briefkasten gesteckt. Sie ist ›Hashtag genauso dumm wie du‹.«

Melody zuckte zusammen, aber Diane fuhr fort.

»Es war so verdammt einfach, dich zu finden. Ich

habe mich krankgemeldet und bin nach Kalifornien geflogen, um dir diese Nachricht zu hinterlassen. Ich wusste genau, wo du warst. Das war kein Versteck, sondern ein Witz. Du bist ein Witz.«

»Und was jetzt?«, tönte Tex' Stimme flach und hart aus der anderen Ecke des Raumes und lenkte Dianes Aufmerksamkeit damit auf ihn.

Diane drehte den Kopf herum und starrte ihn an. »Was jetzt? Jetzt wird sie zu spüren bekommen, wie es sich anfühlt, gedemütigt zu werden. Sie wird es bereuen, mich an diesem Tag in der Schule lächerlich gemacht zu haben. Und wenn ich hier fertig bin, werde ich dasselbe mit Amy tun. Sie ist genauso schuldig wie Melody.«

»Amy ist weit weg. Du kannst ihr nichts tun.«

»Wie auch immer, Soldatenjunge. Ich habe Melody gefunden, ich werde auch Amy finden. Aber weißt du was? Ich glaube, ich fange stattdessen mit dir an.«

»Nein! Diane!« Melody stand von der Couch auf und Diane schwang sofort die Waffe in ihre Richtung.

»Setz dich, Mel«, sagte Tex mit strenger Stimme. »Diane ...«

»Der besorgte Freund, ist das nicht süß?«, unterbrach Diane Tex mit einer Singstimme. »Nein, Melody, du setzt dich nicht. Du gehst ins Schlafzimmer und holst etwas, womit du deinen Freund fesseln kannst. Ich gebe dir zwanzig Sekunden. Wenn du bis dahin nicht wieder da bist, schieße ich ihm in sein anderes Bein.«

»Was?«

»Eins. Zwei.«

Melody wirbelte herum und lief den Flur entlang ins Schlafzimmer. Scheiße. Diane war vollkommen verrückt geworden und Melody hatte keine Ahnung, was sie tun sollte. Sie sah sich verzweifelt um und hörte, wie Diane im anderen Raum zählte. Sie öffnete ihre Unterwäscheschublade und zog eine Strumpfhose heraus.

»Elf. Zwölf.«

Melody riss die Schublade neben dem Bett auf und holte die Bondage-Seile hervor, die sie kürzlich gekauft hatte. Sie waren als Überraschung für Tex gedacht, aber jetzt war es zu spät.

»Fünfzehn. Sechzehn.«

»Ich komme! Nicht schießen!«

Melody stolperte zurück ins Wohnzimmer und spürte, wie ihr der Schweiß übers Gesicht lief. »Ich bin da.«

»Jetzt binde ihn fest. Und wenn du es nicht richtig fest machst, werde ich deinen Hund erschießen und du kannst ihm beim Sterben zusehen.«

Melody schaute sich um und sah, dass Diane offensichtlich in die Küche gegangen war, um sich eines ihrer Steakmesser zu schnappen. Sie hielt das Messer in der einen und die Waffe in der anderen Hand. Melody wusste, dass Diane Baby, ohne zu zögern, töten würde. Sie wagte es, einen Blick nach ihrem Hund zu werfen. Baby beobachtete Diane aufmerksam und knurrte leise. Zumindest war sie nicht von ihr eingeschüchtert worden, aber Melody hatte keine Zeit, weiter über Baby nachzudenken, sie ging schnell zu Tex und kniete sich an seine Seite.

»Es tut mir so leid«, flüsterte sie niedergeschlagen und ließ die Sachen, die sie aus ihrem Schlafzimmer geholt hatte, auf den Boden fallen.

Tex sagte kein Wort, hielt aber den Blick auf Diane gerichtet. Melody nahm die Strumpfhose und band seine Handgelenke hinter dem Stuhl zusammen. Er saß angespannt und regungslos da. Dann nahm sie das Seil, führte es um seine Hände und die Stuhllehne und wickelte es dann um seine Taille und sein Bein. Sie band seinen Knöchel am Stuhlbein fest. Einerseits wollte sie die Knoten locker lassen, aber sie wollte auch nicht Babys Leben riskieren.

»Jetzt verzieh dich verdammt noch mal von ihm und setz dich wieder auf die Couch, Schlampe.«

Melody tat, was Diane verlangte. Sie hatte keine Ahnung, wie sie da wieder rauskommen sollte. Jetzt, wo Tex gefesselt war, wusste sie nicht, was sie tun sollte. Er sollte doch derjenige sein, der sie rettet. Er hatte es versprochen.

Diane lachte so verrückt, dass Melody die Nackenhaare zu Berge standen. Sie hatte vollkommen den Verstand verloren und Melody war ratlos, was sie tun könnte, um sie alle dort in einem Stück herauszuholen.

Sie wollte versuchen, Dianes Aufmerksamkeit auf sich zu lenken. Tex war im Moment viel zu verletzlich. »Und jetzt? Wirst du mich erschießen? Inwieweit wird mich das demütigen? Wirst du mich töten, Diane? Glaubst du, damit wirst du durchkommen? Wenn du mich erschießt, musst du auch Tex erschießen. Und sobald du den Abzug drückst, wird jemand die Polizei rufen. Es tut mir leid. Es tut mir wirklich leid, alles, was ich dir als Teenager angetan habe. Bitte.«

»Oh, ich muss diese Waffe nicht benutzen ... noch nicht. Außerdem werde ich schon längst weg sein, wenn jemand die Polizei ruft.« Diane ging zu Tex hinüber. Sie war schlau genug, die Waffe dabei die ganze Zeit auf Melody gerichtet zu halten.

»Ich habe keine Ahnung, was sie in dir sieht. Du bist erbärmlich. Sieh dich nur an. Nur ein verdammtes Bein. Widerlich. Ich bin mir sicher, dass das andere vernarbt ist. Du musst einen großen Schwanz haben, aber ich bin mir sicher, dass sie dich nicht befriedigt. Jesus, sie ist so kalt. Robert hat mir alles darüber erzählt.«

Diane nahm das Steakmesser und hielt es Tex ins Gesicht.

»Diane ...«

Sie schnitt Tex in die Wange und hinterließ eine dünne rote Linie aus Blut. »Jedes Mal wenn du auch nur ein verdammtes Wort sagst, werde ich ihm einen weiteren Schnitt zufügen.« Sie gab die Worte so lässig von sich, als würde sie das Wetter kommentieren.

Melody schluckte schwer. Sie konnte nicht einfach hier sitzen und dieser verrückten Frau dabei zusehen, wie sie Tex verletzte. Aber sie hatte keine Ahnung, was sie tun sollte.

»Erinnerst du dich, wie dein Strom abgeschaltet wurde? Ja, das war ich. Es ist so einfach, Spielchen mit dir zu spielen, Schlampe. Wirklich. Die Zahlungen wurden direkt von deinem Konto abgebucht. Ich brauchte nur zwei Mausklicks und ... hoppla ... der Lastschrifteinzug war gekündigt.«

»Du warst das?«

»Ah, ah, ah«, tadelte Diane sie, nahm das Messer und fuhr damit über Tex' Arm. Wieder quoll Blut aus der Schnittwunde. Diesmal hörte Melody, wie Tex tief Luft holte, aber sonst bewegte er sich nicht und behielt Diane weiterhin im Auge.

Melody beugte sich vor und legte den Kopf in ihre Hände. Sie konnte nicht zusehen.

»Eine neue Regel.« Melody hörte Dianes Worte, hob aber nicht den Kopf. »Für alle fünf Sekunden, die du nicht hinsiehst, werde ich ihn wieder schneiden.«

Schnell hob Melody den Kopf.

»Zu spät, Schlampe, fünf Sekunden sind schon um.« Diane nahm das blutige Messer und hielt es Tex gegen die Kehle. Sie drückte zu und lachte, während sie es nach unten zog.

Melody weinte leise. Sie konnte sehen, dass jeder Schnitt tiefer und länger wurde. Zum Glück hatte sie Tex nicht horizontal den Hals durchgeschnitten, aber vertikal war genauso schlimm. Das Blut lief langsam aus der Wunde an seinem Hals und tropfte auf den Kragen seines T-Shirts, das in wenigen Augenblicken ekelerregend rot wurde.

»Es ist zu spät für deine Entschuldigungen, Melody. Ich will dein verdammtes Gejammer nicht hören.«

Diane trat von Tex zurück. Sie hatte es offensichtlich satt, sich mit ihm zu befassen. Melody riskierte einen Blick auf ihn und konnte sehen, dass seine ganze Aufmerksamkeit nach wie vor auf Diane gerichtet war. Es war, als würde er die Messerschnitte auf seiner Haut nicht einmal spüren.

»Ich möchte deine verdammten Entschuldigungen nicht hören, aber ich möchte dich betteln hören. Ich will, dass du darum bettelst, dass ich das Leben deines erbärmlichen, verkrüppelten Freundes und das deines Hundes verschone.«

Melody verschwendete keine Zeit. Wenn Diane wollte, dass sie bettelte, dann würde sie betteln. Es ging hier nicht um Stolz, sondern darum, lebendig aus der Situation herauszukommen. »Bitte, Diane, tu das nicht. Ich mache, was du willst. Bitte. Ich flehe dich an. Tu ihm nicht mehr weh. Lass Baby gehen. Sie ist unschuldig.«

»Ich habe meine Meinung geändert.«

Melody tat der Kopf weh. Sie wusste, dass Diane nur mit ihr spielte. Sie mochte Tex die Schnitte zufügen, aber sie folterte sie genauso, und alle wussten es.

»Ich gebe dir die Wahl. Du willst, dass er hier lebendig rausgehen kann? Na ja, er wird nicht wirklich gehen können, oder? Eher hüpfen!« Diane lachte wie eine Verrückte. Melody hielt den Mund und wartete darauf zu hören, welch schreckliche Wahl sie treffen sollte.

»Du kannst wählen. Du oder er.«

»Was? Ich verstehe nicht.«

Diane trat einen Schritt auf Melody zu, hob die Waffe und richtete sie auf ihren Kopf. Sie machte einen weiteren Schritt. Dann noch einen, bis sie direkt neben Melody stand und die Waffe auf Melodys Stirn drückte, genau dort, wo Tex sie so gern küsste. »Du darfst wählen. Und ich glaube, egal welche Wahl du triffst, dein Leben wird danach ruiniert sein. Also verdammt noch mal, triff eine Entscheidung. Wen soll ich erschießen, dich oder ihn?«

Melody sah entsetzt zu Diane auf. Meinte sie das ernst? Natürlich meinte sie es ernst. Sie hatte eine Waffe auf ihren Kopf gerichtet und Melody konnte das Böse in ihren Augen sehen. Es gab dort kein Mitgefühl mehr. Nichts, was Melody Hoffnung gab, lebend aus dieser Wohnung zu entkommen. Diane würde sie alle töten, egal welches Spiel sie gerade spielte.

»Mich, sie wählt mich.« Es waren die ersten Worte, die Tex von sich gab, seit Melody ihn gefesselt hatte.

Diane hob die Waffe, die sie an Melodys Kopf gehalten hatte, und richtete sie auf Tex. Bevor Melody etwas sagen konnte, drückte Diane den Abzug. Das Geräusch war unfassbar laut und Baby jaulte auf, bevor sie zu ihrem leisen Knurren zurückkehrte. Der Geruch von Schießpulver durchdrang die Luft.

»Nein!« Melody sprang von der Couch, fiel aber schnell wieder zurück, als Diane ihr mit dem blutigen Steakmesser in den Arm schnitt. Melody hielt den Blick auf den Küchentisch gerichtet und war erleichtert zu sehen, dass Tex immer noch aufrecht saß. Diane hatte ihn verfehlt. Gott sei Dank. Hoffentlich würde das Geräusch der Waffe einen ihrer Nachbarn dazu veranlassen, die Polizei zu rufen, so wie sie es Diane zuvor gesagt hatte.

»Halt dein verdammtes Maul, Krüppel. Es ist nicht deine Wahl. Sie muss entscheiden.«

Melody drückte mit ihrer linken Hand auf ihren blutenden rechten Arm und starrte auf das Loch in der Wand hinter Tex. Der nächste Schuss könnte ihr für immer den Mann nehmen, den sie liebte. Alles, was er war, all das Gute, das er getan hatte, für all die Menschen, die sich auf ihn verließen ... alles würde von einer psychisch kranken Frau weggewischt werden, die einen verrückten Groll gegen sie hegte.

»Also Melody, ich glaube, du hast eine Wahl zu treffen. Möchtest du lieber, dass ich ihm das Gehirn wegblase und du kannst leben, oder soll ich dir in den Kopf schießen und er kann leben? Entscheide dich.«

»Diane, du wolltest, dass ich bettle, und ich bettle. Bitte tu das nicht.«

»Zu spät. Entscheide dich!«

»Tu es nicht, Mel«, sagte Tex mit komischer Stimme.

Melody konnte nicht sagen, ob es sich um Wut oder eine andere Emotion handelte. Sie sah zu ihm hinüber. Jesus. Er schien voller Blut zu sein. Es lief ihm über sein Gesicht und den Hals, und es tropfte sogar Blut aus der Wunde an seinem Arm. Melody wollte nicht, dass einer von ihnen starb, aber sie sah keinen anderen Ausweg. Tex war an den Stuhl gebunden, sie hatte ihn selbst dort gefesselt, und Diane hatte eine Waffe auf ihren Kopf gerichtet. Melody wusste, dass Diane Tex höchstwahrscheinlich auch töten würde, nachdem sie sie erschossen hatte, aber vielleicht würde es ihm etwas Zeit geben, um sich irgendetwas auszudenken und zu entkommen.

»Ich liebe dich«, formte Melody tonlos die Worte in seine Richtung und sah, wie sein Gesicht vor Wut wie versteinert wirkte. Nicht ihretwegen, sondern wegen der Situation. Unter der Wut glaubte Melody einen Anflug von Verzweiflung zu sehen. Wenn dies ihre letzten Momente waren, dann wollte sie Tex ansehen, wenn sie starb. Tex, den Mann, der quer durchs ganze Land gefahren war, um sie zu retten. Der Mann, der versprochen hatte, immer für sie da zu sein. Der Mann, der sofort an ihrer Stelle für sie sterben würde. Melody löste ruckartig den Blick von ihm und entschied plötzlich, dass sie Tex nicht ansehen wollte, während eine Kugel ihr das Gehirn durchbohrte. Es wäre besser, er müsste nicht zusehen, wie das Leben aus ihrem Körper wich.

»Mich. Töte mich, aber lass Tex in Ruhe.«

Diane warf den Kopf herum und lachte hysterisch. Als sie sich wieder unter Kontrolle hatte, sah sie Melody direkt in die Augen und sagte mit ruhiger Stimme: »Es wird mir ein Vergnügen sein.«

Melody kniff die Augen zusammen, senkte den Kopf und wartete. Sie hoffte, dass es nicht wehtun würde. Wenn es darauf ankam, schien sie in Bezug auf ihre Sterblichkeit nicht so mutig zu sein, wie sie es sich immer erhofft hatte.

Mehrere Dinge schienen jetzt gleichzeitig zu passieren. Melody hörte, wie das Messer, das Diane in der Hand hatte, klappernd zu Boden fiel. Baby machte ein Geräusch, das Melody noch nie zuvor von ihr gehört hatte, und Diane schrie auf.

Plötzlich wurde sie zur Seite geworfen. Melody öffnete die Augen, aber sie konnte nichts sehen, weil sie sich unter Tex befand. Er war von dem Stuhl gesprungen, an dem er eben noch festgebunden gewesen war, und hatte sie von der Couch geworfen. Offensichtlich war er irgendwie in der Lage gewesen, die Fesseln zu lösen, mit denen sie ihn fixiert hatte.

Im nächsten Moment hörte Melody einen Schuss und Tex war weg, bevor sie die Orientierung wiederfand. Ein lautes Kreischen und ein dumpfer Schlag hallten durch die Wohnung. Das Heulen sich nähernder Polizeisirenen durchbrach die plötzliche Stille in der Wohnung. Der Klang war unheimlich eintönig und immer noch viel zu weit weg.

»Mel, du musst aufstehen und zur Tür gehen. Lass die Polizei rein und schau nicht hierher zurück, hast du mich verstanden? Schau nicht hierher«, befahl Tex mit leiser Stimme ohne den geringsten Hinweis auf den liebenden Mann, den sie während der letzten Wochen kennengelernt hatte.

»Wie konntest du aus den Fesseln entkommen?«

»Ich bin ein SEAL, Mel. Es war nicht schwer. Ich bin darin geschult, meinen Körper so anzuspannen, während ich gefesselt werde, dass die Knoten lockerer sind, wenn ich mich entspanne. Ich gehe davon aus, dass du die Polizei alarmiert hast? Ich kann mir nicht vorstellen, dass sie so schnell hier wäre, wenn sie erst nach dem ersten Schuss gerufen worden wäre.«

Melody setzte sich auf den Boden und lehnte sich gegen die Vorderseite der Couch, ohne zu Tex zu schauen. Sie schien keine Luft in ihre Lunge zu bekommen. Sie atmete viel zu schnell und ihr Herz fühlte sich an, als würde es ihr gleich aus der Brust springen. »Ja, ich habe bei der Veranstaltung, für die ich gearbeitet habe, eine kurze Nachricht im Untertitel hinterlassen. Ich wusste nicht, ob es wirklich funktionieren würde.«

»Du bist verdammt großartig, Mel. Offensichtlich hat es funktioniert. Bist du in Ordnung? Du wurdest nicht getroffen, oder? Wie stark blutet dein Arm?« Tex' Fragen kamen zu schnell hintereinander.

Melody überprüfte kurz ihren Körper. Ihr Arm tat weh, aber sie konnte keine weiteren Löcher in ihrem

Körper erkennen, also war sie sich ziemlich sicher, dass sie nicht angeschossen wurde. »Ich glaube nicht, dass ich getroffen wurde. Natürlich fließt gerade so viel Adrenalin durch meinen Körper, dass ich mir nicht ganz sicher sein kann, aber ich sehe keine anderen Wunden außer die auf meinem Arm. Ich glaube also, dass ich in Ordnung bin. Oh mein Gott! Was ist mit dir? Ich muss dich verbinden.«

»Mir geht es gut. Mach jetzt weiter. Tu, was ich dir gesagt habe. Geh zur Tür und schau nicht hierher. Lass die Polizei rein.«

»Tex, du bist nicht in Ordnung, sie hat dich geschnitten.« Melody erinnerte sich plötzlich. »Warte. Was ist passiert? Wo ist Baby?«, hauchte sie.

»Mel, nicht«, warnte Tex streng.

Aber es war zu spät. Melody drehte den Kopf zu der Stelle um, an der Diane neben der Couch gestanden hatte, bevor Tex sie umgeworfen hatte, und holte vor Schreck tief Luft. Tex lag auf der bewusstlosen Diane und hielt ihre Handgelenke fest, falls sie zu sich kam, bevor die Polizei eintraf. Melody hatte keine Ahnung, was Tex getan hatte, um sie bewusstlos zu schlagen, aber es war offensichtlich, dass er ihr nicht die Chance geben würde, wieder aufzustehen und sie noch einmal zu bedrohen.

Melody sah zu ihm und konnte nicht glauben, was sie sah. Baby lag neben Tex und blutete aus dem Maul und dem hinteren Bein. Sie hatte die Augen geöffnet, starrte aber ausdruckslos geradeaus.

»Oh Gott. Nicht Baby.« Melody rappelte sich auf und kroch auf Händen und Knien hinüber, um sich neben Baby zu knien. Mit Tränen in den Augen sah sie zu Tex. »Was ist passiert?«

»Baby hat uns das Leben gerettet. Sie hat ihre Leine durchgebissen und Diane angegriffen. Gerade als diese den Abzug betätigen wollte, um dir eine Kugel ins Gehirn zu blasen, ist Baby auf sie gesprungen und hat ihr in den Oberschenkel gebissen. Diane hat sich umgedreht und auf sie geschossen. Ich hatte die Knoten, die du gemacht hast, bereits gelöst und Diane hat es nicht bemerkt, weil sie zu sehr damit beschäftigt war, dich zu foltern. Babys Ablenkungsmanöver hat mir genügend Zeit verschafft, um dich auf den Boden zu stoßen und dann Diane auszuschalten. Es tut mir so leid, Mel.«

»Nein, Tex! Sie darf Baby nicht getötet haben. Sie hat versucht, uns zu beschützen.« Melody wischte sich mit einer Hand die Tränen vom Gesicht und legte den Kopf neben Babys Schnauze. »Oh Gott, Baby, bitte nicht. Bitte stirb nicht. Nein. Oh Gott. Ich habe nicht gewollt, dass dir etwas passiert.« Melody drückte ihre Hand auf die blutende Wunde an dem Bein ihres Hundes. Sie sah zu Tex auf. »Schau dir das Blut an ihrem Maul an. Sie hat Diane ordentlich zugesetzt, oder?« Die Worte kamen unter einem Schluchzen heraus, aber Tex verstand sie trotzdem.

»Ja, Mel, das hat sie gut gemacht. Sie hat dich gerettet. Sie hat dich so sehr geliebt. Das habe ich schon gemerkt, als ich sie das erste Mal gesehen habe. Als Amy mir erzählte, dass du einen Hund hast, wusste ich, dass ich ihn zu dir bringen muss. Irgendwie wusste ich, dass du sie brauchst und dass sie in diesem ganzen verdammten Durcheinander wichtig sein wird.«

Melody schluchzte noch heftiger und legte beide Hände auf die Wunde an Babys Bein. Der Hund zuckte nicht einmal, als Melody zudrückte, um die Blutung zu stoppen. Sie hatte keine Ahnung, ob es zu etwas nütze war, aber sie musste etwas tun. Sie konnte nicht nur dasitzen und zusehen, wie ihr geliebter Hund starb.

Melody konnte nicht genau sehen, was sie tat, als ihr die Tränen übers Gesicht liefen, aber sie plapperte weiter, während sie sah, wie das Blut zwischen ihren Fingern hindurchquoll, als sie versuchte, die Blutung zu stoppen. »Baby hat Diane nie gemocht. Ich habe nie weiter darüber nachgedacht. Ich dachte nur, dass sie immer noch Angst hatte, wie damals im Tierheim, als ich sie abgeholt habe. Aber ich kann mich noch genau an das eine Mal erinnern, als wir Diane auf der Straße getroffen haben. Sie kam auf mich zu und Baby hat geknurrt. Ich habe nur einen Schritt zurück gemacht und versucht, es zu rechtfertigen. Ich habe versucht, Diane zu erklären, dass es nur daran lag, dass Baby ein Jagdhund war und Angst hatte. Ich hätte ihr besser zuhören sollen. Ich hätte mich daran erinnern und dir davon erzählen sollen, Tex. Es tut mir so leid, Baby. Ich hätte auf dich hören sollen.«

Tex konnte es nicht länger aushalten. Er beugte sich vor und nahm seinen Gürtel ab. Er band Dianes Hände damit fest zusammen und trat die Waffe ans andere Ende des Raumes. Er wusste, dass Mel ihn brauchte, und Diane war für den Moment ausgeschaltet. Ungeschickt schlurfte er zu ihr hinüber und verzog angesichts der Phantomschmerzen, die bei der Bewegung durch sein Bein schossen, das Gesicht. Er ignorierte es und setzte sich neben Baby und Mel.

Er legte seine Hände auf Mels Schultern und versuchte, sie in die Arme zu ziehen.

Mel wich von seiner Berührung zurück, ohne den Griff von Baby zu lösen. »Nein, Tex. Nein. Baby ist nicht tot. Sie darf nicht tot sein. Ruf einen Tierarzt oder so. Bitte. Wir müssen es versuchen. Ich kann sie nicht gehen lassen.«

»Mel.«

»Gott, Tex, bitte. Ich kann sie nicht verlieren. Nicht so. Ich liebe sie, ich brauche sie.«

Tex konnte die Qualen in Mels Stimme nicht ertragen. Er holte sein Handy heraus und entsperrte den Bildschirm, was einen blutigen Fleck hinterließ, den er aber ignorierte. Er gab eine Nummer ein und sprach schnell.

»Ja, ich brauche deine Hilfe. Es ist alles in Ordnung. Es ist vorbei, aber ich brauche einen Tierarzt, den besten, den du auftreiben kannst. Baby wurde angeschossen. Ja, von dem verdammten Stalker. Schlecht. In Ordnung. Danke.« Tex steckte das Telefon wieder in seine Tasche und sagte zu Melody: »Wolf kümmert sich darum.«

Er sah, wie sie ruckartig nickte, aber Tex war sich nicht sicher, ob sie ihn wirklich gehört hatte.

»Drück weiter auf die Wunde und rede mit ihr, Mel. So wie du es immer tust. Sie wird dich hören. Sag ihr, sie soll durchhalten.«

Tex brach es das Herz, die Frau, die er liebte, unter Schluchzen mit Baby sprechen zu hören.

»Baby? Du bist der mutigste Hund, den ich je getroffen habe. Ich habe keine Ahnung, was du durchgemacht hast, bevor ich dich gefunden habe, aber du musst durchhalten. Du hast es geschafft. Du hast Tex und mich beschützt. Du hast uns das Leben gerettet. Ich weiß, dass du es mir wahrscheinlich nur zurückgezahlt hast, dass ich dir deins gerettet habe, aber ich brauche dich noch. Es gibt noch andere schlechte Menschen auf dieser Welt und wir brauchen dich. Ich schwöre, du kannst ab jetzt jede Nacht in unserem Bett schlafen. Wir werden dich nie wieder ausschließen. Es macht dir offensichtlich nichts aus, wenn wir in deinem Beisein miteinander schlafen. Wenn es dir nichts ausmacht, wird es uns also auch nichts ausmachen. Ich liebe es, wie du dir die Decke zurechtmachst, bis sie genau so liegt, wie du es gernhast. Ich verspreche dir, dass du immer mit uns kommen kannst, egal wohin wir gehen. Aber bitte verlass mich nicht. Ich liebe dich so sehr, Baby. Mir war nie bewusst gewesen, wie sehr. Bitte stirb nicht. Nicht so. Ich brauche dich.«

Melody sah auf das Blut hinunter, das immer noch langsam durch ihre Finger quoll. Baby hatte die Augen nicht geschlossen, aber sie blinzelte auch nicht. Es war das Schrecklichste, was sie jemals in ihrem Leben gesehen hatte. Tränen liefen ihr übers Gesicht. Sie drehte sich zu Tex um. Sie konnte sehen, dass er genauso betroffen war wie sie, als Baby regungslos auf dem Boden lag.

»Was soll ich nur ohne sie tun?«

Plötzlich klopfte es laut an der Tür. »Polizei. Öffnen Sie die Tür.«

Tex stand wortlos auf und hüpfte zur Tür. Melody sah ihm hinterher und bemerkte geistesabwesend, dass er ruhig und selbstbewusst war, obwohl er nur auf einem Bein stand. Die Übungen, die er ohne seine Prothese gemacht hatte, zahlten sich offenbar aus. Er hüpfte fast genauso sicher durch den Raum, als würde er gehen.

Tex hielt die Hände hoch, als die Polizisten mit gezogener Waffe hereinstürmten. Melody wandte sich wieder
ihrem geliebten Hund zu und kümmerte sich nicht
darum, was die Polizisten machten. Sie würde ihre
Hände nicht von der Wunde an Babys Bein nehmen, bis
der Tierarzt kam. Melody konnte nicht mit Sicherheit
sagen, ob Baby noch atmete oder nicht. Ihre Hände
zitterten zu stark und die Tränen verhinderten, dass sie
klar sehen konnte. Sie ignorierte die Aufregung in der
Wohnung und beugte sich wieder zu Baby hinunter. Sie
würde weiter mit ihr sprechen, bis der Tierarzt eintraf.
Tex hatte gesagt, Wolf würde sich darum kümmern. Sie
vertraute ihm. »Halte durch, Baby. Hilfe ist unterwegs.
Stirb nicht. Ich liebe dich.«

KAPITEL ACHTZEHN

Melody saß in Tex' Armen und sah sich verwundert um. Ihre kleine Wohnung war voller Menschen. Sie war sich nicht sicher, wie genau es passiert war, aber alle Freunde von Tex waren da, ebenso wie vier ihrer Frauen. Caroline konnte nicht kommen, weil sie sich mitten in einem riesigen Forschungsprojekt befand, und Alabama hatte eine Abschlussprüfung, die sie nicht verpassen durfte. Beide hatten sich entschuldigt, dass sie nicht da sein konnten.

Melody wischte sich die Tränen aus den Augen. Es fühlte sich an, als hätte sie eine Ewigkeit geweint, aber sie konnte einfach nicht aufhören. Sie hatte einen Anfall nach dem anderen gehabt und jetzt musste sie schon bei der geringsten Kleinigkeit weinen.

»Ich verstehe immer noch nicht, was ihr alle hier tut«, sagte sie und ihre Stimme brach erneut.

»Wir sind hier, weil du uns gebraucht hast, Melody«, sagte Wolf zu ihr. Er lehnte an der Wand, als würde er die Gruppe beaufsichtigen. »Es brauchte nur einen Anruf und Kommandant Hurt hat uns geholfen, einen Platz im nächsten Militärflieger hierher zu bekommen. Tex wohnt vielleicht auf der anderen Seite des Landes, aber er war auch immer für uns da. Es ist das Mindeste, was wir tun können, wenn ihr uns braucht.«

»Danke, dass du Dr. Gaiser geschickt hast, um Baby zu behandeln. Wir wissen seine Bemühungen wirklich zu schätzen.«

»Du musst mir dafür nicht danken, Melody. Es tut mir nur so leid, dass er ihr Bein nicht retten konnte.«

»Es ist okay, Wolf. Baby lebt. Das ist alles, was zählt. Und weißt du was? Ich habe schon viele Hunde gesehen, die auch mit drei Beinen gut zurechtkommen.«

Tex fuhr mit seinen Fingern durch Melodys Haar. »Außerdem sind wir jetzt ein gutes Paar, Baby und ich.«

Alle im Raum lachten. Melody schloss die Augen. Sie war erschöpft. Nachdem sie wegen der Schnittwunde an ihrem Arm in der Notaufnahme behandelt und Tex ebenfalls wieder zusammengeflickt worden war – einige der Schnitte hatten genäht werden müssen, aber er hatte sich geweigert, sich ins Krankenhaus einweisen zu lassen –, hatte sie den vergangenen Tag in der Tierklinik bei Baby verbracht.

Dr. Gaiser hatte es geschafft, Baby das Leben zu retten, aber die Kugel hatte ihre Oberschenkelarterie durchtrennt und er hatte ihr Bein nicht mehr retten können. Der Moment, in dem Baby aufgewacht war und Melodys Finger geleckt hatte, war überwältigend gewesen. Der Arzt hatte sie schließlich nach Hause geschickt und ihr gesagt, sie sollte etwas schlafen. Baby würde schon bald wieder nach Hause kommen, und Melody und Tex würden alle Hände voll zu tun haben, um sie davon abzuhalten, an ihren Nähten zu knabbern, und ihr zu helfen, sich an ihre neue Situation zu gewöhnen.

»Diese Frau, Diane, hegte also einen Groll gegen dich, der noch aus Highschool-Zeiten rührte?«, fragte Summer ungläubig.

»Anscheinend. Ich hatte keine Ahnung. Aber es war wohl nicht nur das. Sie hat eine Art psychische Störung. Die Spezialisten, die sie in der Vergangenheit behandelt haben, hatten eigentlich die Empfehlung ausgesprochen, dass sie auf Lebenszeit Medikamente nehmen sollte, aber sie hat sie nach ein paar Jahren abgesetzt, weil sie dachte, es ginge ihr besser. Dann hat es erst richtig angefangen. Sie hat gesehen, wie glücklich ich mit meinem Leben war, und plötzlich war ich die Ursache für alles Schlechte, was in ihrem Leben passiert war. Und ... na ja ... den Rest der Geschichte kennt ihr ja.«

Amy war aus Virginia nach Pennsylvania zurückgekehrt, nachdem sie gehört hatte, was passiert war, und ebenfalls anwesend. Sie mischte sich jetzt mit in die Unterhaltung ein. »Die Schlampe hat mich dazu benutzt herauszufinden, wo Mel sich versteckt hatte. Ich kann immer noch nicht glauben, dass sie dahintergesteckt hat. Ich erinnere mich kaum daran, wie sie an der Highschool war, aber anscheinend konnte sie sich noch gut an uns erinnern.«

Melody blinzelte und versuchte, ihre Augen offen zu halten. Sie wusste, dass es unhöflich war, aber sie war erschöpft. Sie stand schon seit Ewigkeiten unter Stress und jetzt, wo sie den Stalker los war und wusste, dass es Baby gut gehen würde, wurde sie träge und wusste, dass sie bald einschlafen würde. Aber noch schlimmer waren Dianes Worte, die ihr immer wieder durch den Kopf gingen. »Entscheide dich, du oder er.« Es war schrecklich, so eine Entscheidung treffen zu müssen. Melody wusste, dass Tex nicht glücklich über ihre Wahl gewesen war und dass er noch mit ihr darüber sprechen wollte, aber sie war einfach zu müde.

Vage hörte sie, wie die Stimmen um sie herum verblassten, und legte die Arme um Tex, der sie aufhob und irgendwohin trug. Es war ihr egal wohin, solange sie nicht ihre Augen öffnen oder mit jemandem reden musste. Sie spürte, wie er sie ablegte, und hielt ihn am Hals fest. »Geh nicht.«

»Ich bin gleich wieder da, Mel.«

»Mmmm.«

Tex ging aus dem Schlafzimmer ins Wohnzimmer. »Danke, dass ihr gekommen seid. Ich schätze das mehr, als ihr euch vorstellen könnt.« Alle nickten, sahen aber besorgt aus. Sie hatten gesehen, wie müde Melody war und wie emotional und zerbrechlich sie wirkte.

»Wie geht es ihr wirklich?«, fragte Dude.

Tex holte tief Luft. »Es gut ihr gut. Sie ist verdammt stark. Ich war eine Weile besorgt, als wir nicht wussten, ob Baby es schaffen würde, aber sie wird durchkommen.«

»Wird Diane auf Unzurechnungsfähigkeit plädieren?« Es war Mozart, der fragte.

»Wahrscheinlich, aber ich weiß es nicht und ehrlich gesagt ist es mir egal. Mel wird aussagen, wenn sie muss, ansonsten werden wir abwarten, was passiert. Ich weiß, dass sie einfach nur mit ihrem Leben weitermachen will, mit unserem Leben.«

»Tex, wir wollen, dass ihr nach Kalifornien zieht. Wir wollen, dass ihr in unserer Nähe seid.«

Tex schüttelte den Kopf in Cheyennes Richtung. »Ich finde es toll, dass ihr uns bei euch haben wollt, aber nein. Wir bleiben hier. Das hier ist ihre Heimatstadt. Ihre Freundinnen sind hier, ihre Familie ist hier. Sie liebt diesen Ort. Ich werde hierher nach Pennsylvania ziehen, sobald Mel dazu bereit ist.«

»Sie ist bereit, Tex«, sagte Amy mit Gewissheit in der Stimme.

Tex lächelte Amy an. »Kommst du morgen mit Becky und Cindy vorbei?«

»Ja, sag mir Bescheid, wann wir da sein sollen. Sie hatte ein paar anstrengende Tage. Ich will sie nicht überfordern.«

»Apropos anstrengende Tage, wir werden euch jetzt mal allein lassen«, sagte Abe zu Tex und kam rüber, um ihm die Hand zu schütteln. »Wenn ihr etwas braucht, dann lass es uns einfach wissen. Wir werden wahrscheinlich morgen früh abreisen. Du brauchst uns nicht alle hier.«

»Danke, Abe. Es bedeutet mir sehr viel, dass ihr den ganzen Weg hierhergekommen seid.«

»SEALs lassen SEALs nicht im Stich«, sagte Wolf mit einem Lächeln und erinnerte sich daran, wie viel diese Worte für ihn und sein Team bedeutet hatten, als er und Caroline sich getroffen hatten.

Tex lächelte über das SEAL-Motto. Er war vielleicht nicht mehr im aktiven Dienst, aber die Worte klangen noch genauso ehrlich wie immer. Er legte eine Hand auf Wolfs Schulter. »Vielen Dank.«

Langsam verließen die Männer mit ihren Frauen die Wohnung und Tex sah ihnen nach. Er hatte Glück, so gute Freunde zu haben.

Die Letzte, die ging, war Amy. Tex wusste, dass sie es so geplant hatte, und wartete darauf zu hören, was sie ihm noch sagen wollte.

»Mel ist meine beste Freundin. Wir haben beide keine Schwester und wir kennen uns schon seit der Grundschule. Wir haben viel durchgemacht und waren immer füreinander da. Als ich geheiratet habe, wusste ich, dass für mich ein neuer Lebensabschnitt beginnt. Ich dachte, wir würden uns aus den Augen verlieren, aber Mel hat das nicht zugelassen. Sie hat mich überredet auszugehen, wenn ich müde war, sie hat mich gezwungen, sie zu besuchen, damit wir uns allein unterhalten konnten. Ich liebe sie wirklich wie eine Schwester.«

Sie holte Luft und räusperte sich, dann fuhr sie fort: »Als sie zu mir kam und mir anvertraute, dass sie verfolgt wird, hat es mir das Herz zerrissen. Ich wusste nicht, was ich für sie tun sollte. Die Realität war, dass ich nichts tun konnte. Als sie mich dann anrief, um mir zu sagen, dass sie wegen des Stalkers nicht zurückkehren würde, habe ich zwei Tage lang geweint. Sie war verletzlich und verängstigt und ich konnte ihr nicht helfen. Danke, Tex. Danke, dass du in diesem Chatraum auf ihren Benutzernamen aufmerksam geworden bist. Danke, dass du dir die Mühe gemacht hast, sie zu finden, nachdem sie ihr Konto gelöscht hatte. Ich kenne sie. Sie wäre einfach weiter davongelaufen, solange sie gedacht hätte, ich wäre in Gefahr. Wir hätten sie nie wiedergesehen. Du hast mir meine Schwester zurückgegeben, und das kann ich dir niemals zurückzahlen.«

»Ich habe das nicht getan, weil ich eine Bezahlung erwarte, Amy.«

»Ich weiß, aber ich werde mich trotzdem in der einen oder anderen Form dafür bedanken. Für meine Kinder ist Melody wie eine Tante. Das heißt, du bist jetzt ihr Onkel. Du bist jetzt ein Teil meiner verrückten Familie. Ich hoffe, du kommst damit klar.«

»Ich glaube, das schaffe ich.« Tex lächelte und mochte die Vorstellung, Onkel zu sein.

»Gut. Also, was sind deine Absichten bezüglich meiner Freundin?«

Tex lachte. »Ich liebe sie. Wenn es nach mir ginge, würden wir morgen noch nach Vegas fliegen und heiraten, aber ich habe das Gefühl, dass ihr beide ihre Hochzeit wahrscheinlich schon bis ins kleinste Detail durchgeplant habt.«

Amy lächelte ihn nur an.

»Darf ich einen Wunsch äußern?«, fragte Tex ernst.

»Das darfst du, aber ich weiß nicht, ob ich ihn noch berücksichtigen kann. Immerhin haben wir ihre Hochzeit schon vollständig geplant, bis hin zu der Farbe der Servietten«, scherzte Amy.

»Ich möchte, dass Baby während der Zeremonie neben uns steht.«

»Abgemacht.«

Sie lächelten sich an und schließlich sagte Amy zu ihm: »Okay, genug von diesem sentimentalen Mist. Ich bin froh, dass es dir gut geht. Ich weiß noch nicht, was Diane zu alledem veranlasst hat, aber Mel wird es mir noch erzählen. Aber ich kann sehen, dass es Mel mehr zu schaffen macht als ihre physischen Verletzungen. Jetzt umarme mich und dann kümmere dich wieder um meine beste Freundin. Sei gewarnt, ich erwarte, dass wir bald einen Mädchenabend machen können, also bereite dich schon mal vor.«

»Kein Problem.« Tex packte Amy am Handgelenk und zog sie in eine Umarmung. »Danke, dass du so eine gute Freundin bist, Amy.« Er spürte, wie sie an seiner Brust nickte, dann zog sie sich zurück.

Tex sah ihr hinterher, bis sie in ihren Wagen stieg und vom Parkplatz fuhr. Dann schloss er die Tür und ging zu Mel, ohne sich um die Unordnung im Rest der Wohnung zu kümmern. Es wäre später noch genügend Zeit, um sich darum zu kümmern, erst mal musste er Mel in seinen Armen halten und dankbar sein, dass sie alle noch am Leben waren.

KAPITEL NEUNZEHN

Melody kuschelte sich in Tex' Arme und seufzte. Sie liebte es, mit Tex aufzuwachen. Sie erinnerte sich nur vage an den Abend zuvor und schämte sich, dass sie eingeschlafen war, bevor seine Freunde gegangen waren. Sie öffnete die Augen und sah, dass Tex sie anstarrte.

»Du bist noch da.«

»Ich wollte dich heute Morgen nicht allein lassen.«

Melody lächelte. Sie hatte sich daran gewöhnt, dass er vor ihr aufstand und sie wach küsste, bevor er mit Baby spazieren ging und trainierte. Melody war ihrem Wort treu geblieben und immer gleich wieder eingeschlafen, nachdem er weg war.

»Sag mir, dass ich nicht nur geträumt habe, dass es Baby gut gehen wird.«

»Ja, Mel, es wird ihr gut gehen. Wir werden sie heute besuchen und Dr. Gaiser wird uns sagen, wann sie wieder nach Hause kommen kann.«

»Gut. Ich kann es kaum erwarten, sie nach Hause zu holen. Ich vermisse sie.«

»Ich auch. Mel, wir müssen über das reden, was passiert ist.« Als Melody den Kopf von ihm wegdrehte, legte er seinen Finger unter ihr Kinn und schob ihren Kopf sanft zu ihm zurück. »Ich liebe dich, aber du hast die falsche Entscheidung getroffen.«

Melody wusste sofort, wovon er sprach. »Nein, ich ...«

»Doch, das hast du. Ich habe es dir schon einmal gesagt und ich werde es dir wieder sagen, ich würde für dich sterben. Du bedeutest mir alles. Ich habe immer gewusst, dass ich auf einer Mission sterben könnte. Ich war bereit dafür. Wir haben bei der Navy trainiert, wie man Folter standhalten kann. Du, Mel, bist die wichtigste Mission meines Lebens. Ich schwöre bei Gott, ich kann nicht mehr ohne dich leben. Wenn sie dich erschossen hätte und du gestorben wärst, hätte ich ohne dich nicht weitermachen können.«

»Tex ...«

»Nein, du bist das Wichtigste. Du kommst immer zuerst. Egal in welcher Situation. Zuerst in der Warteschlange, zuerst beim Essen, zuerst beim Orgasmus, zuerst bei allem.« Tex' Stimme wurde lauter. Er räusperte sich und zwang die Tränen zurück, die sich in seinen Augen sammelten. Er war ein großer, harter Navy SEAL. SEALs weinten nicht. »Als du gesagt hast, du liebst mich, und dich dann umgedreht hast, um dieser Schlampe zu sagen, dass du dich für dich entschieden hast, hat mein Herz buchstäblich aufgehört zu schlagen. Ich kann nicht mehr ohne dich leben, Mel. Ich kann es einfach nicht.«

»Verstehst du es denn nicht, Tex?«, fragte Melody ernst und hoffte, dass er sie hörte. »Alles, was du gerade gesagt hast, habe ich genauso in meinem Herzen gefühlt, als ich versucht habe zu entscheiden, was ich tun sollte. Ich kann nicht ohne dich leben. Ich hätte nicht mit mir selbst leben können, wenn ich ihr gesagt hätte, sie soll dich töten. Ich konnte es nicht. Es war eine unmögliche Situation, eine vollkommen unmögliche Situation. Bitte halte mir das nicht vor. Bitte.«

Tex zog Mel in die Arme, als sie anfing zu schniefen. Er legte seine Wange auf ihr Haar und biss die Zähne zusammen. Er fühlte sich emotionaler als jemals zuvor in seinem Leben. Jesus, sie waren so nahe dran gewesen, sich gegenseitig zu verlieren. Baby war die wirkliche Heldin. Tex war fast dazu bereit gewesen, Diane anzugreifen, aber er hätte es vielleicht nicht geschafft, bevor sie den Schuss abgegeben hatte. Diane stand so nahe bei Melody, dass sie sie wahrscheinlich getötet hätte, bevor er Diane hätte erreichen können, um sie zu entwaffnen.

Tex spürte, wie Melody sich zurückzog, und versuchte, sich zu beherrschen. Er wendete sich ab und wischte sich die Tränen vom Gesicht, als sie nach oben griff und ihm die Hand in den Nacken legte. Tex versuchte, die Gedanken an Diane und wie knapp sie dem Tod entkommen waren aus seinem Kopf zu bekommen. Mel war am Leben und in seinen Armen. Das war alles, was zählte.

»Es war nett von deinen Freunden, den ganzen Weg hierherzukommen.«

»Sie sind jetzt auch deine Freunde, Mel.«

»Vermutlich. Ich muss mich noch daran gewöhnen. Für lange Zeit waren es nur Amy und ich und als ich auf der Flucht war, war ich ganz allein.«

Tex rollte sie herum, bis sie unter ihm lag. »Ich werde

dir jetzt etwas sagen, Mel. Du bist jetzt ein Teil unserer großen verrückten Familie, zu der sechs SEALs und ihre Frauen gehören. Warte ... entschuldige, es sind sieben SEALs ... Ich habe gehört, dass Kommandant Hurt erst kürzlich mit einer Frau zusammengekommen ist, die das Team in Mexiko gerettet hat.« Bei ihrem verwirrten Blick tat er das Thema ab. »Ich bin mir sicher, die Frauen werden dir die Geschichte noch erzählen. Wie auch immer, wahrscheinlich wirst du auch noch von anderen SEAL- und Delta Force-Teams adoptiert werden, denen ich helfe. Sie werden dich alle schon bald in den Wahnsinn treiben, daran habe ich keine Zweifel.« Er sah, wie sie lächelte. Tex holte tief Luft und bereitete sich vor, Melody eine Frage zu stellen, die schon länger in seinem Kopf herumschwirrte, als sie sich vorstellen konnte. »Ich muss dich etwas fragen.«

»Okay.«

»Willst du mich heiraten?«

»Was?«

»Willst du mich heiraten?«

»Oh mein Gott, habe ich also doch richtig gehört. Ich dachte, du würdest mich fragen, was ich zum Frühstück möchte.«

Tex lächelte nur und starrte die Frau an, die er so liebte.

»Ja, John Keegan, ich will dich heiraten.«

»Gott sei Dank.«

Melody kicherte. »Ich bin mir nicht sicher, ob das die richtige Antwort ist.«

»Kümmert es dich?«

»Nein.«

»Ich werde mich heute daransetzen, meinen Umzug zu organisieren. Ich hoffe, du hängst nicht zu sehr an dieser Wohnung. Wir brauchen wirklich etwas Größeres und einen Garten, damit wir Baby rauslassen können und sie nicht ständig an der Leine führen müssen.«

»Äh, Tex ...«

»Und du musst deinen Chef kontaktieren und ihm erklären, was passiert ist.«

»Tex, warte. Du ziehst hierher?«

»Ja, Mel. Du hast gerade gesagt, du willst mich heiraten. Natürlich ziehe ich hierher.«

»Da gibt es kein ›Natürlich‹, Tex. Wir haben beide Jobs, die wir von überall machen können. Wir können leben, wo wir wollen.«

»Ja, wir könnten überall leben, aber das hier ist dein Zuhause. Ich würde niemals von dir verlangen, Amy und deine Eltern zu verlassen. Du bist lange genug weggelaufen. Ich würde gern hierherziehen und mit dir zusammenleben.«

»Ich liebe dich, Tex.«

»Ich liebe dich auch.«

»Nein, ich *liebe* dich.«

Tex lachte. »Wenn ich mich richtig erinnere, haben wir immer noch nicht diesen Küchentresen eingeweiht. Es wäre eine Schande, hier auszuziehen, bevor wir unsere kleine Fantasie ausgelebt haben.«

»Ich glaube, ich habe Hunger. Wollen wir uns in der Küche treffen?«

Tex beugte sich vor und küsste Mel tief und innig. »Wir sind wie füreinander geschaffen, Mel. Ich fühle mich mehr als Mann als jemals zuvor. Dank dir. Danke, dass du mich liebst und mir erlaubst, dich zu lieben.«

»Gern geschehen. Jetzt komm schon, ich habe Hunger.«

Der Ausdruck in ihren Augen war so sinnlich, dass Tex spürte, wie das Blut in seinen Schwanz schoss.

Er konnte nicht widerstehen. Er beugte sich vor und küsste sie noch einmal. Nichts konnte ihn zurückhalten. Melody hielt dagegen, so gut sie konnte. Sie ließ ihre Zunge in seinen Mund gleiten und konterte seine Stöße mit ihren eigenen. Tex fuhr mit seiner Hand unter ihr Hemd und über ihren Bauch, bis er ihre Brustwarze erreichte. Als er ihre steife Brustwarze zusammen-drückte, löste sie ihren Mund von seinem, schnappte nach Luft und warf den Kopf in den Nacken.

»Tex.«

»Das ist es, Mel. Das ist es.« Tex konnte fühlen, wie ihre Beine zitterten. Er hielt lange genug inne, um ihr das Hemd über den Kopf zu ziehen, bis ihr Oberkörper nackt war. Er würde sich niemals an ihr sattsehen können. »Du bist wunderschön und du gehörst mir.« Er senkte den Kopf, bis er ihre Brustwarze im Mund hatte. Mit der anderen Hand nahm er ihre andere Brust und knetete sie.

Tex liebte es, wenn Melody sich vor Lust unter ihm krümmte und sich gegen ihn drückte. Er nahm die Knospe zwischen seine Zähne und beobachtete ihre Augen, die sich nach oben drehten. Als sie nach Luft schnappte, ließ er los und sah zu, wie sie ihre Hand an sein Gesicht hob.

»Ich brauche dich, Tex. Jetzt. Nimm mich.«

»Wir haben eine Verabredung mit der Küchentheke. Jetzt geh. Wenn ich in die Küche komme, will ich dich dort nackt mit gespreizten Beinen auf der Theke sitzen sehen. Du wirst noch früh genug etwas zu essen bekommen, aber ich glaube, diesmal bin ich zuerst an der Reihe.«

Melody lächelte, als sie aus dem Bett stieg und zur Tür ging. Sie ging den Flur hinunter in die Küche. Nachdem sie ihre Boxershorts ausgezogen hatte, dachte sie über ihr Leben nach. Sie hatte alles, was sie jemals gewollt hatte. Freunde, Familie und jetzt einen Mann, der nicht nur neben ihr stand, sondern auch vor ihr, wenn sie es brauchte, und hinter ihr, wenn es angebracht war. Er war perfekt. Sie konnte es kaum erwarten, Melody Keegan zu werden.

Melody sandte ein stilles Dankesgebet an Diane. So krank der Gedanke auch war, aber ohne Dianes Wahnvorstellungen hätte Melody Tex niemals kennengelernt. Alles geschah aus einem bestimmten Grund. Manchmal musste man nur Geduld haben, bevor man herausfand, was dieser Grund war.

Melody setzte sich auf die Theke, lehnte sich zurück auf ihre Hände und grinste, während sie auf ihren Verlobten wartete. Das Leben war schön.

EPILOG

»Komm schon, Baby, komm her, Mädchen!« Melody rief nach ihrer Hündin und sah mit einem Lächeln, wie sie auf sie zulief. Sie hatte nur noch drei Beine, aber sie ließ sich nicht davon bremsen. Schon an dem Tag, an dem Dr. Gaiser sie in der Tierklinik wieder auf die Beine gestellt hatte, war sie losgesprungen, als hätte sie ihr ganzes Leben lang nichts anderes getan. Melody hatte natürlich vor Freude angefangen zu weinen.

Der einzige Unterschied, den Melody im Verhalten ihres Hundes feststellen konnte, bestand darin, dass sie ihr Frauchen jetzt nie mehr aus den Augen ließ. Baby folgte Melody auf Schritt und Tritt durchs Haus und kontrollierte alles, was sie tat. Wenn Melody aufstand, kam Baby ihr hinterher.

»Bist du bereit zu gehen, Mel?«

Melody nickte Tex zu. Sie waren in den Park gegangen, um Baby etwas Auslauf zu geben. Der Tierarzt hatte gesagt, es wäre wichtig, dass sie nicht nur herumsitzt, sondern ihre Beine trainiert, um Muskeln aufzubauen.

Die anderen Beine wurden jetzt viel stärker beansprucht und mussten den Verlust eines Hinterbeins kompensieren.

»Lass uns nach Hause fahren. Die Frauen rufen in dreißig Minuten an.«

Eine Woche nach dem Vorfall hatten sie begonnen, sich regelmäßig über Skype zu unterhalten. Die anderen Frauen versammelten sich in Kalifornien und riefen sie an. Bald war es zu einem Selbstläufer geworden und die Männer wollten auch dabei sein. An einem Abend hatten sie drei Stunden lang telefoniert. Sie hatten die ganze Zeit gelacht und sich Geschichten erzählt.

Später am Abend hatte Melody mit Tex im Bett gelegen und versucht, sich von ihrem Liebesspiel zu erholen. Sie hatte Tex endlich dazu überreden können, die Bondage-Seile zum Einsatz zu bringen. Melody hatte über die enge Freundschaft nachgedacht, die die Gruppe auszeichnete.

»Männer beim Militär haben eine besondere Bindung. Im Einsatz wird diese Bindung gestärkt. Ein Navy SEAL zu sein bedeutet, dass diese Bindung unzertrennlich ist. Diese Männer haben die Hölle durchgemacht und ihre Frauen auch. Aufgrund ihrer Erfahrungen wissen sie, dass sie sich immer auf diese Gruppe von Menschen verlassen können, egal was passiert. Und Mel, du bist jetzt ein Teil davon. Ich weiß, wir wohnen nicht mit ihnen in Kalifornien, aber die Verbindung ist trotzdem da.«

»Ich weiß, Tex. Ich fühle es. Ich habe es nicht verstanden, als du mir das vor all den Monaten im Chat erzählt hast. Ich habe dir damals gesagt, dass deine Freunde dich ausnutzen, weil sie dich nicht besuchen. Aber ich verstehe es jetzt. Sie haben dich nicht ausgenutzt. Eure Verbindung ist so stark, dass sie auch über Tausende von Kilometern genauso fest ist, als wären sie vor Ort. Du bist ein Teil dieses Teams. Du weißt es. Sie wissen es. Die Frauen wissen es.«

»Genau.«

»Ich liebe dich.«

»Ich liebe dich auch.«

»Ich habe eine Frage an dich, und es ist in Ordnung, wenn du Nein sagst.«

»Was ist los, Mel?«

»Glaubst du, dass alle deine Freunde diesen Monat Zeit hätten, um nach Vegas zu fliegen?«

»Warum?«

»Ich möchte, dass wir sofort heiraten.«

Tex stützte sich auf einen Ellbogen, beugte sich über Melody im Bett und legte seine Hand an ihre Wange. »Warum?«

»Ich möchte so sehr mit dir verbunden sein. Ich habe gerade ... ich brauche das. Ich möchte nicht warten.«

»Aber deine Traumhochzeit. Du hast das mit Amy dein ganzes Leben lang geplant.«

»Es ist so, Tex, als Diane diese Waffe auf mich gerichtet hatte und kurz davor war abzudrücken, konnte ich nur noch daran denken, wie leid es mir tat, dass ich nicht deine Frau war ... offiziell. Ehrlich gesagt ist es mir egal, ob ich ein weißes Kleid trage. Ich möchte einfach nur, dass ich zu dir gehöre und dass du zu mir gehörst. Ich habe schon mit Amy gesprochen. Wir können immer noch einen Empfang machen. Sobald wir zurückkommen, richten wir eine Feier für meine Freunde und die Familie aus, aber die Zeremonie selbst will ich nur mit dir und *deiner* Familie abhalten. Ich möchte, dass Baby dabei ist. Ich will, dass wir eine Kapelle in Las Vegas finden, die nichts dagegen hat, wenn sie da ist. Ich möchte, dass alle unsere Freunde mit uns zusammen vor dem Altar stehen. Amy und George und die Mädchen werden auch kommen. Meine Eltern würden auch zur Zeremonie einfliegen. Es fühlt sich richtig an.«

Tex senkte den Kopf und küsste Melody auf die Stirn. »Gott, ich liebe dich so sehr. Wenn ich darüber nachdenke, dass wir uns vielleicht niemals getroffen hätten ...«

»Ich weiß.«

»Ich werde Wolf gleich morgen früh anrufen und fragen, wann sie freibekommen können. Wir werden mit Baby mit dem Auto fahren, uns aber Zeit nehmen. Wir werden die beste Vegas-Hochzeit aller Zeiten haben. Aber ich möchte, dass du weißt, du gehörst mir und ich dir, egal wann, wo oder ob wir heiraten.«

»Verdammt richtig.«

Tex lächelte. Sie war so verdammt süß. »Jetzt bin ich wieder wach, Mel.«

Sie grinste ihn an. »Ach ja?«

»Ja. Umdrehen.«

»Herrisch wie immer.«

»Ja, du hast es selbst gesagt. Man kann den Mann aus einem SEAL nehmen, aber man kann den SEAL nicht aus einem Mann nehmen. Los, umdrehen.«

Melody tat, was Tex verlangte, wohlwissend, dass das, was er mit ihr vorhatte, stundenlanges Vergnügen für sie bedeutete. Er kümmerte sich immer um sie. Er hatte es vollkommen ernst gemeint, als er ihr gesagt hatte, dass sie immer an erster Stelle kam.

Auf der anderen Seite des Landes gingen sechs Navy SEALs und ihre Frauen gerade zu Bett. Jedes Paar war durch die Hölle gegangen und hatte es am Ende doch geschafft, gestärkt daraus hervorzugehen. Die Männer hatten ihre Frauen für sich gewonnen und die Frauen gaben es ihnen in jeder Minute ihres Lebens zurück. Manche Leute schauten sie an und fragten sich, wie zum Teufel ihre Beziehungen den Stress und die Unsicherheit überstehen konnten, die damit einhergingen, zu einer Elite-Kampfgruppe zu gehören. Aber wenn man sie fragte, hätte jeder von ihnen gesagt, dass es an ihrer Liebe füreinander lag. Sie hatten am eigenen Leib erfahren, wie das Leben ohne ihre Partner sein konnte, und hatten sich versprochen, für immer zusammenzubleiben.

Und wenn die Frauen sich trafen, sobald ihre Männer auf eine Mission geschickt wurden, und sich betranken und gemeinsam weinten, dann erzählte keine von ihnen ihren SEALs davon und ihre SEALs taten so, als wüssten sie nichts davon. Aber letztendlich war es ihre Freundschaft, die sie alle miteinander verband und die dabei half, dass die Trennung sich dadurch kürzer und ihre Liebe stärker anfühlte.

Zwei der Computer in Tex' Büro blieben Tag und Nacht

eingeschaltet. Sieben rote Punkte blinkten auf einer Karte, sechs in Kalifornien und einer in Pennsylvania. Sieben Navy SEALs und ihre Frauen konnten dank dieser Punkte nachts besser schlafen. Manche Leute würden es vielleicht nicht verstehen, aber diese Leute steckten auch nicht in ihren Schuhen.

Schutz für die Zukunft (Demnächst erhältlich!)

BÜCHER VON SUSAN STOKER

Die Rettung von Casey (Buch Sieben)
Die Rettung von Wendy (Buch Acht)
Die Rettung von Sadie (Buch Neun)
Die Rettung von Mary (Demnächst erhältlich!)

Ace Security Reihe:
Anspruch auf Grace
Anspruch auf Alexis
Anspruch auf Bailey (Demnächst erhältlich!)

Und auch die folgenden Bücher von Susan Stoker werden in Kürze auf Deutsch erhältlich sein:

*Aus der Reihe »**Die Delta Force Heroes**«:*
Die Rettung von Macie (Buch 10)

*Aus der Reihe »**SEALs of Protection**«:*
Protecting the Future (Buch 10)
Schutz für Kiera (Buch 11)
Protecting Alabama's Kids (Buch 12)
Schutz für Dakota (Buch 13)

Ace Security Reihe:
Anspruch auf Felicity (Buch 4)
Anspruch auf Sarah (Buch 5)

Auf Englisch:
Delta Force Heroes Series
Rescuing Rayne

Rescuing Aimee (novella)
Rescuing Emily
Rescuing Harley
Marrying Emily (novella)
Rescuing Kassie
Rescuing Bryn
Rescuing Casey
Rescuing Sadie (novella)
Rescuing Wendy
Rescuing Mary
Rescuing Macie (novella)

SEAL of Protection Series

Protecting Caroline
Protecting Alabama
Protecting Fiona
Marrying Caroline (novella)
Protecting Summer
Protecting Cheyenne
Protecting Jessyka
Protecting Julie (novella)
Protecting Melody
Protecting the Future
Protecting Kiera (novella)
Protecting Alabama's Kids (novella)
Protecting Dakota

SEAL of Protection: Legacy Series

Securing Caite
Securing Brenae (novella)
Securing Sidney

Securing Piper
Securing Zoey
Securing Avery
Securing Kalee (Sept 2020)
Securing Jane (Feb 2021)

SEAL Team Hawaii Series
Finding Elodie (Apr 2021)
Finding Lexie (Aug 2021)
Finding Kenna (Oct 2021)
Finding Monica (TBA)
Finding Carly (TBA)
Finding Ashlyn (TBA)

Delta Team Two Series
Shielding Gillian
Shielding Kinley
Shielding Aspen (Oct 2020)
Shielding Riley (Jan 2021)
Shielding Devyn (May 2021)
Shielding Ember (Sep 2021)
Shielding Sierra (TBA)

Badge of Honor: Texas Heroes Series
Justice for Mackenzie
Justice for Mickie
Justice for Corrie
Justice for Laine (novella)
Shelter for Elizabeth
Justice for Boone
Shelter for Adeline

Shelter for Sophie
Justice for Erin
Justice for Milena
Shelter for Blythe
Justice for Hope
Shelter for Quinn
Shelter for Koren
Shelter for Penelope

Ace Security Series

Claiming Grace
Claiming Alexis
Claiming Bailey
Claiming Felicity
Claiming Sarah

Mountain Mercenaries Series

Defending Allye
Defending Chloe
Defending Morgan
Defending Harlow
Defending Everly
Defending Zara
Defending Raven

Silverstone Series

Trusting Skylar (Dec 2020)
Trusting Taylor (Mar 2021)
Trusting Molly (July 2021)
Trusting Cassidy (Dec 2021)

BIOGRAFIE

Susan Stoker ist die New York Times, USA Today und Wall Street Journal Bestsellerautorin der Buchreihen »Badge of Honor: Texas Heroes«, »SEALs of Protection«, »Die Delta Force Heroes« und einigen mehr. Stoker ist mit einem pensionierten Unteroffizier der US-Armee verheiratet und hat in ihrem Leben schon überall in den Vereinigten Staaten gelebt – von Missouri über Kalifornien bis hin zu Colorado. Zurzeit nennt sie die Region unter dem großen Himmel von Tennessee ihr Zuhause. Sie glaubt ganz und gar an Happy Ends und hat großen Spaß daran, Geschichten zu schreiben, in denen Romantik zu Liebe wird.

Besuchen Sie Susan im Netz!
www.stokeraces.com
facebook.com/authorsusanstoker
twitter.com/Susan_Stoker

bookbub.com/authors/susan-stoker
instagram.com/authorsusanstoker
Email: Susan@StokerAces.com